女だてら

諸田玲子

角川文庫
23556

目次

序章

〈発端〉

一

小さな偶然が重なって、おもいもしない真実にたどりつくことがある。わずかな間隔で立て並べた将棋の駒の片端を押せば次々に駒が倒れてしまう、将棋倒しさながらに。

文政《ぶんせい》十一年三月二十一日。神田橋御門《かんだばしごもん》にほど近い駿河国田中藩《するがのくにたなか》の江戸《えど》上屋敷。藩主であり若年寄という要職についている本多遠江守正意《ほんだとおとうみのかみまさおき》は、駒を指す手を止めて控えの間へ目をやった。近習《きんじゅ》の若侍が敷居際で膝《ひざ》をついている。

「なにごとだ」

色白細面の優男に見えるが、遠江守の眼光は鋭い。

「御目付《おめつけ》の桜井勝四郎《さくらいかつしろう》さまが、殿にごらんいただきたきものがおありとか、お目どおりを願い出ておられます」

「わかった、会おう」

「こちらへおとおししてもよろしゅうございますか」

若侍は主《あるじ》と将棋盤を見比べた。

「かまわぬ。考え事をしていただけだ」

遠江守は、難問が山積みになっているときなど、将棋の駒を指して考えをまとめることがよくある。

「されば、お呼びして参ります」

若侍は退出した。と、いくらもしないうちに、三十がらみの武士が入ってきて下座で両手をついた。

「遠慮はいらぬ。近《ちこ》う」

「おくつろぎのところ、ご無礼をいたします」

桜井は一礼して、膝を進める。

「くつろいでいたわけではないが……」と、遠江守は苦笑した。「見せたきものとは」

「これにございます」

桜井はふところからふたつに折りたたんだ長細い紙きれをとりだした。両手にかかげてさしだす。

「一昨日《おととい》の朝にございますが、赤羽橋《あかばねばし》と金杉橋《かなすぎばし》のあいだの掘割の明地《あきち》に武士の死体があると、徒目付《かち》より知らせがありました」

たまたま所用があって対岸の増上寺《ぞうじょうじ》にいたため、桜井は現場へおもむいた。

「二十代の半ばとおぼしき武士にて、国許《くにもと》への急使でも仰せつかったか、旅支度にございました。が、路銀はうばわれた模様にて、身許のわかるようなものはなにひとつ……。

近ごろ流行《はや》りの辻斬《つじぎ》りにでもおうたかととりあえず番所へ運ばせましたが、傷跡をたしかめると、そうとも断言できず……」

下手人は一人ではないらしい。死体には応戦したような形跡があった。

桜井は番所の者たちに芝新網町《しばしんあみちょう》界隈《かいわい》で聞きこみをさせた。徒目付は徒目付で、近隣の武家屋敷へ問い合わせて歩いた。が、どこも心当たりはないようで、身許はいまだ不明のままだ。

「ところが……」と、桜井は身を乗りだした。「いつまでもそのままにしておくわけにもゆかず、茶毘《だび》に付す前になにか手がかりがないかと、今一度、念入りに調べましたところが、二重に縫い合わせた脚絆《きゃはん》の片一方からその紙きれが……」

ごらんくださいといわれて、遠江守は紙を開いた。

長安不見使人愁　白圭

ひと文字ひと文字、かっきりとととのった字体で九つの漢字が書かれている。

「白圭《はくけい》……」

「はい。これは号かと……で、おもいだしました。いつぞや、遠江守さまが『白圭もなかなかやるな』とつぶやかれましたのを。あれはたしか久留米《くるめ》藩の高木《たかぎ》さまが漢詩の集まりを催されましたときで、偶然、お近くに座らせていただきましたため、お声が耳に入りました」

「さようなことがあったかのう」

　本多家では文武を奨励している。上下を問わず人気を博しているのは俳諧《はいかい》だが、遠江守は漢詩にも造詣《ぞうけい》が深い。

「おう。そうだ。白圭という号をもつ男なら知っておるぞ。筑前国秋月《ちくぜんのくにあきづき》藩の儒学者、原《はら》古処《こしょ》どののご嫡男だ。おふた方とは江戸参府の際に会《お》うたことがある」

「されば死体はその白圭どの……」

「いや、白圭どのは秋月におられるはずだ。古処どのは昨年、身罷《みまか》られた」

「しかし、なにかかかわりがあるやもしれませぬ」

「うむ。脚絆に縫いこまれておったというのが気にかかる」

　秋月藩の屋敷も掘割沿いにあり、武士の死体が見つかった場所とさほど離れていない。だが桜井によると、徒目付に聞き合わせをさせたものの、所在不明の家来はいないと慇懃《いんぎん》に追い返されてしまったという。

「お手間をとらせましてございます。遠江守さまからうかごうたと話して再度……」

　桜井は腰をうかせようとした。

「待て」と、遠江守はひきとめる。「あわてるな。それよりこの漢詩だ」

「はぁ。これは白圭どのの御作にございましょうか」

「李白《りはく》だ。そのほう、李白も知らぬのか」

「あ、いえ、面目もございませぬ」

身をちぢめる桜井には目もむけず、遠江守は半眼になって漢詩をつぶやいた。

「長安《ちょうあん》は見えず、人をして愁えしむ」

「なにか意味がございますので……」

「意味があったればこそ、脚絆に隠し、だれぞに命がけでとどけようとしたにちがいない。そうではないか」

「は、はぁ、仰せのとおりで」

「あえて李白の詩を認《したた》め、白圭どのの名を記した。深い意味があるに相違なし」

遠江守はしばらく思案していたが、桜井に視線をもどしたときはゆるぎない目の色になっていた。

「これはわしがあずかる。このこと、口外無用。尋常の聞き合わせはよいが、秋月黒田《くろだ》家でよけいなことをいうてはならぬぞ」

「かしこまりましてございます」

桜井を帰して、遠江守はもう一度、李白の漢詩を吟じた。

この漢詩は四句からなっている。最初の二句は雄大な景観をうたった対句で、そのあとの二句が「総為浮雲能蔽日　長安不見使人愁」とつづく。「総為浮雲能蔽日」とは「すべて浮雲のよく日を蔽《おお》うところとなり」と読み下し、言葉どおりの意味とはいえ、ただ単に景色をうたっただけの詩か、といえばそうともいえない。

李白は長安の都で一時期、玄宗《げんそう》皇帝に仕えていた。が、讒言《ざんげん》により追放されている。失意の中でうたったこの詩は、浮雲になぞらえた邪《よこしま》な家臣が皇帝をあやつっていることを今も愁えている……という意味を暗に含んでいるとも解釈されていた。

遠江守の知るところによれば、秋月黒田家でも十七年前、家臣の讒言によって家老二人が罪に問われる大騒動があった。古処はそれに腹を立てたか揉《も》め事があったようで、息子に家督をゆずり致仕してしまった。秋月黒田家では以後、本家の黒田家より送りこまれた家臣どもが内政を牛耳り、今日に至っていると聞く。

昨秋、秋月黒田家の嗣子が急死した。一日も早く継嗣を定めなければならない。となると、今また忌々《ゆゆ》しき事態が起こっているとも考えられる。

正体不明の武士の斬死《きりじに》も、もしや、この一件とかかわりがあるのではないか。

遠江守は飛車を将棋盤へ打った。

「だれかあるッ。すぐ参るよう、家老に伝えよ」

飛車は、縦にも横にも、敵陣へも自在に動かせる。

打つ手はもう、決まっていた。

二

鏡の中に女の顔がある。

瓜実顔《うりざねがお》、酒をすごすと桜色になる色白の肌、女にしては強い眼光、鼻のかたちはよいがくちびるはもう少し小さいほうが……とはいえ造作は上出来。

木製の組み立て式の台に立てかけられた鏡は朝陽を浴びた湖面のように磨きこまれているので、冴《さ》え冴《ざ》えとした顔の、一見しただけでは見すごされてしまいそうな微細なしるし──双眸《そうぼう》のゆらぎや口角のこわばり──まではっきりと見てとれる。

そのせいか。

「まことに、よろしゅうございますので……」

初老の髪結いは額に汗をにじませ、鏡越しに女の顔色をうかがった。

「何度もいわせるな。さ、早《はよ》う」

みちは、いらだった声を返した。動揺を見透かされたかとおもうと不甲斐《ふがい》ない。髪結いに不安を悟られるようでは先がおもいやられる。

「遠慮は無用ゆえ存分にたのみます」

口調をやわらげ、うなずいてみせた。何事にも落ち着きが肝要だ。

「承知つかまつりました。それでは、しばしご辛抱を」

髪結いは鋏《はさみ》で元結《もっとい》を切り、島田髷《しまだまげ》をほどいた。つややかな黒髪が扇のように肩に流れ落ちるや、髪結いのすぼんだ口からため息がもれた。声を押し殺しているのだろう。

みちは目を閉じた。ながめていてはやりにくかろうとおもったからで、怖気《おじけ》づいたためではない。

二月十二日に江戸参府の行列が出立した、と知らせがとどいたとき、こんなこともあろうかと覚悟を決めた。いや、正確にいえば、昨秋、秋月黒田家の嗣子である長惺《ながあき》急死の報を耳にしたときから、最悪の事態が起こるかもしれないと危惧《きぐ》していた。もしそうなったら、身を賭《と》して働こう、とも。そもそも無謀と知りつつ旅に出たのも、事があったときに素早く対処できるよう、自在に動ける状況に身をおいておくためだったのだから。

これは、父の遺志である。父の遺命をうけた兄のたっての願いでもあった。

左右の髪がきゅっとうしろへひっぱられて、おもわず声がもれそうになる。丹田に力をこめた。髪はうなじでひとつにくくられ、今度は額から頭頂までのひと束が上方へひきあげられた。バサッという音は未練を断ち切る音だ。余分なものを抱えていては密命は果たせない。

邪念を捨てよ。無念無想、すべてはそこからはじまる——。

亡父の声が聞こえたような気がした。

いうは易し、行うは難し。

みちは三十一になる。俗にお褥下《しとねさ》がりといわれる年齢である。なのに、夫もいなければ子もいない。

若き日には縁談もあった。が、故あって破談になった。胸をときめかせた人も一人ならず、けれど恋になる前の淡い思慕のまま別れてしまった。父はすでに亡く、兄弟はいずれも病身で、今は母と共に豊前国田川《ぶぜんのくにたがわ》の香春《かわら》で療養中である。原家が藩に重用されていた時代は終わり、家計は逼迫《ひっぱく》、監視の目がきびしいので実家は養子に託して豊前へ逃れた、というのが本当のところである。みちが旅をしていられるのもかたちばかり他藩の武家の養女になって通行手形を手に入れたようなありさまだから、頼る家はなきに等しい。

となれば、なんの、未練などあろうか。

剃刀《かみそり》をつかう音が聞こえていた。音が途絶えるたびに前頭に湿った布が当てられる。剃《そ》り落とした毛髪がぬぐわれればまた、ザリザリ、ザリザリ、ザリザリ……。

「さぁ、さっぱりいたしました」

鬢《びん》付け油の匂いがして、左右とうしろの髪が櫛《くし》でかきよせられた。髪束はひとつにぎゅっと結ばれ、毛先が切りととのえられて、手際よく白元結が巻き付けられる。亡父や兄、弟の頭で見慣れているから手順は熟知している。

「どうぞ、ごらんください」

不安を見透かされないようにと、寸刻おかず目を開けた。一瞬だけ、小さく息を吞《の》む。鏡の中でこちらを見返しているのは、さっきまでとは似ても似つかぬ、青々とした月代《さかやき》の若侍だ。

「水も滴るお侍さまになられました。いかがにございましょうや」

「自分ではないような……いや、まんざらでもないか」

「お背がお高《たこ》うあられますし、お肩幅も……こういってはなんですが、女子《おなご》さまにしてはご立派にございますからようお似合いで……」

「ははは、女子より男子《おのこ》に生まれるべきであったか」

みちは日ごろから男言葉をよく使う。なよなよした仕草は嫌いだし、お愛想笑いは虫唾《むしず》が走る。だから笑うときは腹から笑う。

髪結いはまだ手妻でも見せられたかのように鏡を見つめていた。

「いえいえ、さようなことはございません。が……これはこれで……いえ、これでしたらだれも女子とはおもいません」

「おぬしのおかげだ。いうまでもないが、このことは……」

「はい。小田伊織《おだいおり》さまより、きつう申しつけられてございます。あ、いえ、お代のほうも、藤田《ふじた》さまよりいただいて……」

「わかっておる。ほんの気持ちだ」

「かたじけのうございます。では、遠慮なく」

「今ひとつ……」

「はい。こちらに」

みちは髪結いから風呂敷《ふろしき》包をうけとった。髪結いが衝立《ついたて》に背をむけて膝をそろえるのと同時に、衝立のうしろへまわりこむ。しばらくして出てきたときには、羽織に野袴《のばかま》の侍姿になっていた。もっとも男装はこれがはじめてではない。一昨年《おととし》まで一年半ほど京に滞在していた際も、折にふれて男装をしたものだ。ただし総髪のくくり髪だったから男装の麗人といったところで、女だと見破られてしまう不安が常につきまとっていた。

今はもう、どこから見ても男だ。

「こちらもおあずかりして参りました」

「なまくらではなかろうの。よし。試し切りをしてみるか」

髪結いが桐箱からとりだした長刀をするりと抜いて、刃先を髪結いの喉元《のどもと》に突きつける。

「ま、まさか……銘入りの、正宗《まさむね》に、ございますそうで」

「ははは。戯言《ざれごと》だ」

「かようなときに、お人がわるい……」

刃文をためつすがめつした上で、刀身を鞘《さや》におさめた。

「小田さま藤田さまにくれぐれも礼をいうてくれ」

「承知つかまつりました。委細は存じませんが、つつがのうお役目を果たされますよう、お祈りしております。手前はこれにて」

髪結いは商売道具の台箱を提げ、長刀を入れていた桐箱と女装束をつつんだ風呂敷をかかえて帰ってゆく。

みちは放心したまま、どこからか聞こえてくる蛙の声に耳を澄ませた。

まだ寝苦しいほどの暑さではないものの、ここ数日は爽《さわ》やかな風が吹いたかとおもえば蒸し蒸しする夜もあって、季節が足踏みをしているようだ。行きつ戻りつしながらも、いつのまにか梅雨の気配が忍びよっている。

「お客はん。お床をのべさせてもろてもよろしゅおすか」

女中の声がした。夕方、この旅籠《はたご》へ着いたとき足をすすいでくれた、まだ頬の紅《あか》い女中である。

「失礼します」

襖《ふすま》を開けたとたん、女中はひゃっとのけぞった。

「あれ、あの、さっきまでここにいらした奥方さまは……」

「姉なら髪結いといっしょに帰った」

「へ、へえ、せやけど……お侍さまはいつここへ……」

「明朝は早い。床をのべてくれ」

「ほやかて……へえッ。へえへえ、ただ今、すぐに」

娘は狐につままれたような顔。手早く床をのべて、逃げるように消え失《う》せる。

会心の笑みがもれた。細工は流々、である。

さて仕上げは――。

いざ事が起こったときのため、ふところに秘めていた書状に着物の上からふれたときは、もう真顔になっていた。護身用として持参していた小太刀と、うけとったばかりの長刀を枕辺へ並べておく。髷がゆがまぬよう箱枕に首を当てて、みちは横臥《おうが》した。

風光明媚《めいび》な名所を訪ね歩き、詩作にひたって友と酒を酌みかわす——昨日までの安穏な日々は幕を下ろした。「采蘋《さいひん》」の号をもつ原みちの旅日記は、下僕の佐吉《さきち》のふところへおさめられて、今は香春で療養中の兄がひらいたささやかな私塾、春霞堂《しゅんかどう》への道程をたどっているはずである。

密命を果たせようか。無事、江戸へたどりつけようか。敵陣のごとき江戸で、幕内へ斬りこんで、勝利の幟《のぼり》を立てることができるのか。

弱気は禁物。なんとしても、成し遂げなければならない。

いつしか蛙の声は途絶えていた。静寂があたりをつつんでいる。

明日からの旅にそなえて眠っておこうとおもいつつも、眼が冴えていた。

「人情は山川よりも険し、わが志、已《すで》に水のごとく」

世人はなんとでもいえ、心は水のように平静だ——。旅立つにあたって自ら詠んだ漢詩を吟じ、昂《たかぶ》る胸をしずめる。

文政十一年四月十五日の夜明けを、みちは兵庫の旅籠で迎えた。

三

半月ほど前にさかのぼる。

石上玖左衛門《いしがみきゅうざえもん》は、兵庫から七里ほど離れた大坂《おおさか》の中之島《なかのしま》にいた。

「石上さま。お奉行さまがお呼びにございます」

同役の一人に声をかけられて、手にした台帳から顔を上げる。

明かりとりの高窓はあるものの蔵の中は薄暗い。入口に陣どり、米俵が運びこまれるたびに船手や人夫を呼び止めては納入場所を教える。その際、数量だけでなく、竹筒をつきさして中身をたしかめるのはけっこう骨の折れる仕事だ。

「急ぎの御用か」

「らしゅうございます。拙者に交替するようにと」

「心してかかれよ。数をまちがえると厄介だ」

「おまかせください」

小鼻をふくらませて台帳をうけとる若侍に、玖左衛門は疑わしげな目をむけた。安請け合いはお手のもの、どいつもこいつもいいかげんで、たいがいはあとから調べなおすことになる。学問に秀で、とりわけ算術に長《た》け、すべてが整然とあるべき場所におさまっていなければ気がすまない玖左衛門にとって御蔵番はうってつけの役目ともいえるが、そのぶん、いらだつことも多い。

そもそも御蔵番では役不足だと不満を抱いていた。三十も半ばになるというのに不甲斐ない。大大名家ならいざ知らず、四万石の小大名家の蔵はちんまりしているし、しかもここは大坂、諸大名や豪商の屋敷が立ち並ぶ中之島では、玖左衛門が仕える蔵屋敷など番小屋同然のつつましさである。

もちろん、豪壮な蔵はなくとも四万石を馬鹿にはできない。玖左衛門の主は駿河国田中藩主の本多遠江守正意で、幕政においては若年寄という重い役目を担っていた。若年寄は様々な権限を有する。武家の動向に目を光らせる役目もあるので、この界隈でも一目おかれていた。

とはいえ、家臣の大半――それも精鋭な者たち――は、藩主につきしたがって江戸城へ詰めている。領国へのこされた者はどうしてもおいてけぼりの感が否めない。ましてや大坂は、左遷もいいところで……。

玖左衛門は国許に妻子がいた。妻は無口でひかえめな女だが、江戸ではなく大坂へ赴任することになったときはさすがに恨めしげな顔をしたものだ。

おれは運がわるい――と、目と鼻の先の蔵屋敷へむかいながら玖左衛門はため息をついた。あれは七つのときだ。家中で忌々しき騒動があった。いまだに真相は秘されているが、いわゆるお家騒動で、先代藩主は今の自分と同じ三十五歳で隠居を余儀なくされた。そのあおりをくらって玖左衛門の父親も罷免されている。のちに許されて復帰したものの、以来、出世とは縁がない。

生来が真面目だから、玖左衛門はここでも一日一日、精一杯つとめていた。そうはいっても、数量をまちがえず、米の出来を書き留めることが昇進につながるのかといえば、その可能性はかぎりなく小さい。いつ、御蔵番から解き放たれて江戸へ呼んでもらえるか、おもうたびに焦燥がこみあげる。

「どうか、なさいましたか」と、蔵屋敷の小者が声をかけてきた。「お疲れのご様子にございます」

「立てこんでおっての」

いかんいかんと、玖左衛門は平静をとりつくろった。武士たる者、小者に易々と胸の内をのぞかれるようでは情けない。

「おう、参ったか」

御蔵奉行の鈴木《すずき》庄右衛門《しょうえもん》は、蔵屋敷の小書院で玖左衛門を待っていた。囲碁の相手をさせていた用人を碁盤と共に下がらせ、長煙管《ながギセル》を煙草盆からとりあげて、玖左衛門の顔をしげしげとながめる。たいして多くもない家臣だからしょっちゅう顔を合わせているのに、まるではじめて見るような目つきである。

「急な御用とうけたまわりました。何事にございましょうか」

どうせ、米が足りぬゆえどこそこへ掛け合《お》うてくれ……とでもいうような、代わり映えのしない話にちがいない。自らは重い腰を上げず、来る者をつかまえては日がな一日、囲碁に興じているだけの男に媚《こ》びへつらう気はさらさらなかったが、上役は上役である。

玖左衛門は礼儀正しく言葉を返した。

「実は、そのほうに、やってもらうことがある」

鈴木は、長煙管をつかわずに煙草盆へおいた。

「新たなお役目、ということでございましょうか」

「ま、そうなるか。江戸からのご下命だ。それも、そのほうを名指しで」

「名指し……」

「石上玖左衛門に申しつけよとお達しがあった」

玖左衛門は目をしばたたく。

「お達し、と仰せられますと……」

「ご家老よりの急使だ。ということは、殿の御意、とおもえ」

「殿さまが、それがしに……」

玖左衛門は、四十代半ばの藩主、遠江守の顔をおもいだしていた。柔和に見えるがひと筋縄ではいきそうにない、腹蔵たっぷりといった顔である。

むろん主だから、拝礼は何度もしていた。声をかけてもらったこともある。が、雲上人の殿さまが自分のごとき一介の家臣を名指しするとは、どういう風の吹きまわしか。

「わしも耳を疑った。が、まちがいにあらず。となれば、否はいえぬぞ」

ははあ、と、玖左衛門は居住まいを正した。あまりに唐突な話で、なにがなにやらわからない。だが少なくとも、米俵や酒樽《さかだる》の調達でないことだけはたしかだろう。

「ご下命とやら、つつしんで拝聴いたしまする」

「よし。ではいおう。急ぎ筑前国へおもむき、さるご家中を探れ」

話を咀嚼《そしゃく》するのに、しばらく時がかかった。

「つまり、他藩の内情を、それがしに調べよ、と……」

「いかにも」

「では、そのご家中とやらでは、なにか忌々しき事態が起こっていると……」

「早い話が、そういうことだ」

玖左衛門は心底、驚いた。自分はただの御蔵番である。剣術の腕は人並み以上だと自負しているが、それとて田舎の道場でのことだ。しかも近ごろは稽古《けいこ》から遠ざかっている。万にひとつ、自分を快くおもわぬ者に気づかれて襲われたとして、まともに反撃などできようか。

しかし……と、玖左衛門はすぐさまおもいなおした。今、この大坂の蔵屋敷で、自分以上にこの役にふさわしい者がいようか。裏にどんな事情があるにせよ、ご家老が、いや、殿さまが畏《おそ》れ多くも自分を名指ししてくださったのだ。これは、若年寄としての大切な役目のひとつにちがいない。自分にとっては千載一遇の好機である。

「それがしごときにつとまりますかどうか……とは申せ、光栄至極と心得、身命を擲《なげう》ってお役目を成し遂げる覚悟にございまする」

「ようい うた」鈴木は満足そうにうなずいた。「江戸から人を送りこむこともできようが、それでは時もかかるし、人目につく。どこからどう話がもれるか。その点、大坂在住の者なれば、だれも目に留めぬ」

端的にいえば、大坂の御蔵番ごときがどこでなにをしようと、だれも気にかけぬ、ということだろう。

「ごもっともにございます。それほど大切なお役目にそれがしをご推挙くださるとは……なんと御礼を申し上げればよいか……」

「なに、推挙ではない。わしは与《あず》り知らぬこと。これにはの、そのほうでのうてはならぬわけがあるのだ」

「それがしでのうてはならぬ、わけ……」

玖左衛門は首をかしげた。

鈴木はまたもや意味ありげなまなざしになる。

「そのほうの父、石上祥左衛門《しょうざえもん》どのは詩才がおありだった」

「は？　はあ……」

「今はいずれももう鬼籍に入っておられるが、お父上は、そのほうがこれより訪ねることになる武士のお父上と、生前、親しゅう漢詩のやりとりなどしておられたそうな。郷里におられるその武士も、かつて江戸へ出府したことがあるそうで、その折にはわが国許へ立ちよられ、そのほうとも……」

「白圭どのかッ。原瑛太郎《えいたろう》どのですねッ。そうか。それでそれがしにッ」

「いかにも。原瑛太郎どのはお体の具合がすぐれず臥《ふせ》っておられるとか……」

「では、忌々しき事態に陥っているご家中とは、秋月藩の黒田家」

「詳しい話はわしも知らぬ。瑛太郎どのに会い、話を聞きだすのがそのほうの役目だ」

玖左衛門はようやく、自分に白羽の矢が立ったわけが腑《ふ》に落ちた。亡父は、田中騒動で免職されたあとの無聊《ぶりょう》を詩作でなぐさめていたが、その師ともいうべき人が秋月黒田家の原古処だった。古処は江戸参勤中、上下を問わず諸藩の藩士たちと精力的に漢詩の会を開いていたようで、遠江守も何度か同席していたと聞いている。ところが古処は家中の騒動に巻きこまれて致仕してしまった。玖左衛門が瑛太郎と会ったのはその数年後で、今から十年近く前になる。江戸参府の途上、玖左衛門の亡父の供養に立ち寄ってくれた瑛太郎と意気投合、ともどもに父親の不運を嘆き、やり場のない怒りをぶつけあって、ひと夜、寝ずに酒を酌みかわしたものだった。

あの瑛太郎のためなら、そう、なんとしても力になってやりたい――。

「なにゆえそれがしがご下命をうけたまわることになったか……ようわかりました。かくなる上は石上玖左衛門、身命を賭して……」

玖左衛門は目を輝かせ、膝を乗りだした。すると鈴木は、機先を制するがごとく片手のひらをぐいと前につきだした。

「今ひとついうておくが、たとえ親子二代の縁だとしても、そのほうは黒田ではのうて本多の家臣である。それだけは、忘れてはならぬぞ」

「と、仰せられますと……」

「手を貸し、力になってやるのはよいが、黒田家の家臣になるわけではない。あくまで当家のために尽くさねばならぬ」

玖左衛門はけげんな顔になる。

鈴木はすいと目を細めた。

「話の次第によっては、非情にならねばならぬ。それも頭に入れておけ、ということだ。他家の内情は一方から見ただけでは知れぬもの、耳目をそばだて頭を働かせて裏を探る。秋月黒田家でなにが起きているのか、いかにかかわることが正しいか、おそらく殿はそのことを見きわめようとしておられるはずだ。知己だからというて瑛太郎の話を鵜呑《うの》みにしてはならぬぞ。曇りのない目で見きわめ、ありのままを殿にお知らせせよ」

玖左衛門は鈴木の赤ら顔をしげしげとながめた。長らく仕えていたが今はじめて、この上役の底力を見たおもいだ。囲碁に興じ、日々の役目にはたいして気合が入っていないように見えたが、この男にも、もうひとつの顔があるのかもしれない。

「まずは、内情を探る」

「おまかせください」

「ぐずぐずしておるひまはないぞ。内情がわかったら速やかにもどり……いや、江戸へ急ぎ、そのほうの口から殿にお知らせするのだ。で、次なるご下命に従え」

「かしこまりました」

鈴木は頰をゆるめた。

「そのほうとて、生涯、大坂の蔵屋敷でくすぶって終える気はなかろう。出頭したければ、ここが勝負どころと心得よ」

鈴木の言葉はいやでも胸をふるいたたせる。

玖左衛門は両手をついて一礼したのち、旅仕度をするために長屋へ帰っていった。

四

頭の先から爪先まで男子に変身したみちは、兵庫の旅籠を出立して東へむかった。

幸い梅雨はまだ待ったをかけられているのか、はるか西方の空に不穏な雲が見えるものの、街道には陽光があふれ、道端の木々の若葉がきらめいている。事情が事情でなかったら、初夏の気ままな旅を満喫していたはずだ。

今は、そんなゆとりはない。

目指すところは京、そして江戸。だが、まずは大坂の中之島へ立ちよるよう兄から命じられている。

中之島は、大坂の三大市場のひとつである堂島《どうじま》の、川を隔てた対岸にあって、北には諸大名の蔵屋敷が、南には豪商の屋敷がずらりと並んでいる。秋月黒田家の御用達《ごようたし》の屋敷もあった。

豪商の一人、松居善兵衛《まついぜんべえ》は原家と親交がある。そもそもは漢詩がとりもつ縁で、みちの父の古処がまだ藩主に重用されていたころ、古処の推挙で秋月藩の御用達に加わることができたといういきさつがあり、それ以来のつきあいだった。みちも京に滞在していたとき、漢詩の手ほどきをたのまれて中之島へ出向いたことが何度かある。束脩《そくしゅう》をはずんでくれるのでかつかつの暮らしがいっときうるおい、どんなに救われたか。

これからみちがしようとしていることには軍資金が必要だった。口利き料、袖《そで》の下、謝礼……公にはできない金子《きんす》である。みちは兄から、新たな通行手形とあわせて善兵衛宛の無心状をあずかっていた。

あの善兵衛なら、気前よく貸してくれるだろう。それは心配ない。みちの目下の気がかりは、善兵衛がみちを見て本人だと気づくかどうかだ。女だと見破られるか、それとも男だとだましおおせるか。善兵衛の反応は今後の指標にもなるはずだ。

「父上。父上はどうおもわれますか、この姿をごらんになって」

みちは胸の内で、亡父に話しかけていた。

みちが生まれたとき、父の古処は三十二歳の志に燃える儒学者だった。三歳のときには藩校稽古館《けいこかん》の教授に抜擢《ばってき》された。九歳のとき、藩から新家屋を賜って古処山堂《こしょさんどう》という私塾を開く。古処は秋月藩主、八代黒田長舒《ながのぶ》の覚えもめでたく、そのおかげで私塾も塾生であふれて大盛況だった。長舒は米沢《よねざわ》藩主で名君として知られる上杉鷹山《うえすぎようざん》の甥《おい》で、学問や文学を国の礎と考え、奨励していたからだ。

幼いころのみちは、父、兄弟、そしてむさくるしい塾生たちと、母以外は男ばかりにかこまれて成長した。野を駆けまわり、大木によじのぼり、魚をつかまえて遊んだ。

「おまえが男子であったらのう……」

愛娘《まなむすめ》を膝に抱き上げ、愛《いと》しげに髪を撫《な》でながら、父はよく嘆息したものだ。頭脳明晰《めいせき》で子供のころから神童と謳《うた》われた兄瑛太郎は、学究肌であるだけに人づきあいが苦手だ。弟瑾次郎《きんじろう》は幼いころから病身で転地療養をくりかえしている。そんな兄弟にはさまれて、みちだけが育ちすぎるほどすくすく育った。なにを聞かれてもはきはきと答え、物怖《ものお》じしない。女ながら肝もすわっていた。

目鼻立ちは、美貌《びぼう》を謳われた母ゆずり。とりわけ鑿《のみ》で彫ったような切れ長の目は、出会った人の心に強烈な印象を与える。ただし、撫で肩で柳腰の母の体形だけはうけつがなかった。みちは手足が長く、怒り肩で筋肉質、そのへんの男児より腕力が強く足も速く、ふるまいや仕草までが男子のようだった。

みちが十一歳のとき、古処は蔵米百石の馬廻組《うままわりぐみ》に昇格した。このときは九代藩主、長《なが》詔《つぐ》の時代になっていて、古処はますます重用され、江戸参府にも随行して、江戸滞在中に御納戸頭《おなんどがしら》に出世した。

当時のみちは、父の私塾で勉学に励み、漢詩に熱中していた。父から「霞窓《かそう》」のちに「采蘋」という号をさずかったので、塾生たちからも「采蘋さま」と呼ばれて親しまれていた。もしあのまま何事もなく時が流れていたら、塾生の中でも見所のある一人と結婚して、夫婦で兄を補佐し、私塾を守《も》りたてていたかもしれない。

ところが、そうはならなかった。

みちが十四歳になった文化《ぶんか》八年、藩をゆるがす大騒動が勃発《ぼっぱつ》した。家臣七名が主筋である黒田藩へ出訴して、家老二人を罷免に追いこんだ一件である。家老と親交があった古処も、悲憤慷慨《こうがい》して自ら致仕を申し出た。が、これは聞き入れられなかった。藩主の命で二度目の江戸参府に随行したのだが、このときは針の筵《むしろ》に座っているようだったとか。しかも江戸滞在中に私塾は閉鎖、帰国するや「江戸詰中、思《おぼ》し召し叶《かな》わず」との理由から御納戸頭も免職になってしまった。それればかりか稽古館も藩の預りとなり、教授職も罷免されている。後年、みちが聞いた話では、父は政変への怒りが抑えきれず、江戸でも幾度となく藩主に諫言《かんげん》したことが原因らしい。

あのころの父上は、いつも暗いお顔をしておられた――。

いらだって声を荒らげ、そのあとは深々と吐息をもらして、いらだつ自分自身にも愛想をつかしているように見えた。母や兄弟ばかりでなく、お気に入りのみちでさえ、父に話しかけるのがためらわれたものだ。

みちの縁談が破談になったのもこのころだ。古処の恩師ともいうべき亀井《かめい》南冥《なんめい》――黒田藩の医師にして著名な儒学者――の息子の昭陽《しょうよう》が勧めてくれた縁談だったが、古処は返事をしないまま、二度目にして最後となる江戸参府の旅におもむいている。江戸で迷いを吹っ切ったか、新たな決意をしたものとおもわれる。

「みち。いっしょに来い」

江戸から帰るや、めずらしく娘に声をかけた。

武家屋敷のつらなる城下町を黙々と歩き、たどり着いた先は垂裕《すいよう》神社だ。秋月黒田家の初代藩主、長興《ながおき》を祭神として祀《まつ》った神社である。

陰暦の六月は晩夏で、あたりはむせかえるような木々の深緑につつまれていた。そのせいもあったかもしれない、みちの目には、父の顔が久方ぶりに生気をとりもどしたように見えた。とりわけ、政変以来、死んだ魚のそれのように見えた双眸に、ふたたび燃え立つような光が宿っている。

古処は腰かけるのにちょうどよい石を見つけて、娘を座らせた。かたわらの切株に自分も腰をかけると、単刀直入にたずねた。おまえは嫁ぎたいか、と。

「嫁げと仰せなれば、お言葉にしたがいます」

面食らいつつも、みちは素直に答えた。男子と伍《ご》していても自分は女子、嫁いで子を生《な》すのが女子のつとめなら、そうすることに異存はない。

父はぐいと身を乗りだした。

「では訊《き》こう。もし、家へ入るかわりに学問をきわめ、世間を見て歩いて、必要とあらば主家のために命がけで働く――さような道があるとしたら、おまえはどちらを選ぶ」

「あるのですか、そんな道が」

裁縫や染め物より書物を読むほうが好きだ。献立を考えたり暮らしのやりくりの算段をするより、小太刀の稽古をしているほうが性に合っている。なによりも、みちは漢詩をこよなく愛していた。

「好きな事をしてよいと仰せなら、もっともっと漢詩を学びとうございます。俳諧で身を立てる女子がおるとやら、わたくしは漢詩人として名を遺《のこ》したく……」

古処は、頰を上気させて答える娘を、値踏みするような目で見つめている。

「わしはおまえに、東軒《とうけん》さまのような女性《にょしょう》になってほしいと願うていた」

東軒は秋月藩士の娘で、原家の近所に住んでいた。その良妻賢母ぶりが広く世に知られるようになったのは、秋月の本藩である福岡黒田藩の著名な儒学者、貝原益軒《かいばらえきけん》の妻となったのちである。みちも東軒に教えを請うたことがあった。憧《あこが》れの女性の一人だ。

「しかし……」と、古処はつづけた。「わが家はもはや、かつての原家ではない。おまえのところへくる縁談も好ましいものとはいえぬ。おまえは賢い。男勝りでいいだしたら聞かぬ。そのへんの男子の手にはあまろうし、その前におまえが愛想をつかすにちがいない。並の家へ入って、漢詩の素養どころか和歌も俳諧も知らぬ舅姑《きゅうこ》におとなしゅう仕えられるともおもえぬ」

父はなにをいいたいのか。そう、自分に家刀自《いえとじ》の役はむいていない、だから縁談はあきらめて自立する道を探したほうがよい、といいたいのではないか。

望むところだ――と、みちはおもった。まだ恋も知らない十代半ばの娘である。

「そのとおりです。わたくしは嫁がずともよい。生涯、父上のおそばで、学問所のお手伝いをいたします」

「そうか……」とうなずいて、古処はしばらく足下を見つめていた。境内に人影はなく、ときおり筒鳥のポンポンと木魚を叩《たた》くような声だけが聞こえている。

「たそさまの話を、覚えているか」

話が飛躍したので、みちはまたもや面食らった。

「はい。江戸屋敷の、奥御殿にお勤めの女人とうかがいました」

はじめて江戸参府に随行した際、古処は「たそ」という御女中と知り合い、その機知と才覚、男子顔負けの度胸に肝を抜かれたという。帰ってからもよく話をしていた。女子の力はあなどれぬの——と、感心しきりだった。

「たそさまは、いつか、おまえを江戸へよこすように、と仰せられた」

「わたくしを、お江戸へ」

みちは目を丸くした。

「むろん、今すぐに、ということではないが……。いろいろとおもうところがおありなのだろう」

最初のうちは聞き流していたそうだ。が、二度目の江戸参府の折に会ったときは、もう少し具体的な相談が交わされたものらしい。

「今は、東軒さまではのうて、たそさまのようになってもらいたいとおもっている」

「はい。なりとうございます、父上がそんなにお褒めになるのでしたら、わたくしも、たそさまのように。でも、どうしたらなれるのですか」

「それは、追々わかる」

古処は両手で両膝をトンと叩いた。

「これよりわしは、遊興詩人になるつもりだ」

「ゆうきょうしじん？」

「うむ。瑛太郎の家督相続はおそらく問題のう許されるはずだが、とはいえ、せいぜい元の御馬廻、稽古館のほうは果たしていつになったらお許しが出ることやら……」

政変は学問の分野にも影響を及ぼし、今は朱子学一辺倒である。古処や瑛太郎の学風は異学派として白い目で見られるようになってしまった。

そこで古処は、詩作をしながら諸国を旅してまわり、各地に在住している同好の士を訪ね歩いて親交を深めるつもりだと娘に説明した。

「おまえはわしの供をしてくれ」

「はいッ。喜んでッ」

みちは文字どおり飛び上がった。男児のようにぴょんぴょんと飛び跳ねる。父と詩作をしながら旅をするなんて、これほどうれしい話があろうか。

このときのみちは、当然ながら、父の旅にたった今教えられたこと以外の意味があるなどとは考えもしなかった。それがやがて一年半にもおよぶ京での滞在につながり、さらには父の死後、ふたたび父の遺志をうけつぐ旅に出ることになろうとは……。

今こうして男になりすまし、命がけの仕事を成し遂げるべく江戸へおもむこうとしていること——そのすべては、あの日の誓いがはじまりだった。

年若い娘を動揺させたくはなかったのだろう、それ以上の話はしなかったが、古処はそのあと娘を本殿へつれていった。

「ここで誓え。為《な》すべきことを為すために、一命を捧《ささ》げると」

「はい」

みちは神妙に手を合わせた。父の話は大仰すぎて理解できたとはいいがたかったが、女子である自分に父が多大な期待をかけてくれているとわかって天にも昇る心地だった。

「心を決めた以上は、泣き言は許さぬぞ。この父の志を継ぐのはおまえだ。何事があってもわしに倣い、義のために闘え」

「はい。仰せのとおりにいたします」

古処はようやく肩の荷を下ろしたようだった。むろん、ここ数年で激変してしまった藩の内情と自身への不当なあつかいに対する怒りは、このときも消えるどころか、めらめらと燃えたぎっていたにちがいない。けれど、少なくとも神社からの帰り道は、柔和な顔つきになっていた。

みちは久々に、父がお気に入りの漢詩を吟じるのを耳にした。

人生世にありて意にかなわずば
明朝髪を散じて扁舟《へんしゅう》をたのしまん

人生がおもうようにならないなら、明朝は髪を乱し身なりもかまわず、なにものにも束縛されることなく、小舟に乗って放浪の旅をたのしもう……という意味だ。

李白の作である。

古処は――父は――李白をだれよりも崇拝していた。

あれから十五年の歳月が流れている。

稽古館はやがて再開されたものの、もはや父や兄の居場所はなかった。江戸詰から帰ったのちに御武器方という役目を命じられた兄は、体をこわして致仕をよぎなくされた。やむなく原家は養子を迎えたが、その養子も早世、次なる養子に家を託して病身の兄弟は豊前国田川の香春で療養中である。

そしてさらに、昨年は最愛の父が死去した。同年、秋月黒田家の嗣子も急死して、家中は最大の危機に立たされている。

襲いかかる数々の荒波に扁舟はあわや沈みそうになり、あるいはくるくると独楽《こま》のよう、いつ壊れて投げ出されるか。

それでもみちは、逃げるつもりはなかった。

「扁舟をたのしまん……か。たのしむ余裕がないときほど、たのしそうな顔をする。すくんでいるときほど潑剌《はつらつ》として見せる。それがおれのやり方だ」

みちは明瞭《めいりょう》なまなざしで喧噪《けんそう》を見まわした。海鼠壁《なまこかべ》の蔵が立ち並ぶ中之島の船場《せんば》では、褌《ふんどし》一丁の男たちが軽々と米俵を肩にかついで運ぶかたわらで、前掛けに姉さま被《かぶ》りの女たちが箒《ほうき》を使ってこぼれた米をあつめている。

「さてと、善兵衛に会いにゆくか」

父はよくいっていた。おまえのいちばんの長所はその磊落《らいらく》さだ、と。まだ十代半ばだった娘に垂裕神社の祭神の前で誓わせ、自分の志を継ぐという選択をさせてしまったがために、嫁がず子も生さず孤舟のごとく彷徨《さまよ》う娘を内心では憐《あわ》れみ、詫《わ》びるときもあったにちがいない。それが感じられたからこそ、みちはことさら磊落にふるまってきた。腹の底から笑うのも、浴びるほど大酒を呑むのも、自分が幸せだ――今の自分に満足している――と、父におもってほしかったからだ。

「いつのまにか、習い性になってしまったな」

みちは苦笑する。そういえば、松居善兵衛ともよく酒を酌みかわした。呑み比べをしたこともある。決まって勝つのは、女の自分だった……。

そこここに積み上げられた米俵の山のあいだをぬって、みちは善兵衛の屋敷へ急いだ。今や青々とした月代も凜々《りり》しい若侍だ。つか袋をかけた長刀と振り分け荷に各々手をそえ、いつもながらの颯爽《さっそう》とした歩きぶりである。

「おう、吉蔵《きちぞう》。久しいの」

松居家の玄関先では、顔なじみの吉蔵が竹箒をつかっていた。

「商いはどうだ」

「ぼちぼちでんな、ととと、えーと……」

「善兵衛に会いにきた」

「あのう、どなたさんで」

「おう、そうか。原、瑾次郎だ。みちを存じていよう。おれはみちの弟だ」

「おみちさまのッ。そないいうたら、へえ、よう似てはりまんなぁ」

顔をのぞきこまれて、みちはおもわず目を伏せる。

「おまえのことは姉から聞いた。善兵衛はいるか」

「へえ。おみちさまはお達者でっか。ずいぶんお顔を見てまへんけど」

「郷里におるからな。それより急用があるのだ。とりついでくれ」

「へえへえ。来客中でっけど……いえ、おみちさまの弟はんいうたら、お客人放って飛んできやはりまっしゃろ。なんせ旦那《だんな》はんはおみちさまが大の贔屓《ひいき》でっさかい」

みちは奥座敷へ通された。

待つ間もなく善兵衛がやってきた。ひと目みるなり相好をくずして、ほほう、とうなずく。恰幅《かっぷく》だけでなく肌の色艶《いろつや》もよい男は、富める者ならではの鷹揚《おうよう》さを全身から発散している。

「お目元が似てはりまんなぁ」

みちはどきりとした。心もち肩を怒らせ、慇懃にうなずく。

「姉がたいそう世話になったそうで……」

「おみちさまが息災と聞いて、手前も胸を撫でおろしたとこでんがな。知らぬ間に京の住まいをひきはろうてもうたさかい、何事がおましたかと心配してましたんや。お父上が亡《の》うなられたことは、あとになってご家中のお人に教えてもろうて……。あの古処さまがなぁ……ほんに、大変なことにおましたなぁ」

「わざわざ香典までいただき、兄からもくれぐれも礼を伝えてくれと」

「いや、遅うなってしもうて、こっちこそ堪忍でんがな」

一昨年の秋、みちは京から秋月の実家へ帰った。父が重篤になったと知らせがとどいたからだ。年末年始は郷里で看病に専心していたが、古処は年を越した正月二十二日に永眠している。


善兵衛は原家のその後、とりわけみちの様子を知りたいようだった。が、のんびり話しこんでいるひまはない。


「今日はたのみがあって来た」

兄の無心状を手渡した。

予想していたとおり、善兵衛は一読しただけでなにも訊かず、金子を用立ててくれた。口にはしないものの、秋月黒田家の後継者問題が宙にういていることが耳に入っていて、金子の行方もそのことにかかわっていると読み解いたのか。


善兵衛にいわれて番頭が切り餅《もち》（封印された小判十枚の束）をみっつ、袱紗《ふくさ》につつんで持ってきた。みちは押しいただいてふところへおさめる。


「恩に着る。この礼は必ず……」

「お手をお上げください。なんのこれっぽっち。それより、少々気になることが……」

善兵衛は素早く左右を見て、膝を進めた。

「なんだ、いうてくれ」

「へい。半月ほど前になりまっけど、おみちさまのご実家のことをたずねてみえたお武家さまがいやはりました」

「実家……原家のことか」

「へい。古処さまと白圭さまのことで、古処さまについては亡うなられたいきさつ、白圭さまについては、今どこでどうしておられるか、といったような……。実際、くわしいことは存じまへんさかい、お香典をお送りした、いう話だけで……」

「おれ、いや、姉が京にいたことはどうだ。もしや、そのことも……」

善兵衛は少しばかり機嫌をそこねたようだった。

「手前を、だれと、おおもいで」

みちはほっと息をつく。

「亡きお父上にはえろうお世話になりました。うちとこが黒田さまの御用をつとめさせてもろうてますのんは、古処さまが先代さまへ話を通してくれはったおかげや。おみちさまにもよう漢詩の手ほどきを……。そのご恩をおもうたら、わけもわからんまま、ぺらぺらとしゃべれまっかいな」

「待て。おれの家のことを探りにきたというのは、どこのどやつだ」

「本多遠江守さまのご家来で、石上玫左衛門さまと仰せにございました」

遠江守は駿河国田中藩主で、若年寄でもある。この中之島の北岸に小さな蔵屋敷をかまえていて、石上玖左衛門はその御蔵番をしているという。

「御蔵番が、なにゆえおれの実家を調べるのだ」

「さぁ、手前にもわかりまへんけど、白圭さまをご存じのようなお口ぶりでした」

父の隠居にともない家督を継いだ兄は、十年ほど前に一度だけ江戸留守居詰を仰せつかって、たった一年間だったが江戸に滞在していたことがある。そのとき知り合ったのかもしれない。

とはいえ、いったい今、原家のことを調べるわけはどこにあるのか。

「本多さまのお屋敷を訪ねはるおつもりやったら、吉蔵に案内を……」

「いや。やめておこう。これから京へ行かねばならぬ」

藪《やぶ》をつついて蛇を出してしまうのは恐ろしかった。なんにせよ、よけいなことに気をとられている場合ではない。

みちはあらためて善兵衛に礼を述べた。

「お近づきのしるしに一献、いかがですかな」

善兵衛が探るような目になったのを見て、みちはあわてて腰をうかせる。

「それも、またの機会に。姉とちがって不調法ゆえ」

「ほんならひとつだけ。手前かて商人の端くれ、秋月のお殿さまにとっても原さまにとっても、今がのるかそるかの瀬戸際や、いうことはようわかってま。敗けてもろたらこっちにもとばっちりがきまっさかい……」

善兵衛はふっと豊頰《ほうきょう》をほころばせた。

「おみちさまに……姉さまにお会いにならはったら、松居善兵衛がいうてたと伝えてもらえまへんか。女だてらに、えらいお気張りでっけど、お命だけは大切に……死んだら元も子もあらしまへん、と」

みちは善兵衛の目を見返した。おもわず眸《ひとみ》を躍らせている。

「生きて帰ったら伝えよう」

善兵衛の屋敷を出るや雨が落ちてきた。

「旦那はんがこれを」

小走りに追いかけてきた吉蔵から傘をうけとる。米俵が濡《ぬ》れないよう右往左往している人々を後目《しりめ》に傘をくるりとまわし、みちは颯爽と歩きだした。

第一章　〈京〉

一

四月の雨は「卯《う》の花腐《はなくさ》し」といってだらだらつづく。幸いにもこの日は、船が淀川《よどがわ》を上っているうちに晴れてきた。雨上がりの陽光は彩りが増したようで、なじみの景色まで生まれたてのように見せてくれる。みちは、流れゆく山野や田畑の豊かな緑につつまれて、ひとときの安息に身をゆだねていた。

京では大事な使命が待っている。しくじれば江戸へ行く意味さえなくなってしまう。亡父と病身の兄の悲願は潰《つい》え、二人の背後で周到な計画のもと、闘志を燃え立たせてきた人々の努力も泡と消える。秋月黒田《あきづきくろだ》家はこれからも本藩の福岡黒田家に首根っこを押さえつけられて息をひそめて生きるか、いや、家そのものが失《う》せてしまうこともあり得る。

しかもこれは政だけの問題ではなかった。父の古処《こしょ》や兄の白圭《はくけい》が育てようとしてきた広い視野とのびやかな心をもつ若者たちにとっても、朱子学一辺倒の堅苦しい檻《おり》に閉じこめられて、本来なら自由であるべき学究がねじまげられてしまいかねない大問題である。兄がいっていたように、これこそ「李白《りはく》の死」というべきだろう。

景色をながめていたつもりが、いつしかものおもいに沈んでいたようだ。

「あら」と声がして、みちははっとわれにかえった。同時に小さな鈴がころころところがって、みちの足許《あしもと》で止まる。お守りに巾着《きんちゃく》にでもつけていたのか、鈴を結ぶための多色づかいの組紐《くみひも》が美しい。

みちは鈴を拾い上げて、声がしたほうを見た。

船は、真ん中の狭い通路をはさんで左右の板に二人ずつ、二十人ほど乗船できる。板の屋根がついた簡素な船だ。席は八割方うまっていたが、後方のみちのとなりの席だけは空いていた。通路をはさんだ並びに、ひと目で上物とわかる紬の小袖《こそで》を着た島田髷《しまだまげ》の娘と、丸髷に紋付の年配の女が腰をかけている。

鈴を落としたのはこの娘だった。器量は十人並みだが、恥ずかしそうに頰を赤らめた顔が愛らしい。

みちは手を伸ばして、鈴を渡してやった。

「すんまへん。堪忍どす」

「ご利益がありそうな鈴だ」

「へえ。清水《きよみず》はんで、お母はんが買《こ》うてくれたんどす」

娘は一瞬、ためらう素振りを見せたものの、みちの顔を見つめたまま遠慮がちにあとをつづけた。

「お母はんの形見どす。失くしてもうたら、泣いても泣ききれんとこどした」

ということは、となりに座っている女は母親ではないようだ。

おもむろにふところから懐剣を抜きだして、鍔《つば》の穴に鈴の紐を結ぶ。

みちの視線は漆塗の鞘《さや》にひきよせられた。

「見事な漆だ」

「へえ。うっとこのもんどす。漆の中でもいちばんええもんやて」

「腕の良い漆職人が手間暇かけて作ったものは艶《つや》がちがう。深みがあるというか……」

「そらそうやわ。うっとこのは内裏にも納めてまっさかい」

みちはおもわず娘の顔を見た。

「朝廷の御用達《ごようたし》か」

「へえ。というても去年からどすけど」

みちが考える目になったのを見て、娘は身を乗りだした。

「お武家さまは京へ行かはるんどっしゃろ。どちらへおいでどすか」

「およしなはれ、はしたない」

隣席の女がはじめて口をはさんだ。が、娘は「ええやないの」と口を尖《とが》らせておいて、
みちにははにかんだような笑顔をむける。

「うっとこは四条河原町《しじようかわらまち》の兼六屋《けんろくや》どす。漆のもんやったらぎょうさんありますよって、おひまができたらいっぺん見に来ておくれやす」

「お咲《さき》はんッ、いいかげんにしなはれッ」

「ええやないの。袖すり合うもなにやらの縁、いうやおまへんか」

近くに座った、落とし物を拾ってもらった、それだけで縁というのも大仰だが、みちはふっと、これは天運ではないかとおもった。京には一昨年《おととし》まで一年半、滞在していた。そのときも秋月黒田家からは外遊の許可が下りなかったので、かたちばかり久留米《くるめ》藩士の養女となって旅に出た。そんな事情から秋月藩の京屋敷を頼ることができず、伝手《つて》を探して宗真寺《そうしんじ》に仮寓《かぐう》させてもらった。

今回も出立した時点ではそのつもりだった。が、上京の途中で状況が変わった。兵庫の旅籠《はたご》で、みちは弟の瑾次郎《きんじろう》に変身している。しかも今回は命の危険にさらされることも覚悟の上、新たな滞在先を探そうという矢先だ。

「滞在先はまだ決めておらぬ。京は不案内でのう、数日京見物をするのに、どこぞ便利な宿を知らぬか」

自分は黒田藩士の倅《せがれ》で、江戸《えど》へ剣術修行に行くところだとみちは説明した。

「事情があって藩の者たちには知られとうないのだ。ま、早い話が、親の目を盗んで出奔した。御役についてからでは遊学などしておれぬゆえ」

そういうご事情やったら……と、お咲は目を輝かせた。

「なぁ、お継母《かあ》はん、うっとこへ泊まってもろたらどないどっしゃろ」

「なに、いうてますのや。そないな、勝手なこと」

「けど、離れが空いてます。お父はんも、腕の立つお武家さまにいてもらえんやろかていうてはりました」

二人の話を聞いて、みちは内心、小躍りした。商家の離れへもぐりこめれば万々歳。住まいを探す手間が省けるし、なにより武士の目につきにくいから安全だ。それに加えて、朝廷御用達の家なら、公卿《くぎょう》の屋敷の内情を知る手立てになるかもしれない。

「どないどすか。もし、ご迷惑やおへんのどしたら……」

「迷惑どころか……ありがたい。ぜひ、たのむ」

「よかったわぁ。うれしゅおす」

「そないいうたかてお咲はん、こちらさまのお名前かてまだ……」

「拙者は原《はら》瑾次郎だ。お母上も、よろしゅうたのんだぞ」

見目麗しい若侍に頭を下げられれば、お咲の継母もいやとはいえない。

二人は大坂《おおさか》の継母の実家へ法事に出かけた帰りだそうで、伏見《ふしみ》の船着場に、母娘《ははこ》と別の船で送られてくる荷物、それに土産の品々を出迎えるため、兼六屋の者たちが待機しているという。

「この鈴のおかげやわ。ね、原さま、うちが真っ先に清水はんへおつれします」

お咲の熱っぽいまなざしには少しばかり閉口したものの、みちは上々のすべりだしに安堵《あんど》の息をついていた。

二

おれにもようやく運がめぐってきた——。

手柄を立てて主《あるじ》の本多遠江守《ほんだとおとうみのかみ》に気に入られれば、出世はおもいのまま。石上玖左衛門《いしがみきゆうざえもん》は勇んで大坂から船に乗りこんだ。瀬戸内海を順調に航行して苅田《かんだ》の湊《みなと》で下船、勝山《かつやま》・香春《かわら》・嘉穂《かほ》を通って秋月城下へつづく街道を休む間も惜しんでひたすら歩く。

玖左衛門の背中を押しているのは、藩主直々の御用であるからだけではなかった。瑛《えい》太郎《たろう》と再会できる喜びが足を軽くしている。

あれはいつだったか。もう、十余年になる——。

寡黙で温厚、だが文学の話題となるとたんに目が輝き、口吻《こうふん》に熱がこもる。知識のかたまりに羽織袴《はかま》を着せたような男は、今、どうしていようか。体調がすぐれないと聞いたが、秋月黒田家があの博覧強記を利用しない手はないから、なにか重い御役についているにちがいない。

秋月城下は三方を山にかこまれ、樹木の香りや草いきれでむせかえらんばかりだった。大坂の市場の喧噪《けんそう》、銭金に目の色を変える商人の中で暮らしていた玖左衛門は、長閑《のどか》な郷里へ戻ったような気分で、手足の先までのびやかになってゆく。

秋月城下の規模は、本多家の田中《たなか》城下とさほど変わらないように見えた。が、山城を中心とした武家屋敷は整然として厳《いか》めしく、数少ないながら玖左衛門の知る秋月藩士の質朴な風貌《ふうぼう》をおもいおこさせた。

白圭こと原瑛太郎の話では、父の古処は当時、家督を息子にゆずり、藩校稽古館《けいこかん》の教授職からも退いていた。古処亡き今、稽古館はどうなっているのか。玖左衛門はまず藩校へ行ってみることにした。藩の内情を探りにきた男が、藩庁へのこのこ顔を出して瑛太郎の消息をたずねるわけにはいかない。

稽古館は、城の本丸へつづく瓦坂《かわらざか》のかたわらにあった。ちょうど数人の若侍が中から出てきたのでたずねると、今は朱子学が主流になっているという。稽古館の祖ともいうべき原古処の名を問うたところが、「よう知らぬ」と首を横にふる者が大半で、「異学者か」と吐き捨てる者さえいた。

玄関で応対に出てきた侍も、白圭といっただけで眉《まゆ》をひそめた。

「何用だ」

「用事というほどのものはありませぬ。十余年も会《お》うておりませぬので、長崎へ参る途上、挨拶《あいさつ》だけでもとおもい……」

江戸で漢詩の指南をうけていたと説明をすると、「ここで待て」といっていったん中へひっこみ、消息を知る者をつれてきた。

「香春……豊前国《ぶぜんのくに》におられるのですか」

香春村なら通ってきたばかりだ。が、秋月黒田家の領内ではなく、小倉《こくら》藩小笠原《おがさわら》家領内の田川《たがわ》にある村だ。

「胸を病んでおられる。あちらには良き医師がおるそうな」

つまり転地療養中ということか。

「お体の具合がすぐれぬとのお噂は耳にしておりましたが……」

では、秋月藩士としての立場はどうなっているのか。そのことをたずねると、一昨年、隠居したとの答えだった。原家は瑛太郎の隠居にともない養子を迎えたが、その養子も昨年、早世してしまった。そのため、目下は二人目の養子が家督を継ぎ、藩からの正式な家督相続の許可が出るのを待っているところだという。

「もしや、改易ということは……」

「それはなかろう。縁者のお子が当主として家を守っておられるのだ。だが今は家中がごたついておるゆえ沙汰《さた》が遅れている」

そういったところで、後ろにひかえていただれかに小声で名を呼ばれた。よけいなことをいうなという注意か。案の定、「ごたついた、とは?」と玖左衛門がかえした問いに答えはなかった。

「会いたければ香春へ行け。原家の方々は皆、むこうにおられる」

なんとなくしっくりしなかった。が、ともあれ瑛太郎に会って話を聞くことが先決である。病ばかりか隠居とは気がかりだが、秋月城下ではなく他藩の土地にいるなら、むしろ踏みこんだ話ができそうである。

玖左衛門は即刻、来た道をひきかえした。途中、田川の街道沿いの旅籠で一泊して、翌日の午前には香春村へ入る。

「白圭先生の春霞堂《しゅんかどう》とね、ばってん、こん坂を行かしゃった突き当たりですたい」

「先生はおられんばい、ご家族もここんとこ、お顔を見とらんがね」

稽古館の武士たちより余所者《よそもの》であるはずの香春の村人たちのほうが、よほど原家の家族に親しみと敬意を感じているようだった。村人たちの話によれば、この近辺には亡き古処の知己が幾人かいて、その中に名医と評判の医師もいる。それでかねてから病弱だった弟が療養に来ていたという。

兄の瑛太郎が病を得たのはここ数年のことのようで、隠居後はやはりこちらで養生をすることになった。といってもはじめのうちはまだ症状が軽かったので、たのまれれば近隣の屋敷へ出むいて儒学や漢詩を教えていたという。このあたりには、古処の門人で、別邸をもうけて雅会を催す粋人が何人かいたためである。

原家の家族は留守だといわれたが、玖左衛門は春霞堂へ行ってみることにした。額に汗をにじませながら、雑木林の中の坂道を上る。

春霞堂は、寺の一隅に建てられた庵《いおり》のような住居だった。この寺は徳成寺《とくじょうじ》といって、住職の黄鶴道人《こうかくどうじん》が古処の知友だとか。療養のために建てた庵におのずと向学の弟子が集い、春霞堂と名づけられたのだという。

今はひっそりとして人の気配もない。

住職は法事に出ていると庫裏で教えられた。本堂でしばらく待っていると、鈍色《にびいろ》の袈《け》裟《さ》をまとった老僧が腰をさすりながらやってきた。

「高齢には勝てませんなぁ。ほんの目と鼻の先でも、杖《つえ》がないともうこれだ」

僧名のごとく痩《や》せて黄ばんだしわ深い顔は柔和だが、どうしてなかなかの剛の者らしい。それが証拠に、ひきむすんだ口許には意志の強さが、黒々とした双眸《そうぼう》には深い叡智《えいち》が見てとれる。玖左衛門は名を教え、長崎御用へ行く途上だと嘘をついて、瑛太郎の居所をたずねた。

「白圭さまはたしかにこちらにおられました。しかし年初から症状が重うなられましての、別の場所へお移りいただきました」

「さようにおわるいのか」

「はい。お歩きになるのもままならず……」

病とは聞いていたがそこまで重病だとはおもってもいなかった。家中でも重用されているものとばかりおもいこんでいたのだ。ところが……隠居して療養中、というだけでも驚きなのに、もはや歩くことさえままならぬほど弱っていようとは……。

「いずこにおられるのですか。ぜひとも見舞いたい。お住まいをお教えください」

「病が病ゆえ、見舞いはお断りすると……どなたにも会いとうないゆえにここから出て行かれたようなわけで……」

お気持ちだけはお伝えしましょうといったところをみると、黄鶴道人が瑛太郎の移転先を知っているのはまちがいなかった。玖左衛門は食い下がる。

「きっと、必ずや、瑛太郎どのも拙者にお会いになりたいとおもわれるはずです。今このときを逃せば相まみえること叶《かな》わず……いや、瑛太郎どののためにも、これは、大事なことなのです」

玖左衛門の熱意にほだされたか、黄鶴道人は庫裏で待つようにといった。それでも居所を教えようとはせず、玖左衛門の走り書きを寺男に持たせて送りだした。よほど用心しているのだろう。

用心――。

瑛太郎は、なにをそれほど警戒しているのか。

黄鶴道人が手ずからいれてくれた白湯《さゆ》を飲みながら、玖左衛門は老僧が楽しげに語る古処との昔話に耳をかたむけた。ときおり原家の現状をたずね、話題を変えようとしてみたが、そのたびにはぐらかされてしまう。

この上は、玖左衛門の走り書き――田中城下で悲憤を語り明かした二人だけが知る思い出――を読んで、瑛太郎があのときの交流をなつかしみ、会いたいといってくれるのを願うしかなかった。玖左衛門は老僧の話に半ば上の空で相槌《あいづち》を打つ。

と、そのときだった。耳をそばだてた。

「待てッ。今、李白というたか」

「はい。申しました。古処さまは『尚友李太白』……皆が自分から離れて行っても、李白だけは変わらずわが友であると口癖のようにいうておられました。ですからご自身のお子たちが李白を学び敬愛するのをなによりお喜びになられて……」

「そうか。さすれば瑛太郎どのの白圭という号も、李白の道を学ぶという意味やもしれぬの」

「ご推察のとおり。しかしこれは、秋月黒田家のご先代、黒田甲斐守《かいのかみ》さまの御意ともうかごうております。なんとなれば、甲斐守さまはなにがあっても古処さま古処さま、古処さまの教えをそれは熱心に学んでおられましたそうで。むろん神童と謳《うた》われた白圭さまへのご寵愛《ちょうあい》もひとかたならず……。当時は李白といえば白圭、白圭といえば甲斐守さまとおもう者もおりましたとか」

甲斐守が逝去したのは文化《ぶんか》四年だったはずだ。八年には政変があり、家老の二家とども原家も没落してしまった。もし甲斐守が存命だったなら、古処・白圭父子は今も陽の当たる道を歩いていたにちがいない。

黄鶴道人が秋月黒田家の話題にふれたのは、李白の話をしたそのときだけだった。

半刻《とき》ほどして老僧が席を立ったので、玖左衛門は古畳にごろりと横になって、しばし原家の悲運におもいをめぐらせた。じっとしていても汗ばんでくるような陽気で、気の早い蜩《ひぐらし》の声がどこからか聞こえてくる。

「腹がお空《す》きでしょう」

さらに一刻余りして黄鶴道人が香の物をそえた湯漬けをはこんできたとき、ちょうど使いに出ていた寺男が帰ってきた。

「おう、ありがたやッ」

ぜひとも会いたいから案内するようにという瑛太郎の言伝《ことづて》を聞いて、玖左衛門は快哉《かいさい》を叫んだ。ここまで来て面会を拒絶されたら——むろん、それでも策を講じて会わなければならなかったが——今後の探索がおもいやられる。

玖左衛門はあわただしく湯漬けをかきこんだ。

「世話になりました」

黄鶴道人に礼を述べると、老僧はじっと玖左衛門の眸《ひとみ》を見つめた。

「白圭さまのご余命はいくばくもございません。そこへ、あなたさまがあらわれた。これは、さよう、御仏《みほとけ》のおひきあわせやもしれませんな」

三

みちは丸太町《まるたまち》の通りにたたずみ、菅笠《すげがさ》の縁をわずかに持ち上げて内裏の方角をながめていた。

一年半住んでいたから、おおよその地理は頭に入っている。京都所司代、公卿や大名の屋敷、もちろん福岡黒田家や秋月黒田家の京屋敷がどこにあるかも。先の滞在は、まさにそうした地理を頭に叩《たた》きこみ、立ち位置によって景観が変わる山や川、おびただしい数の多種多彩な寺社に精通するため費やされたといっても過言ではない。

京には朝廷があり、内裏には天皇がおられる。江戸幕府が開闢《かいびゃく》して二百余年、徳川《とくがわ》家が一手に政を牛耳ってきた。朝廷や天皇の力は衰退する一方だ。が、それでも、おかすべからざる権威は今も歴然としていた。

侮ってはいけない――。

みちは知っている。大きな力を動かすにはより大きな力が必要だ。だがこの場合の「大きな」とは、財力や権力だけをいうのではない。逆立ちしても手がとどかない高みにあるものこそ、永遠に不滅である。

今、秋月黒田家に必要なのはこの力だ。

「慈明院《じみょういん》さま。今こそ、貴女《あなた》さまのお力がものをいうときにございます。女子《おなご》の力が侮れぬことを、どうぞお示しくださいい。慈明院、采子《さいこ》さま……」

知らぬまに声がもれていたのか。

「原さまには奥さまがいやはるんどすか」

背後で声がした。お咲が食い入るような目で見つめている。

「妻はいない。修行中の身だ、娶《めと》る気もない」

「けど、今、女子はんの名を……」

「慈明院さまなれば先代の殿のご正室だ。五十をとうに超えておられる」

その慈明院采子こそがみちの兄にこたびの密命を託した張本人である。

「それやったらよろしゅおす。ご妻女はんおいて剣術修行やなんてあきまへんえ」

十代半ばの娘のいうことをいちいち気にかけるつもりはなかったが、みちはお咲の言葉で亡父をおもいだした。

古処は、参勤交代の随行は別として、隠居してからの数多くの旅に妻と娘を同行させた。女づれでは面倒なことが多々あり、周囲からもけげんな目で見られていたようだが、だれになんといわれようと聞く耳をもたなかった。息子が病み、妻が看病のために同行できなくなってからも、娘のみちだけは常にそばから離さなかった。

「おまえなら用心棒になる」

大柄で男勝りな娘にそんなことをいい、旅の先々で、剣術や柔術の道場に通わせた。

「なにがあっても生きのびられるよう、力をつけておけ」

みちは生来お転婆で、体を動かすのが大好きだった。漢詩とおなじくらい剣術や柔術も気に入ったので、父の命令に嬉々《きき》として従った。

実は前回、京へ来たときも、はじめは父に同行する予定だったのだ。だが父は間際で上京をとりやめた。表むきは、体調がすぐれないから、ということになっているが、むろん理由は他にもある。

「さて、帰るか」

「へえ。お父はんが今晩もまたごいっしょしたい、いうてまっけど……」

「おう。相伴いたす、と伝えてくれ。昨晩の酒は美味《うま》かった」

間借り人兼用心棒として娘が勝手につれてきた武士を見ても、兼六屋長兵衛《ちょうべえ》は迷惑顔をしなかった。それどころか剣の達人だとお咲が尾ひれをつけて紹介したためもあり、長兵衛は大いに喜んで、みちが口にしたことのない上物の酒と肴《さかな》でもてなしてくれた。

みちは、空き家だった離れで寝起きすることになった。

四条河原町は京の都で一、二を競う繁華な場所だ。人目を忍ぶ隠れ処《が》とはいかないが、喧噪はかえって隠れ蓑《みの》にもなる。なによりこの機に、京を離れていたあいだの変化を頭に入れておきたいし、あわよくば公卿に接近する確実な方法を探っておきたい。

ふところには兄が国家老から託された書状があった。むろん慈明院の下知によるものである。ぐずぐずしているひまはない。強引に訪ねていって話を切りだすべきかともおもうが、それはそれで危険な賭《か》けでもあった。万にひとつ、その場に本藩の黒田家と通じている者がいれば書状など即座ににぎりつぶされてしまうだろうし、そのあとにくる代償も大きい。だいいち目指す相手と二人きりで会うまでが大仕事、会っても信用してもらえなければすべてが徒労に終わってしまう。

確実に、速やかに、しかも秘密裏に、成果をあげるにはどうすればよいか。みちの頭はそのことでいっぱいだ。

「あの、うかごうても、よろしゅおすか」

兼六屋へ帰る道々、お咲が遠慮がちに訊《き》いてきた。

みちは上の空でうなずく。

「原さまは、なんで、そないにずーっと菅笠をかぶってはるんどすか」

　みちは面食らった。

「なぜ、ということもないが……おかしいか」

「せやかて、さっき麦湯飲まはったときもかぶってはったさかい……あ、すんまへん。よけいなこと、訊いてもうた」

「そうか、どうも、野暮につける薬はないようだ」

　そういいながらあえて菅笠の縁をひきさげる。

　人目を忍んでいるとおもわれるより田舎者だとおもわれるほうがまだしも都合がよいと、みちは笠の陰で苦笑した。


　兼六屋長兵衛は、独楽鼠《こまねずみ》のような男である。

　大店《おおだな》の主人なのだからどっしりかまえていればよさそうなものなのに、せかせかと動きまわらずにはいられないらしい。では軽佻浮薄《けいちょうふはく》か、といえばそうでもなく、双眸の奥に不敵とも見える色があった。

「ささ、お呑《の》みください。昨晩の呑みっぷりもなかなかでございました」

　長兵衛はみちの盃《さかずき》が空になるや、銚子《ちょうし》をとりあげて酒を注《つ》ぐ。呑んでいるふりをして、自分はほとんど呑んでいない。

「美味い酒ゆえ、昨夜《ゆうべ》はつい呑みすぎてしもうた」

「なんの、あれしき。酔うてなどおりまへんどした」

みちは、女だてらに、酒豪の名をほしいままにしてきた。旅に出るとその土地その土地の男たちと呑み比べをすることがよくあるのだが、これまで負けたことがない。はじめのうちは苦い顔をしていた亡父も、そのうちには面白がってけしかけるようになった。風変わりな父娘である。

「昨晩は話が尻切《しりき》れトンボになってしまいましたが、おたずねの件、都はこの一、二年でずいぶんと様変わりをいたしました」

変化の大本は京都所司代の交代だという。前回みちが京に滞在していたときは、石見《いわみ》浜田《はまだ》藩の松平周防守康任《まつだいらすおうのかみやすとう》がこの重職についていた。老中の水野《みずの》出羽守忠成《でわのかみただあきら》の腰巾着と揶《や》揄《ゆ》されながらも、なにごとにも鷹揚《おうよう》な男だったから、京の町も都らしいのんびりした雰囲気に満たされていた。ところが、父の病でみちが秋月へ帰ってまもなく、所司代は浜《はま》松《まつ》藩の水野越前守忠邦《えちぜんのかみただくに》という堅物の能吏にかわった。老中とおなじ水野姓でも、出羽守と越前守では――どちらがどちらかはともかく――月と鼈《すっぽん》ほどにちがう。

「今では頭を押さえつけられ、些細《ささい》なことでもお咎《とが》めをうける心配がありまっさかい、公卿はんらは皆、戦々恐々としてはります」

みちにとっても、間がわるかった。もし、本藩の黒田家をだしぬくために賄賂《わいろ》で公卿を手なずけようとした、などという話が所司代の耳に入ろうものなら、大変な騒ぎになるはずだ。黒田家内部でのお家騒動とみなされれば、それだけで秋月黒田家はひねりつぶされてしまうかもしれない。

用心しなければ……と、みちは頭に叩きこむ。

「兼六屋が朝廷の御用達になったのは昨年、所司代が交代してからだと聞いたが……。だとすると、親父どのの手腕、たいしたものだな」

「いや、たまたま空きができたというだけで……」

謙遜《けんそん》しながらも、長兵衛の小鼻はふくらんでいる。

「新しい所司代はんに目ぇつけられたとこがおまして、それでこちらにお鉢がまわってきたような次第におます」

抜け目のない長兵衛は、堅物の所司代に袖の下や媚《こ》びへつらいとは異なる方法でとりいり、御用達という特権を手にいれたにちがいない。

「さぁさぁ、遠慮のう。こんなものしかおもてなしもでけしまへん。たんと召し上がっておくんなはれ」

長兵衛は勧め上手でもあった。酒に目がないみちは、ついつい盃を重ねている。

「おもてなしというが、こっちはただの借家人だ。礼をいわねばならぬのはおれのほうだ」

「いえいえ、原さまには用心棒をつとめていただきます」

といっても店は洛中《らくちゅう》で屈指の繁華街にある。置き引きや喧嘩《けんか》騒ぎなどがあったときに武士がいれば安心、用心棒の役目はそんな程度だろうと、みちは高をくっていた。

ところが、そうではないようだ。

「実は……たびたびいやがらせをされておりまして……」

御用達から外された老舗《しにせ》のだれかが裏で糸をひいているのではないかと、長兵衛は疑っていた。そもそもは所司代が代わったことがきっかけだ。漆塗の器や鏡などを納めていた老舗が、贅沢《ぜいたく》な品々を売りつけて見返りを得ていると咎められ、御用達から外された。そこに入りこんだのが兼六屋であったため、怨《うら》みを買ったのではないかという。

「いやがらせとは、どのような……」

「金沢《かなざわ》から品物をはこんで参ります際、暴漢に襲われました。燃える紙でつつんだ石を投げこまれたこともおましたし、蔵が荒らされたことも」

用心棒が次々にやめてしまって困っていたところだといわれて、みちは目を泳がせた。長刀《なぎなた》や小太刀の腕ならその辺の男どもに負けない自信はあったが、今はそんなことをしているときではない。騒ぎになって吟味でもうけようものなら、肝心の使命が果たせなくなってしまう。

居心地のよい寓居だが長居はできぬの……と、みちは眉をひそめた。といって、どうやって次なる住まいを探すか。当てはない。

前回、京を訪れたときはゆかりの寺に身を寄せた。が、そこへは行けない。身も心も武士になりきっているとはいえ、女だったころのみちと懇意にしていた人々にかこまれれば、いつぼろが出るか。

黒田藩の武士が出入りする場所からも、できるだけ距離を保っていたかった。幼いころから病弱だった原瑾次郎は転地療養をくりかえしていたから、顔を知る者はほとんどいないはずだ。それでも万が一ということもある。別人だと騒がれては厄介だ。

みちがいちばん恐れているのは、本藩・秋月藩にかかわらず、黒田家のだれかれに、これから自分が為《な》そうとしている使命を知られることだった。秋月藩士の中には敵だけでなく味方もいる。みちに課せられた使命を知ったら、ぜひとも成し遂げてくれと願う者たちもいるはずだった。けれど、だれが敵でだれが味方か、判別するのはむずかしい。なぜなら文化八年の政変以後の長い年月、秋月黒田家の家臣たちは、少なくとも表面では本藩の福岡黒田家に恭順をよそおい、細々と生きのびることだけに汲々《きゅうきゅう》としてきたからだ。

みちは、なにを為そうとしているのか。

亡父古処の遺命、重い病におかされた兄の悲願とはなにか。さらにいえば、秋月にいる慈明院采子や国家老の企《たくら》みとは……？

それは、本藩の専横に苦しめられている秋月黒田家に、本藩には意のままにできない後継者を迎えて、家の存続を図り、真の独立を成し遂げることだ。

では、それほどの大事を、なぜ没落した原家の娘が担うのか。

これには複雑ないきさつがあった。

昨年、江戸で、秋月黒田藩主の嫡子が急死した。この嫡子は、本藩には従わぬぞ、と覇気をむきだしにしていたから、本藩と通じる重臣たちはこれ幸いとほくそえんだにちがいない。彼らは急死の真相を明らかにしないまま、自分たちに都合の良い嗣子を定めようとした。

さすがに、黙視してはいられぬと立ち上がった者たちがいた。先代正室の慈明院采子と国家老を中心とする一派である。当代もこれに賛同、本藩方に対抗して、国許ではひそかに養嗣子の選定が行われ、慈明院の実家、土佐山内家《とさやまうち》から慈明院の甥《おい》を当代藩主の娘慶子《けいこ》の婿養子に迎えることに内定した。

そして、今春の参勤交代。あとは本藩方から横槍《よこやり》をいれられないうちに幕府へ申請、将軍家の許可を得ることである。固唾《かたず》を呑んで見守っていたところが……。

江戸へ到着した藩主に異変が起こった。詳細はいまだに不明だが、起こったことはたしかだ。来るべき知らせが来ない。養嗣子の話もぱたりと途絶えた。

おそらく、気弱な藩主は、江戸で待ちかまえていた奸臣《かんしん》どもに手足をもがれ、身動きがとれなくなっているものとおもわれる。国許の面々はそう判断した。これは嫡子が江戸で急死したときから危ぶんでいたことでもあった。

となれば、最後の手段に訴えるしかない。奸臣どもの推挙する嗣子が正式に決まってしまう前に、将軍家と将軍家に進言できる幕閣の権力者に、国許で選定した養嗣子を認可してもらうことである。そのためにはまず、彼らに影響力のある公卿を味方につける必要があった。

慈明院の姪《めい》は内大臣をつとめる三条家《さんじよう》に嫁いでいる。こんなこともあろうかと、慈明院は内大臣宛の書状を認《したた》めていた。だが、秋月黒田家の家臣が動けば、たちどころに本藩方の知るところとなり、阻止されてしまうのは必定。

そこで、みちの登場となった。

ただし女では公卿への奏上もままならない。関所越えにも手間がかかる。公卿のお墨付きをもらって速やかに江戸へ上るためにも、江戸で権力者を説き伏せ、奸臣どもにひと泡吹かせるためにも、みちは男になりすますことにした。

公卿に書状を手渡すのは最初の一歩。ここでつまずいてはいられない。

「御用達なれば公卿さま方ともつきあいがあろう。兼六屋の見事な漆器なれば、注文が殺到しておるのではないか」

「はい。御所へ納めさせていただく際は、御取次役という者がなにからなにまで手配してくれはりますが、それ以外にも、近ごろはぼちぼちとご注文をいただいております」

「ほう、たとえばどのような……」

「近衛《このえ》はんには漆の御膳《ごぜん》を納めさせていただきました。鷹司《たかつかさ》はんには鏡台、なんでもお輿入《こしい》れがおますそうで……それから、そうそう、三条はんにも近々、御文箱をおとどけすることになっております」

「三条ッ。三条公修《きんおさ》さまのお屋敷か」

みちはおもわず膝《ひざ》を乗りだしていた。

そう。みちが書状を手渡すことになっている相手は、従一位内大臣、藤原北家閑院流《ふじわらほっけかんいんりゅう》の嫡流の三条公修その人である。

「内大臣はんをご存じで……」

長兵衛はけげんな顔でみちを見た。目の中に探るような色があることに気づいて、みちはあわてて平静をよそおう。急《せ》いては事を仕損じると、肝に銘じていたはずだ。

「あ、いや、存じてはおらぬが……三条公修さまのご子息のご妻女は、わが藩の先代のご正室、采子さまの姪御さまにあられる。お小さいころに遊んでさしあげたという話を聞いたことがあっての」

「さようにおましたか。三条はんのご子息のご妻女はんどしたら、お咲を御歌会に、と誘うてくれてはります。そないにご大層なとこ、お咲にはとてもつとまりまへんけど、そのうちいっぺんご挨拶に、とおもうてますのや」

兼六屋長兵衛が所司代に気に入られているなら、公卿はあの手この手を使って長兵衛とよしみを通じておこうとするはずだ。長兵衛としても公卿に知己ができるのは願ってもない話だろう。原瑾次郎という武士の話も、接ぎ穂のひとつにはなる。

「歌には少々心得がある。お咲どのが苦手なら、代作してやってもよいぞ」

「それは助かります。三条はんに御文箱をお納めしますときは、原さまもぜひお伴を」

「うむ。公卿さまのお屋敷、ぜひとも見せていただこう」

おもわぬ収穫に、みちは酒の美味さが一気に増したようにおもえた。

「さぁ、お手が止まってはります。お呑みなはれ、お呑みなはれ」

長兵衛も上機嫌だ。

みちは浴びるほど呑んだ。酒を呑んでいるときだけは、ある日突然、天上から地の底へひきずりおろされた原家の悲運も、兄弟の不治の病、父の死、養子の死……と不幸ばかりがつづく天の采配《さいはい》への怨みも、そして磊落をよそおっていてもときおりふっと焦燥にかられる己の弱い心も、忘れていられる。

これまで酔いつぶれたことはなかった。この夜も、離れへ帰って床に倒れこんだところまでは覚えている。が、そこから先の記憶はない。

着の身着のまま眠ってしまったようだ。

鈴の音がして目が覚めた。

敷居際にお咲が座っていた。暗いのでよくは見えないが、おもいつめた気配が伝わってくる。

「お咲どのッ」

みちが驚きの声をあげると、お咲は「しッ」と人差し指をくちびるに当てた。

「酔うてはったみたいやさかい、お水、持ってきたんどすけど……あんまし、よう、眠ってはるよって……」

「いつから、ここに、おったのだ」

「ずうっと」

寝顔を見られていたのか。もしや、自分が女だと見透かされてはいまいか。みちは狼《ろう》狽《ばい》した。

「お父上に見つかったら叱られるぞ」

「かましまへん」

いいながら、お咲はツッツと膝を進める。

「はい。お水。起こしてさしあげまひょか」

お咲の体はほんのりと甘い匂いがした。

「あとで飲む。そこへ、おいていってくれ」

「けど……」

「いいから、行けッ」

お咲は泣きそうな顔になった。

まだ酔いが覚めていない頭は、厄介な出来事に遭遇して動転したせいか、ガンガンと鳴りたてていた。が、ここでお咲を敵にまわすわけにはいかない。みちはいらだつ胸をしずめた。

「よいか、お咲どの。こんなところを見られたら、おれは追いだされる。そうしたらもう会えなくなるぞ。それでもよいのか」

お咲が首を横にふったので、みちは湯《ゆ》呑《のみ》をとりあげて一気に水を飲み干した。やさしくお咲の手をとり、湯呑をにぎらせる。

「美味かった。お咲どのは気が利くの」

「へえ……」

「さぁ、行きなさい」

お咲は出て行った。

みちはしばらく茫然《ぼうぜん》と闇を見つめた。

はだけかけた胸許をかき合わせる際ふくよかな乳房にふれてみたのは、見かけはどうあれ自分が女であることを、たしかめたかったからかもしれない。

四

石上玖左衛門は、香春村から二里ほど北東にある岩熊村《いわぐま》に来ていた。

岩熊村に住む古処の門人の一人、藤本平山《ふじもとへいざん》が居宅内に建てた巌邑堂《がんゆうどう》という別邸に、生前の古処も、白圭すなわち瑛太郎も、よく指南に出むいていたという。だが今、原一家が仮寓している家は巌邑堂ではなく、その門人が用意してくれた村はずれの寓居だった。つかわれなくなった農家に手を入れただけの古寂《ふるさ》びた茅葺《かやぶき》の家である。

この家で、古処の子の二人が病と闘っていた。賄いに通ってくる村の女と住み込みの老僕が一人いるとはいえ、看病の一切は母ゆきのか細い肩にかかっている。

ゆきは、佳人だった。家が没落し、夫は失意のうちに死去、子らは重い病におかされている。その心労はいかばかりかとおもうのに、玖左衛門を迎えたゆきは、窶《やつ》れこそすれきりりとしていて、玖左衛門が挨拶も忘れて見ほれるほどの美貌だった。とりわけくっきりとした黒眸《くろめ》がちの目が人を魅《ひ》きつける。

「遠いところをわざわざお立ちよりくださいましてありがとう存じます。瑛太郎が、それは喜んで、お待ちしておりました」

玖左衛門は表の庭——といっても雑然と樹木が植えられ石がおかれているだけの——に面した八畳ほどの座敷へとおされた。

「おう、玖左衛門どのか、よう来てくれたのう」

「瑛太郎どのッ。お久しゅうございます」

瑛太郎は床の上に座って、幾重にも重ねた座布団に背中をあずけていた。十余年前に見た溌剌《はつらつ》とした若侍の面影は失せ、骨と皮だけのように痩せている。それでも土気色の顔の中の炯々《けいけい》としたまなざしは以前と変わらなかった。いや、頬がこけ眼窩《がんか》がくぼんだぶんだけ、眼光の鋭さが増したようにも見える。

「病とうかごうておりましたが、秋月におられるものとばかり……」

秋月の稽古館を訪ねた話をすると、瑛太郎はくぐもった声で笑った。

「たしかに、まさか死にかけているとはおもうまい。いや、よいのだ。だれもが知っていることゆえ。それより……」

と、ひとしきり咳《せ》きこむ。背中をさすろうと膝を乗りだした玖左衛門を近寄るなというように手で制して、瑛太郎は懸命に発作をしずめた。

「長崎御用の途上と聞いたが……」

「あ、いえ、それは……ご家中の方々にいろいろとたずねられたら厄介だとおもうたまでで……正直に申せば、瑛太郎どのに会いに参りました」

「さようなことではないかとおもうたわ」

瑛太郎は苦笑する。が、すぐに真顔になった。

「以心伝心とはこのことよ。実はの、こちらからも使いをやろうとおもうておったのだ。だが、書状ですむような話ではなし、使いをやるにもよほど事情を知った者でのうてはたのめぬ」

心利いた下僕を神戸《こうべ》へ使いに出してしまったばかりなので、その者が帰ったら、じっくり考慮した上で、田中城下にいる——と、瑛太郎はおもいこんでいた——玖左衛門のもとへ使いをやるつもりだったという。

「なにゆえ拙者に……」

「貴殿しかおらぬ。貴殿なればこの窮状、わかってもらえるとおもうたゆえ」

十余年前のあの夜、二人の若者は似たような不運を打ち明け合い、嘆き合った。為政者への憤りから朱子学一辺倒になってしまった学問へのいらだちまで、洗いざらいぶちまけて、とどまるところを知らなかった。

「遺言のつもりで、弟の力になってほしい、と、たのむつもりだった」

弟と聞いて、玖左衛門は襖《ふすま》のむこう、家の奥をうかがった。ときおり咳《せき》が聞こえてくるのは、もう一人の病人がそこに寝かされているのだろう。

玖左衛門の視線に気づいて、瑛太郎はうなずいた。

「あれは妹だ。弟は兵庫で使いを待っている。そのあと、いったん京へ出て、さらに江戸へむかうことになる」

「しかし、弟御はご病身だと……」

「弟の瑾次郎は、子供のころから病身だった。が、今はすっかり元気になった。一方、妹は病とは無縁で、一昨年は京にいたが父の病を機に郷里へ帰り、父を看取《みと》ったあと、看病疲れもあったのだろう、病んでしもうた。次から次に……わが家は呪われている」

玖左衛門は返す言葉が見つからなかった。呪われているといわれれば、そのとおり。それほど原家は不幸の連鎖にあえいでいる。

「なれど、瑾次郎どのがご健在なら、なにもご養子を迎えずとも……原家はこれから盛りかえすことができましょう」

「わが家のことなれば、それもよい。しかしわれらには急務がある。亡父の悲願をなんとしても成し遂げねばならぬ」

「古処さまの悲願……」

「秋月黒田家の行く末だ」

やはり、おもったとおりだった。玖左衛門はおもわず胸に手をやる。

瑛太郎は、村はずれの、それも秋月からはるかに離れた小倉小笠原家の領内にいるというのに、用心深い目で左右を見まわした。

「家中は今、存亡の秋《とき》に面している」

「それはどういう……」

短時間しかいなかったが、秋月城下は平穏に見えた。稽古館も通常どおり、若侍たちは学問に励んでいるようだった。

だが、本多遠江守は看破していた。だから玖左衛門に内情を探れと命じたのだ。遠江守の憶測は当たっていたらしい。

「なにがおこっているのですか。お教えください。拙者はだれにも……」

「嘘はやめよッ」

唐突に叱咤《しった》されて、玖左衛門は息を呑む。

声を荒らげはしたが、瑛太郎は心の底から腹を立てたわけではないようだった。なぜならもう、表情はやわらいでいる。

「貴殿はおれに会いにきたといった。用もないのに来るはずがない」

「それは……」

「会うたはあの一夜なれど、貴殿の人となりはよう存じておる。本多遠江守さまが若年寄になられたことも」

玖左衛門は考えた。瑛太郎は余命いくばくもないという。となれば、今ここで真実を聞きだすしかない。友から真実をひきだそうというときに、こちらが事実を偽ったり隠しごとをしたりしたらどうなるか。

「では、つつみ隠さず申し上げます。ご推察のとおり、主命にてここへ参りました。江戸で気にかかることが出来《しゅったい》したもようにて……わが主は古処さまの門人ゆえ瑛太郎どのと拙者との縁もご存じで、それゆえ拙者に瑛太郎どのと会い、秋月黒田家の内情を探るようにと命じられたのです」

瑛太郎はじっと聞いていた。驚く様子はまったくない。

「気にかかる出来事とは、もしや、わが殿のことか」

瑛太郎に訊きかえされて、玖左衛門は目をみはった。

「わが殿？　というと秋月のご当代……」

「実は、無事江戸へ到着なされたのはたしかなれど、以後、あるべきはずの知らせがとどこおっておる」

「いいえ、いいえ、さようなことは存じませんでした。拙者が知らされたのは身許不明の死体の一件にて……」

玖左衛門が武士の死体の脚絆《きゃはん》に隠されていたという書付けの話をすると、今度は瑛太郎が目をみはった。白圭は瑛太郎の号のひとつだが、李白の詩にも思い当たるところがあるらしい。

「その件、まことにご存じないと？」

「ない。今もいうたが、江戸からの知らせは途絶えている。その書付けも急を要する知らせであることはまちがいなさそうだの。都を憂うる詩なれば、やはり殿は忌々《ゆゆ》しき事態に陥っておられるにちがいない」

瑛太郎はこれまでも江戸上屋敷のある人物と、李白の詩に託して互いの近況を教え合っていたという。そうまでしなければならぬほど知られたくない相手とはだれなのか、問いただしたい気もしたが……今はそれより大事なことがある。

「いったい、なにが起こっているのですか」

「あってはならぬことだ。断固、許せぬことだ」

声は弱々しいが、語気ははげしい。

「病でさえなければ、自ら江戸へおもむき、しかるべきところに訴えることもできるのだが……」

瑛太郎は悔しそうに歯がみをして、その拍子にまたもや咳きこんだ。

「お疲れでしょう。少し休まれたほうが……」

「なぁに、明日、いや、しばし休んでいるうちにもあの世へ呼ばれるやもしれぬ。いうべきことをいうておかねば死んでも死にきれぬ」

それがわかっているから、母のゆきも茶菓をはこんできただけで、じゃまをしないように出ていってしまったのだろう。

「わかりました。ご心配はご無用にございます。わが主も、古処さまのご子息の危機、手助けをせよと仰せられました。しかしお父上の悲願とは……御弟、瑾次郎どのは、いったいなにをされるおつもりですか」

瑛太郎は目を閉じた。苦しいからではなく、事の重大さが玖左衛門の胸にどう響くか、それを測っているようだ。

「なればいおう。瑾次郎は、畏《おそ》れ多くも藩主になりかわって、秋月黒田家の嗣子となるお方の養子縁組をまとめようとしている」

玖左衛門はあっけにとられた。あまりに馬鹿げている。話が大きすぎる。没落した家の、嫡子でもない次男の、無役も無役、なんの力もない若者が大名家の嗣子問題に口をはさむなど、できるはずがない。天と地がひっくりかえっても成し遂げられるはずなどないではないか。瑛太郎は、胸の病が高じて、とうとう頭までおかしくなってしまったのか。

茫然としていると、瑛太郎が身を起こそうとした。顔をゆがめる。玖左衛門は手を添えてやった。

「ま……まぁ、聞いてくれ。むろん、これには黒幕がいる。そのお方は、自ら動くことこそできないが、明晰《めいせき》な頭と人望の篤《あつ》さでご嗣子問題を解決し、秋月黒田家を窮地から救わんとしておられる。まさに、扇の要《かなめ》のごとき女人……」

「女人ッ。黒幕が女人だというのですか」

「さよう。われらは、むろん瑾次郎も、このお方の御下命に従《したご》うている。黒田秋月家先代のご後室、慈明院さま……」

玖左衛門は瑛太郎の顔をまじまじと見る。

友の双眸には、蒼《あお》い焔《ほのお》が燃えていた。

五

降ったりやんだり、鬱陶《うっとう》しい空模様がつづいている。

だからというわけではなかったが――。

新たな隠れ処を見つけて早々に出て行こうとおもいながらも、みちは兼六屋の離れにいまだ居座っていた。主人の長兵衛が「三条家へ近々御文箱を納める」と話すのを聞いたためである。三条家の内情を探るには好都合。それだけではなかった。お咲が三条家の歌会に招かれるようなことがあれば、一気に展望がひらけるかもしれない。

とはいえ、兼六屋との出会いは偶然のなりゆきで、はじめの計画にはないものだ。兼六屋の手づるだけを当てにして、じっと待っているつもりはない。

みちは他にも三条家に近づくための策を考えていた。

ひとつは、今回の謀《はかりごと》の要でもある秋月黒田家の先代藩主の正室だった慈明院の実家、土佐山内家の伝手を頼って、三条家とよしみを通じる方法である。三条実万《さねつむ》の正室の眉寿姫《びじゅひめ》は慈明院の姪の紀子《のりこ》で、山内家から嫁いでいた。山内家は秋月黒田家と二重三重の血縁で結ばれている。山内家に仲介の労をとってもらえれば、面倒な公家のしきたりに悩まされることなく面談が叶うはずだ。

そもそもこの山内家こそ、このたびの継嗣問題の鍵《かぎ》をにぎる大名家だった。慈明院をはじめとする黒田本家に対抗しようとしている勢力――みちの亡父や兄もそうだが――は、山内家の男子を婿養子として迎えようとひそかに画策している。

ただしそれは、黒田本家にとってもいちばんに警戒すべき相手であった。山内家の京屋敷は兼六屋の目と鼻の先、どちらも河原町通沿いにありながらこれまでみちがおいそれと近づけなかったのも、秘密がもれることを怖れたためである。計画を実行する機会はただの一度きりで、失敗は許されない。

みちにはもうひとつ考えがあった。

「お出かけどすか」

雨傘をひらいたところへ、お咲が小走りに駆けてきた。

「こもってばかりおっては気が滅入《めい》る。少し歩いてくる」

「ほやけど、雨脚がきつうなってきました」

「そのあたりをひとまわりするだけだ。じきに帰る」

「へえ。お早《はよ》うお帰りやす」

不服そうな顔ではあったが、お咲はしとやかに辞儀をした。女は厄介だな、とちらりとおもい、自分も女だったとおもいだして、みちは笑いだしそうになった。自分へのお咲の思慕はこの雨天のように鬱陶しく、ときには閉口することもあったが、それが女心とおもえば共感するところもある。純な心を弄《もてあそ》んでいるようでうしろめたくもあった。

「許せ、お家のためだ」

胸の内で詫《わ》びる。

水たまりをよけて、往来の傘にぶつからぬよう身をかわしながら、人混みを北へ歩いた。三条大橋を渡り、鴨川《かもがわ》にそってさらに北へ、二条《にじょう》大橋を越えたところで足を止める。

この先の角は阿波国徳島蜂須賀《あわのくにとくしまはちすか》家の京屋敷だ。みちは屋敷を訪ね、貫名崧翁《ぬきなすうおう》という儒学者であり書家や画家としても高名な人物の居所をたずねるつもりでいた。

貫名にはいくつか号があるものの、中では「海屋《かいおく》」がいちばん知られている。私塾の須静堂《しゅせいどう》で寝起きしているはずだが、旅に出ていることも多く、寓居もしょっちゅう変わるため、主家である蜂須賀家でたずねるほうが早いと頼山陽《らいさんよう》から教えられていた。頼山陽は漢詩をめぐる旧《ふる》なじみで、今回の旅でも広島で頼家を訪ね、久々の邂逅《かいこう》を果たしている。

みちは応対に出てきた蜂須賀家の家臣に頼山陽の弟子を名乗り、海屋の居所をたずねた。幸運なことに、海屋は蜂須賀家に来ていた。

「海屋さまなれば襖絵を描かれておられます」

しばらく待たされたものの、頼山陽の弟子と名乗ったのがよかったのか、みちは海屋その人と蜂須賀家の接見用の小座敷で対面する機会を得た。蜂須賀家の海屋への厚遇は、海屋が藩士の息子だというだけでなく、若き日は高野山《こうやさん》で学問に励み、京大坂では次々に頭角をあらわして、今や武家のみならず公家にも多数の弟子をもつ著名人であるためで、蜂須賀家が海屋を誇りとしている証《あかし》に他ならない。

世が世なら父も――。

かつては寵臣として遇されていた。目をみはる出世から一転、冷遇の中で世を去った古処の晩年をおもって、みちは目頭を熱くする。

海屋は、五十になると聞いていたが、肌の色艶のよい、若々しい声の持ち主だった。

「頼山陽どのは、つつがのうお暮らしか」

「はい。お達者にございます」

「ふむ。お手前は運がよい。このところ京を留守にすることがままあるゆえ、せっかく訪ねてもろうても会えずじまいになることがようあっての」

「お住まいはどちらですか」

「須静堂なら聖護院《しょうごいん》村じゃよ」

「以前、兄は一度きりでしたが先生の塾を訪ね、ご挨拶をさせていただいたそうです」

「そなたの兄……というと……」

「白圭」

「白圭……もしや……いや、じゃが……」

「お取次ぎを願《ねご》うた際に名乗った名はでたらめ、兄は原瑛太郎にございます。拙者は弟の瑾次郎、秋月より参りました」

「秋月ッ」

海屋の大声に、みちは狼狽した。ここは大名の屋敷内で、どこにどんな耳があるかわからない。

「先生。海屋先生。もそっと、お声を小さく」

「秋月の白圭どのと申さば古処さまのご子息……」

「しッ。これには事情があるのです。どうか、お静かにお聞きください」

頼山陽の太鼓判があるから海屋が信頼のおける人物であることは疑うべくもない。だが堅物なればこそ、他家のお家騒動に巻きこまれたくないとおもうかもしれない。そもそも嗣子問題は対立する両者いずれにも言い分があって、どちらが善でどちらが悪といえるものではなかった。海屋が黒田本家を敵にまわして秋月黒田家に肩入れする義理は、どこにもないのだ。

みちは素早く思案をめぐらせた。

「拙者が素性を隠しているのは、わが原家が藩校の教授職をうばわれたばかりか、朱子学一辺倒の学者たちに目の敵にされているがゆえにございます。先生は朱子学にとどまらず広く儒学を教えられ、諸芸にも秀でたお方、田舎の凝りかたまった石頭連中がいかに学問の進歩を妨げているか、ようご存じのはず」

「それは、うむ、そのとおりだが……」

「先生にお力添えをいただきたいのは、拙者のことではございませぬ」

姉のことだというと、海屋は表情をやわらげた。政の話でないとわかって安堵したのだろう。

「娘御の話は古処さまよりうかごうたことがある。采蘋《さいひん》どのと申されたか。男顔負けの才人だそうで……そうそう、あの頼山陽どのも漢詩の才に舌を巻いておられるとか」

父の古処は姉の才をなんとか伸ばしてやりたいと、それだけを念じて死んだ。本来なら江戸へ行かせるつもりだったが、今は嫡子の急死に見舞われて秋月黒田家がごたごたしている最中である。どうしようかと悩んでいた矢先、先代の後室の慈明院が、それなら三条家に嫁いでいる姪のもとへ行くように、と勧めてくれた。が、文のやりとりさえはばかられる状況下では、慈明院も疑いを招くような行為はつつしまなければならない。それで頼山陽と相談した結果、海屋先生にとりついでいただくのがよかろうという話になった。

「国許にては学問もままならず。といって、このまま埋もれさせるのは亡父も病身の兄も無念きわまりなく……ひと足先に剣術修行に出立した拙者が、まずは直々にご挨拶をさせていただけぬものかと……」

みちはここで、袱紗《ふくさ》につつんだ心づけをさしだすのを忘れなかった。機嫌をそこねて押し返してくるのではと案じたが、海屋はためらうことなくふところへ入れた。

「ふむ。三条家のご嫡子、実万《さねつむ》さまの奥方の眉寿姫さまにひきあわせよと……」

「なにとぞ。ご無礼のなきよう努めまする」

海屋は、安請け合いをしなかった。が、その顔は見ちがえるように明るくなっていて、ひとしきり古処の思い出話をするのも楽しそうだった。万にひとつ、裏になにかあるのではと疑っていたとしても、あえて気づかぬふりをすることに決めたのだろう。

みちは四条河原町の兼六屋の離れに仮寓していると教え、蜂須賀家の京屋敷をあとにした。お咲の予言ははずれ、雨は小降りになっている。

帰路は二条大橋を渡って、高瀬川《たかせがわ》沿いの道を歩いた。川のむこうには長州《ちょうしゅう》の毛利《もうり》家や加賀《かが》の前田《まえだ》家、彦根《ひこね》の井伊《いい》家など大大名の京屋敷がつらなっている。四条に出る手前はゆかりの山内家だ。黒田本家の京屋敷がこの界隈《かいわい》ではなく内裏の西方、一条通《いちじょうどおり》にあるのは幸いだった。秋月黒田家はそのさらに北、といっても屋敷をかまえるほどの余裕はないので、大徳寺《だいとくじ》の一隅を寓居としている。

一方、公卿の屋敷はその大半が内裏の周辺にあった。三条家もその中のひとつで、四百六十九石の内大臣家は内裏の東方に見映えのよい屋敷を所有している。

訪ねようとおもえばいくらもかからないのに――。

近づきたくても近づけない。京の都そのものが伏魔殿のようだ。どこから魔物が襲いかかってくるか、一時も気を許せない。

兼六屋へ帰りついて、ようやく肩の荷を下ろした。

「お咲どの。歌の手ほどきをしてしんぜよう」

自分から声をかける。

「ほんまどすかッ。うれしいわぁ」

お咲は甘えて身をすりよせてきた。

「あ、そうやわ。お父はんがいうてました。御文箱が出来てきはったんやて。明日、三条はんとこへ行くさかい、よろしゅうたのむ、いうてましたえ」

六

豊前国岩熊村の原瑛太郎の寓居に数日滞在したあと、玖左衛門は一路、京へむかっていた。江戸家老と大坂御蔵奉行には、病床の瑛太郎を見舞ったので京へおもむく、とだけ早飛脚を立てて知らせたが、それ以上のことは書けない。

実際、玖左衛門はいまだ胸の昂《たかぶ》りを抑えきれずにいた。瑛太郎の熱意が伝染して、気がつけば瑛太郎の志を自分が肩代わりする気になっている。

瑛太郎は、玖左衛門の目から見てももう長くはないようだった。そんなことも知らずに玖左衛門ははるかかなたから会いにきた。そのことが瑛太郎にはただの偶然だとはおもえなかったようで、これこそ御仏の導きと意を強くしたようだ。気力のありったけをふりしぼって、秋月黒田家で起こった不審な出来事、そしてそれにつづく継嗣をめぐる暗闘を細大もらさず語りつくした。

「このまま秋月の主権が脅かされるようでは、あの世で亡父に合わせる顔がない」

瑛太郎の決意は、野心や私欲から出たものではなく、主家を憂うる心が生みだしたものである。そのことに、玖左衛門は心をゆさぶられた。それは、追放された僻地《へきち》で国を憂うる李白の姿とも重なる。とはいえ、本多家の一家臣である玖左衛門になにができるかといえば、こればかりは言葉をにごすしかなかった。

「遠江守さまに、ぜひともお力添えをたのんでくれ。われらにお味方くださるよう」

「むろん、聞いたとおりを伝えよう。わが殿も古処さまへの敬慕はひとかたならず、決して見すごしにはなさらぬはずです」

しかし、だからといって、本多遠江守が秋月黒田家の継嗣問題で瑛太郎の側の後押しをするかといえば、それはまた別の問題だった。自ら探索役に指名したくらいだから玖左衛門の進言に耳をかたむけるのはまちがいないが、怜悧《れいり》な頭脳の持ち主として知られる遠江守である、同情や憐憫《れんびん》だけで動くとはおもえない。

おれは非力だ――と、玖左衛門は嘆息した。もっとも瑛太郎も、自分たちの言い分が容易に支持されるとは考えていないようだった。一国の将来を左右する大問題である。

「されば、これだけは、ぜひとも」

苦しい息の中で瑛太郎が拝むようにしてたのんだのは、密命をおびて京へむかったという弟、瑾次郎の身の安全だった。

「しばらくは京に滞在するはずだが、首尾よう使命を果たせば江戸へむかうことになる。

はじめての東下りゆえ、なにかと心細かろう。弟には、どうあっても江戸へ、無事に、たどりついてもらわねばならぬ」

それ以上はいわなかったが、敵方に察知されれば江戸への道中が危ぶまれるのはたしかだ。心細いなどという生易しいものではなく、いつ、だれに、命を狙われるか。

玖左衛門はできるだけのことをすると約束した。玖左衛門としても、瑾次郎を江戸へ伴い、遠江守の御前で自ら事態を説明させることが最良だと承知している。となれば、まずは瑾次郎をどうやって見つけだすか。黒田本家はもちろん秋月黒田家にも隠密《おんみつ》となれば、どこを捜せばよいものか。

瑛太郎は玖左衛門に、手がかりの一端を教えた。秋月黒田家と縁が深く、黒田本家とはむしろ一線をひいている川越《かわごえ》松平家――かつて越前《えちぜん》松平だった名家――と土佐山内家、そして今ひとつは三条家。とりわけ三条家は京での工作の成否をにぎる鍵でもあるので、訪れるのはまちがいないという。

「どうにも雲をつかむような話だ……」

玖左衛門は道中、何度となく瑛太郎から聞きだした人相風体を反芻《はんすう》して、瑾次郎なる若侍の姿をおもい描いた。背丈は瑛太郎の頭のてっぺんが瑾次郎の眉のあたりだというから、玖左衛門と同じくらいか。大男ではないものの、男が五人いれば二番目か三番目に高い部類には入るだろう。子供のころは病弱だったと聞くが、そのせいか骨組みは華《きゃ》奢《しゃ》で、といってぎすぎすしたふうはなく、身のこなしはきびきびとして、槍術《そうじゅつ》、剣術、柔術の他、小太刀も得手だという。

顔立ちは小町娘と評判が高かった古処の妻女ゆずりだというから、瑾次郎も美男にちがいない。だが、瑛太郎はこんなこともいっていた。

「目はおれに似ている。なにかに熱中するとまばたきもせずにじっと見つめる。あいつもおなじ、決して視線をそらさない」

「さればお顔立ちは御母上によう似ていて、お目は瑛太郎どのにそっくり、さような若侍を捜せばよいのですね」

玖左衛門がいうと瑛太郎はちょっと考え、それから首を横にふった。

「大事なことを忘れていた。どういえばよいか……うむ、人混みの中を、あいつが歩いてきたとする。否応《いやおう》なく吸いよせられる。あいつのまわりだけが華やいでいるからだ」

「派手な、ということでしょうか」

「いやいや、そうではない」

瑛太郎は眉間《みけん》のしわを消し、一瞬ではあったが愉快そうに微笑んだ。

「おれといちばんちがうのは、そこだ。あいつは気性が明るい。天衣無縫というか……そう、溌剌としている。おもうようにいかぬことや悩むことがあっても暗い顔はしない。その上に大酒呑みでの……呑めばむろん、そうでなくてもよう笑う。それも大口を開けて豪快に笑う。で、いつも華やいでいるように見えるのだろう」

少なくとも瑾次郎は、学究肌で思慮深い兄とはちがっているらしい。明るい気性なのはよいとして――。

元気と陽気が取り柄の若造に、お家の存亡を左右する大役が果たせようか。不安が増すほどに、一刻も早く瑾次郎に会いたいとの思いがつのる。心は京へ飛んでいた。が、それはそれだ。

瑛太郎やその母に別れを告げて出立したときは後ろ髪ひかれる思いだった。今生ではもう会えぬとわかっていたからだ。

「京へ立つ前、瑾次郎は別れを惜しみにきた。一日が二日になり、二日が三日になり、三日が五日、十日になった。おれは『まだ死なぬゆえ安心して行け』と急かしたが、あいつは『去らんと欲するも去るを得ず』と、いっこうに腰を上げなんだ」

「李白ですね。『いずれの年かこれ帰る日ならん　涙を雨《なが》して孤舟に下《の》る』」

瑛太郎は力の失せた手を玖左衛門の手の上に重ねた。

「おれの訃報《ふほう》がとどいたときは、そばにいてやってくれ。そして伝えてほしいのだ、おれがここで、父上と共に見守っていることを忘れるな、と……」

出立の際、母のゆきは経木につつんだ握り飯をもたせてくれた。

「瑾次郎にお会いになったら、こちらのことは心配無用、存分にお役目を果たすように、というてください」

なにがあっても帰らなくてよいからと伝えてくれと念を押す。生前の古処は、旅立つわが子に「不許無名入故城」……名を成すまで郷里へ帰るなという漢詩を手渡し、「足下はすでに秋月の人ならず」……つまり、帰ってくるな、と命じたとか。そのくらいの覚悟で行けというのだ。ゆきも懸命に夫の遺志を尊重しようとしている。それでも……。

「体だけは大事にするようにと、伝えてください」

寂しそうに眸をうるませた女の顔が、玖左衛門の眼裏《まなうら》に焼きついていた。重い病の子供たちの看病に明け暮れる母が、ただ一人の健常な息子を遠い土地へ旅立たせるのは尋常ならざる勇気がいることだろう。それは、お家の継嗣問題にかかわる大役を全うするという大義のためだけではなかったのかもしれない。禍々《まがまが》しい病、家中の人々の白い目、様々なしがらみを断ち切るには行かせるしかないという切実な母心……。

帰路は街道を行くことにした。大名行列なら二十日近くかかる道を、玖左衛門は十日で歩きとおした。早飛脚に託した文の内容以外にはまだ報告できることがなかったので、
四月下旬、初夏の陽光がきらめく中、玖左衛門は、壬生《みぶ》村にある本多家京屋敷の門前にたたずみ、ひとつ大きく息を吐いた。

七

藤原北家閑院流の嫡流、従一位内大臣という重い地位にある三条公修の屋敷は、禁裏御所をとりまく公家町の東の一画、梨木町《なしのきちょう》の通り沿いにあった。内大臣の屋敷だけあっ

て、由緒ありそうな公家屋敷がつらなる中でもひときわ威風を放っている。

兼六屋長兵衛の供をつとめることができてなんと幸運かと、みちは好奇の目を輝かせた。武士は場違い、歩いているだけで人目をひく界隈である。屋敷内の様子を探ろうにも近づくことさえ至難の業だ。

商人の長兵衛はその点、公家とのつきあいに慣れているので臆《おく》するところがなかった。大事な文箱を胸にかかえた手代と用心棒のみちをつれただけで、まるで親戚《しんせき》の家を訪ねるような気軽さである。

「大仰な訪問は眉をひそめられます。こないなご時世どっさかい、あっこで贅沢なもんを買うた、ぎょうさん貯めこんではるんやないやろか、てな噂を立てられたら、すぐに所司代に目ぇつけられてしまいます」

長兵衛のいうとおりだろう。水野越前守が所司代になってからは、監視の目がとりわけ厳しくなったと聞いている。

門をくぐる際も案じていたような身許検《あらた》めはなかった。顔なじみの門番に袖の下を渡し、ふたことみこと立ち話をしただけで、長兵衛一行は中へとおされる。といっても表ではなく、裏へまわった奥向きの接見所で、応対に出てきたのは幸乃《ゆきの》という老女だった。年齢は三十代の半ばか、艶やかな髪を片外しに結い、御所車に手毬《てまり》の刺繍《ししゅう》がきらびやかな打掛を羽織っている。

「まぁ、これは見事なこと。さぞやお喜びにならしゃいましょう」

梅花の芯《しん》に象嵌《ぞうがん》をはめこんだ漆塗の文箱を手に取って、幸乃は感嘆の吐息をもらした。もちろん長兵衛は幸乃にも心づけに漆の笄《かんざし》を手渡している。

「そうそう、眉寿姫さまは娘御をつれて参るようにと仰せにあらしゃいます」

眉寿姫は、三条家の当主公修の嫡子、実万の正室の紀子のことで、秋月黒田家先代の後室慈明院の姪である。

幸乃はここでみちに目をむけた。見慣れぬ若侍が気になっていたのか、探るようなまなざしに好奇心と胸のはずみが見え隠れしている。

「こちらは手前どもの離れにお住まいのお侍さまにおまして、眉寿姫さまの叔母上《おばうえ》さまより、ご機嫌伺いに参上いたすよう、いわれて参ったそうにおます」

「叔母上というと……おう、秋月の慈明院さまか」

「へえ。こちらさまは秋月黒田家の家臣、原瑾次郎にございます」

「凜々《りり》しいお侍さまやこと。眉寿姫さまも、ぜひ叔母上さまのご様子を聞きたいと仰せにあらしゃいましょう」

お咲ともども眉寿姫に目どおりできるよう、幸乃はとりなしを約束してくれた。みちが美貌の若侍でなければ奥を訪ねる許可をもらえたかどうか。

「これほど順調にゆくとはおもわなんだ。なんと礼をいえばよいか」

門を出たところで、みちは長兵衛に頭を下げた。

「お侍さまがそないなことを……それよりお咲が喜んでおました。瑾次郎さまは漢詩がお得手やと聞いてましたけど歌もようご存じやと」

「いや、歌は見よう見まねだ、ほんの嗜《たしな》み」

「漢詩いうたら、瑾次郎さまのお父上は高名な学者さまやそうで……」

さらりといわれて、みちははっとした。自分の素性は話さぬようにしていた。原瑾次郎と名乗っただけで古処がおもいうかぶのは、黒田家の面々か、海屋のように学問の世界に身をおく、あるいは漢詩に造詣《ぞうけい》の深い者たちにかぎられている。

「なにゆえそれを……」

おもわず訊き返していた。

「へえ、黒田さまのご家来が矢立をお求めにみえましたさかい、こちらにも秋月黒田はんのお侍さまがおられるといううたんどす。そしたらお父上のお話に……」

「黒田さまとは、本家か、秋月家か」

「さぁ、どっちどっしゃろ。黒田さまとしか……」

いずれにしろ、古処の息子を名乗る男が兼六屋に滞在していることは、もう知られてしまった。なんのために京に来ているのか、本物かどうかも合わせて探りだそうとするにちがいない。

面倒なことになったな――。

みちは臍《ほぞ》を噛《か》んだ。知られたとなれば早々に場所替えをするしかないが、今、出て行けば、三条家の眉寿姫と面会する話が水泡に帰してしまう。

「今宵《こよい》も一献。供をしてもろうた礼をせなあきまへん」

「おれはなにもしておらぬぞ。ただついていっただけだ。礼ならこっちが……」

「いえいえ、京の都は見かけとちごうて物騒におます。お侍さまがご一緒してくださるだけで危ない目ぇにあわずにすみます」

三人は兼六屋に帰った。ところが——。

暖簾《のれん》をくぐる前に中から番頭が飛びだしてきた。つづいて継母や手代も。

「お嬢はんがいてはりまへん」

「いない？　買い物にでも出かけたんとちゃうか」

「そんなはずはおへん。仕度もせんと、だれにもいわずに出かけるやなんて……」

なにか変わったことはなかったかとみちがたずねると、皆は口々に、裏手でざわついた物音がした、と答えた。男の声に足音もいくつか。

「裏手、というと、離れか」

「へえ。畳に土の跡が……」

みちは息を呑んだ。押し込みは兼六屋の金を狙ったのではない。それなら昼日中、人が大勢出入りしているときではなく、夜中に忍びこむはずだ。そう、押し込みではなく、みちを捕えにきたのだろう。お咲はその場に居合わせた。

そうはいっても四条河原町は繁華な場所で人目がある。たまたま居合わせたからといって娘をつれ去るともおもえない。

長兵衛は店の者たちに檄《げき》を飛ばして、店の内外問わずお咲を捜させた。さっきまでの飄然《ひょうぜん》とした顔が一変して、蒼ざめた険しい面差しである。

みちは離れへ駆けもどった。たいした持ち物はないし、盗まれた物はなかったが、たしかに家探しをされた形跡がのこっていた。大事な書状は肌身離さず持ち歩いているので安全である。

「お咲ッ。どこにいる？　おれだ。出てきてくれ」

自分のせいでお咲の身に危難がふりかかったとなれば悔やんでも悔やみきれない。お咲ーッ、お嬢さまーッと家の者たちも近隣を捜しまわっている。店へ訪れた客までがいっしょになってお咲を捜しはじめた。

みちは隣家の老人から話を聞いた。

「見たのか。何人くらいおった？」

「へえ。五、六人やったかと……」

「皆、武士だったのだな」

「月代《さかやき》もきれいにあたって身なりもきちんとしてましたさかい、浪人者のようには見えまへんどした」

「立ち去るところは見なかったのか」

「わても用事がおましたさかい」

お咲はどこへ行ってしまったのか。焦燥が増してゆく。なんとしても、見つけださなければ……。

行ってみるしかなさそうだ——と、みちは肚《はら》を決めた。兼六屋の者たちは近隣を捜しまわっているが、もし自分の憶測が正しければ、兼六屋へ押し入った武士は黒田本家か秋月黒田家の中でも本家にあやつられている者たちだろう。となれば捜すべき場所は黒田家。本家の京屋敷は内裏の先の一条通沿いに、秋月黒田家はさらに北西の大徳寺内にある。

みちは兼六屋を飛びだした。

今しがた内裏の東の公家町にある三条家から帰るときは、寺町通《てらまちどおり》を南へ下ってきた。今度は寺町通と平行に走る一本東寄りの河原町通を上ってゆく。丸太町通《まるたまちどおり》へ出たら西へ折れ、さらに堀川通《ほりかわどおり》を北へ曲がればその先、一条通へ出る手前に本家の京屋敷がある。

本家を訪ねてどうするのか。古処の次男の瑾次郎で押しとおすとして、なぜ京にいるのかと問われたら、なんと答えればよいのだろう。遊学と答えて信じてもらえようか。疑われ、ふところを探られれば一巻の終わりだ。

みちは進退きわまった。なぜ書状をどこか安全な場所へ隠してこなかったのか。

ええい、いっそ三条家にたちよって、あの幸乃というご老女に託してしまおうか。自分の身になにかあったら三条の当主に渡してほしいとたのめば、願いが叶うかどうかはともかく、少なくとも黒田の本家には渡らずにすむ。

もし三条家にたちよるという考えがうかばなかったら、みちは足早に丸太町通を歩き去っていたはずだ。が、三条家をおもったために一瞬足を止め、三条家へつづく右手に目をむけた。そこで、あッと棒立ちになる。

お咲が小走りに駆けてきた。遠目でも必死の形相をしているのがわかる。

「お咲ーッ。こっちだこっちだッ」

お咲もみちを見るなり生き返ったような顔になった。

「瑾次郎さまッ。ああ、よう、おました。ご無事、やったんどすね」

息をはずませて駆けよる。胸に飛びこんできそうな勢いだったが、ここは洛中、はっとおもいとどまった娘の両肩を、みちは両手を伸ばしてぎゅっとつかんだ。

「そうか、もしや……」

「へえ。お知らせ、せな、おもうたんどす」お咲はあえいだ。「怖い、お侍さまらが捜しておましたさかい、家へ帰ったら危のおす。ほんで、どっか、隠れたほうがええ、いわなあかんおもうて……」

人の目がなかったら、みちはお咲を抱きよせていたかもしれない。男も女もなかった。お咲は自分のために着の身着のまま駆けつけてくれたのだ。そうおもうと愛《いと》しさがこみあげる。

「かたじけない。よう知らせてくれた」

「間に合《お》うてようおました」

「うむ。皆、お咲どのを心配している。さぁ、早う帰ってやれ」

「ほやけど、あいつら、出なおしてくる、いうてました。瑾次郎はんはもう、帰ったらあきまへん」

「しかし用心棒が逃げだすわけにも……」

いってはみたものの、寝込みを襲われ、その上、相手が五人六人となれば、とうてい勝ち目はなさそうだ。いや、寝込みといわず、今、このときもどこかで牙《きば》を研いでいるかもしれない。

「お咲どののいうとおりだ。これ以上、迷惑をかけるわけにもゆかぬし……」

「行く当てはおますんどすか」

聖護院村へ行って海屋の私塾を探すことはできる。が、海屋は迷惑顔をするにちがいない。その前に、海屋の住まいは安全だろうか。

みちはふっと眉をひそめた。

自分が秋月黒田家の家臣だと知っているのは長兵衛と海屋の二人である。長兵衛は店にやってきた黒田家の侍に素性を話してしまったというから、そこから秘密がもれて白昼の押し込みになったものと考えるのが十中八九ただしい。けれど万にひとつ、海屋かららもれたということもある。私塾には様々な大名家の家臣が集まっているのだから。

「おれはもう一度、三条家へ行く」

公家町なら、武士が徒党を組んで押しかけるだけで大騒ぎになる。自分を捜しているのが黒田家の家来なら、いくらなんでも三条家へ押し入ることはしないはずだ。

「せやけど、三条さまのとこは、今日はじめて行かはったんやおまへんか。おいてもらえますやろか」

「匿《かくま》ってもらえるかどうかはわからぬが、話をしてみる手はある。身を隠す場所を教えてもらえるやもしれぬ」

　そう。先延ばしにしていても最後はおなじだ、三条家が振り出しなのだから三条家を頼るしかない。しかも黒田本家に目をつけられてしまったとなればもはや万事休すで、一刻も早く話を進めるほか途《みち》はなかった。

　みちはお咲に、奥の老女、幸乃の名を教えた。新たな知らせがあったら幸乃に伝えるよう、自分の居所もいいおいてゆくと約束するとようやくお咲は愁眉を開いた。

「さっきの侍どもが見張っておるやもしれぬ。なにか買い物をして、素知らぬ顔で帰るのだぞ。おれのことは親父どの以外、だれにもいうな」

　お咲が自分と会っていたと知られては、お咲の身に危難が及びかねない。みちはお咲にいいきかせて家へ帰した。

「さてと、こうなったらいちかばちかだ」

　みちは三条家の方角を見すえた。

　こうしているあいだにも、江戸ではなにが起こっているか。黒田本家の意向にそうかたちで、秋月黒田家の継嗣が決められてしまうかもしれない。そもそも藩主である長韶《ながつぐ》の安否さえ定かではないのだ。

昨年、嗣子の長惺《ながあき》が江戸で急死したとの知らせをうけたとき、兄は何度も畳にこぶしを打ちすえ、獣のような唸《うな》り声をあげていたという。口に出すことこそなかったが、兄がなにを考えて激怒し悲嘆にくれたか、みちもわかっていた。おなじことが長詔の身に起こらないとどうしていえよう。

もっとも継嗣が正式に定まるまでは安泰である。継嗣を定めずに藩主が死去すれば、お家はおとりつぶしになってしまうのだから。

長詔は今春、参勤交代で江戸へ参府した。正式に継嗣が定まるまでには時がかかる。が、着々と根まわしがはじまっているはずだ。ぐずぐずしてはいられない。

「父上。兄上。どうかお力を貸してください」

みちは病床にある兄の顔をおもいうかべた。出立間際に訪ねた兄は、父の死がこたえたとみえて、いちだんと衰弱していた。それでも眼光はいつにもまして鋭く、気力も横《おう》溢《いっ》して、亡父の志を継ぐことだけに命の焰を燃えたたせているようだった。

「あとはおまえに託す。たのむぞ」

にぎりしめた手にもおもいのほか力がみなぎっていた。

生きてくれ、兄上、せめて、おれが吉報をとどけるまでは――。

祈るような思いで、みちは三条家へむかって歩きはじめる。

八

「三条家についてはようわかった。で、どうすればよい？　なんぞ伝手はないか」

「うーむ、さようにいわれてものう……若年寄といえば、たいがいの武家なら『へへえ』と頭を下げる。が、相手は公卿だ、へともおもわんだろう」

　本多家の京屋敷内にある長屋で、玖左衛門は同輩の渡辺勝馬《わたなべかつま》と酒を酌みかわしていた。勝馬は幼なじみで、五年ほど前まで国許にいた。そのあと片や大坂、片や京へ転任したものの、おなじ関西でもあり、ときおり会う機会もあって、親交は途切れることなくつづいている。

　大柄で熊のようにのそりとして、どんなときにも泰然自若、勇ましい名前とは裏腹に政争にも出世にもおよそ関心のなさそうな勝馬を、玖左衛門は信頼していた。京屋敷に勝馬がいてくれるだけで、どれほど心強いか。

「困ったのう。だれぞ……おう、そうだ。所司代の越前さまはどうかの。たしか殿は奏者番をされていたときも寺社奉行に任じられていたときも、越前さまとごいっしょだった。互いがどうおもうているかはわかりかねるが……」

「そいつはやめたほうがよい。さ、呑め」

　勝馬は玖左衛門の湯呑に酒をつぎ足した。とうに空になった自分の湯呑にもなみなみと注ぐ。この男、底なしの酒豪である。

「なぜだ、越前さまがなにか……」

「一昨年に越前守が所司代となってから都は変わった。どこがどうというわけではないが、ぎすぎすして、だれもが声をひそめるようになった」

水野越前守忠邦が京都所司代になったのは一昨年、文政《ぶんせい》九年の十一月だ。

玖左衛門は酒をすすりながら、勝馬の喉《のど》に大量の酒が流れ落ちるのをながめた。

「となれば、むしろ用心してかからねばならぬな。某藩が公卿にとりいって継嗣問題の裏工作をしている、などと知られたら、横槍を入れられる心配がある」

「それどころか、堅物の越前守のことだ、ただではすまぬぞ。いや、それこそが狙い、小躍りするやもしれぬ」

「どういうことだ」

「お家騒動となれば、本家も分家もひとまとめにとりつぶせる。ついでに公卿の頭も押さえつけられるし、それを手柄に、一躍、政の中枢に躍り出る足がかりにもできる」

「なるほど、そういうことか」

玖左衛門はうなずいた。勢いよく酒をあおぐ。背筋がうすら寒い。

「よし、見事な呑みっぷりだ。さぁ、呑め呑め」

「それにしても、おぬしは相変わらずの蟒蛇《うわばみ》だな」

「人生命に達すればあに愁うるいとまあらんや　しばらく美酒を呑まんとて高楼に登ら

ん……おぬしの受け売りだ。ええと……」

「李白。李白といえば、豊前で今李白に会うてきた」

「ふむ。重病の友を見舞うたとかいうておったの」

「昔、たったの一度きりだが、美味い酒を酌みかわした」

「ほれ、呑めるうちが華だ。じゃんじゃんやろうではないか」

夜のしじまにもれてくる男たちの鼾《いびき》を肴に、二人は明け方まで呑みつづけた。


翌朝、寝不足の上に二日酔いの冴《さ》えない顔で、玖左衛門は四条通を東へむかって歩いていた。賄い場で水を飲んできたが、聞いたところによれば、勝馬はけろりとした顔で朝飯を大盛三膳たいらげ、賄いの婆さんをひとしきり笑わせてから、おっとり刀で母屋へ出かけていったという。

しばらく歩いただけで汗ばむ季節である。四条のこのあたりは商店が軒をつらねているので活気があふれ、昨夜《ゆうべ》、勝馬から聞いたような、所司代の交替によって生じたピリピリした空気は感じられない。

都を横断して鴨川まで歩き、四条大橋を渡ってから川辺の道を北上する。二条大橋を左手に見てさらに北東へ行くと聖護院村だ。

玖左衛門の目指すところは聖護院の手前、熊野《くまの》権現《ごんげん》社のかたわらにある私塾である。貫名菘翁という儒学者がここで須静堂を営んでいると、昨夜、勝馬から聞いた。

「号の海屋でたずねればすぐにわかる。門弟には錚々《そうそう》たる公卿もおるそうゆえ、三条家にも伝手があるやもしれぬ」

玖左衛門の主の本多遠江守は、若年寄という重職だけでなく、文武を奨励する大名としても知られていた。だからこそ古処とも親交があったわけで、玖左衛門のような一藩士でも古処や白圭、海屋の名を耳にしていた。

問題は、神出鬼没で知られる海屋が須静堂にいるかどうか。

海屋は茅屋《ぼうおく》にいた。数人の若者にかこまれ、熱心に話しこんでいる。玖左衛門は講義が中断するのを待って、海屋に面会を申し出た。

「ほう、遠江守さまのご家臣とな……」

ゆったりとした道服のような上着を身にまとい、角頭巾をかぶった海屋は、機嫌よく玖左衛門と対峙《たいじ》した。

「さすがに勉学熱心なお家の家臣はちがうのう。感心感心」

「いえ、勉学に参ったわけではありませぬ。いや、それも追々……」

三条家に伝手はないかとたずねると、海屋はしゃっくりをした。

「三条家、三条家……三条家以外は公卿にあらず、か」

「なにかあったのですか」

「つい先日も、伝手はないかと訊かれたばかりじゃ」

会いにきたのは眉目秀麗な若侍だったと聞いて、玖左衛門はハタと手を打った。

「もしや、古処さまのご子息ではありませんか」

「おう、存じておったか。姉者を三条家の眉寿姫さまにたのみたいそうでの……」

「姉？　姉は病……あ、いや、手前がうかごうたのもその件にて……前々からたのまれておったのですが、ここしばらく京を離れていたため……そうか、原瑾次郎は京に来ておるのか。居所くらい伝言してくれればよいものを……」

玖左衛門は海屋から瑾次郎の滞在先を聞きだした。その上、三条家の嫡子である実万へ宛てた紹介状も認めてもらった。

「弟子にとどけさせるつもりだったが……ちょうどよい、おぬし、渡してやってくれ」

玖左衛門は胸を高鳴らせて紹介状をうけとる。

「京におるようならいつでも学びに来い。江戸へ帰るなら、遠江守さまによろしゅう伝えてくれ」


四条河原町は先刻とおってきたばかりだ。では瑾次郎の寓居の前をとおったのかと玖左衛門は頰をゆるめた。これほど容易にめぐり会えるとはおもわなかった。ふところには三条家へ導いてくれる紹介状がある。瑾次郎は快哉を叫ぶにちがいない。京での目的を達成したら、二人で江戸へむかおう。

瑛太郎が苦しそうに咳きこむ顔がうかんだ。その顔に一瞬、安堵の色がひろがる。

「瑾次郎どのはおれが江戸へおつれする。どうか、安心してくれ」

死ぬな、生きていてくれ……玖左衛門は瑛太郎の面影に話しかけた。

海屋に教えられた兼六屋は、間口は狭いが奥行きがあり、一歩中に入ると焚《た》きしめた香がそこはかとなく匂ってくるような店だった。青畳の座敷の片側に棚がしつらえられて、大小の桐箱が並んでいる。いかにもお大尽といった恰幅《かっぷく》のよい客が二人、番頭らしき男と膝を突き合わせ、手代が棚から恭しくはこんでくる漆器に見入っていた。

へい、おいでやすと近づいてきた小僧に片手をふって見せ、「客ではない。人に会いにきたのだ」と説明しかけると、小僧はたちどころに困惑顔になった。奥をながめ、助けを求めるように客の相手をしている番頭に目をやる。あらためて見れば番頭も手代も腰が落ち着かないようで、客あしらいもどこか上の空である。

「原瑾次郎どのがこちらにおると聞いたが、とりついでもらえぬか」

「お出、かけ、におます」

「では待たせてもらおう。そうだ、主人にも会うて……」

玖左衛門がつづけようとしたときだ。裏手で怒鳴り声がした。と、同時に女の悲鳴が聞こえた。しかもひとつならず。やめろと制止する声。激しい物音。ざわついた気配。ふたたび怒鳴り散らす声も……。

玖左衛門は考える前に体が動いていた。履物を脱ぐ間も惜しんで座敷へ駆け上がり、声のしたほうへ一目散に駆ける。

裏手の離れの前に小柄な男が倒れていた。年恰好からして兼六屋の主人か。殴られて突き飛ばされたようで、鳩尾《みぞおち》を押さえ苦しそうにうずくまっている。大小を腰にさした武士が四人、威嚇するようにまわりをとりかこんでいた。だれも刀の柄《つか》に手をかけていないのは、洛中で刀を抜いたらどんなお咎めをうけるか、重々わきまえているからだろう。つまり家名を背負う武士、ということだ。

が、だからといって手加減するつもりはないらしい。

「いえッ。原瑾次郎はどこだッ」

武士の一人がうずくまっている男を蹴《け》りたてようとした。

「やめてッ」

玖左衛門は声のしたほうを見た。手代らしき男の背中に庇《かば》われて、ひとかたまりになって抱き合っていた数人の女たちの中から若い娘が飛びだして、男のもとへ駆けよる。

「危ないッ」

叫ぶと同時に突進した。玖左衛門は足を蹴りだした武士に体当たりをして、もみ合うように地面にころがる。既《すんで》のところで蹴られずにすんだ娘は、男に抱きついてしゃくりあげた。

予想外のじゃまが入ったので、武士たちは動揺している。

「こいつが例の男か」

「わからんが、そうなら手間がはぶける」

「いや、わざわざ捕らわれにくるとはおもえぬ」

「だれでもよいわ。おい、じゃまだてすると容赦はせぬぞ」

やっちまえと襲いかかろうとする。一瞬早く、玖左衛門は起き上がった。

「早まると首が飛ぶぞ。おれの名を聞いてからにしろ」

「なんだとッ。よし。名乗れッ」

「本多遠江守の家臣、石上玖左衛門」

効果はてきめんだった。与太者や公卿相手ではさほど効力を発揮しない若年寄だが、れっきとした武士にとっては泣く子も黙るほどの威力をもつ。なにしろ若年寄の下には目付がいて旗本・御家人を管轄、直参ばかりとおもいきや武士全体にも目を光らせ、事あらば幕府の権限を利用して藩主に圧力をかけてくる。

「な、なにゆえ、遠江守さまのご家来がここに……」

「店におったら怒鳴り声が聞こえてきた。番頭の話では、おぬしらは離れに住んでいた武士を捜しておるとか。主人、その武士の行先、まことに心当たりがないのだな」

「へい。ございまへん」

「だったら痛めつけても意味はあるまい。文句があるなら所司代にいえ」

反論する者はいなかった。若年寄もさることながら、所司代の水野越前守はそれ以上に恐れられているようだ。

「よいの、手荒な真似はならぬ。二度としないと約束するなら、今日のところは、いずこのご家中か訊かんでおこう」

武士たちは退散した。洛中で武士が商人に乱暴したという噂が所司代の耳に入ろうものなら、厄介なことになる。

「お助けいただきましてありがとう存じました」

兼六屋の主人は長兵衛と名乗り、平身低頭して礼を述べた。

「おれも瑾次郎の身を案じて捜しに参ったのだ。出て行ってしまったと申すはまことか。まことに行先を知らぬのか」

「へい。わてらも心配しておましたとこで……」

いなくなったのは一昨日《おととい》で、それからはずっとあの武士たちが入れ代わり立ち代わり見張っていたという。

「あれでは帰るにも帰れまへん」

「よほど怨みを買うておるようだの」

私怨《しえん》でないことは、むろん承知していた。おそらくあの武士たちは黒田家の家来にちがいない。黒田本家は――もしくは秋月黒田家の本家びいきの面々は――自分たちと相反する勢力が水面下で継嗣問題を牛耳ろうとしていることに感づいたのだろう。

瑾次郎、油断はならぬぞ――。

昼の洛中ならまだしも、どこでなにを仕掛けられるか。

会えるはずが会えなかったので、玖左衛門の落胆は大きかった。が、瑾次郎が今のところ無事でいること、三条家へ乗りこもうと伝手を探していることだけは確認できた。

それだけでもよしとしなければならない。

さて、いかにして三条家へ乗りこむか——。

壬生村へ帰る道中、玖左衛門は長兵衛から礼にもらった銘酒の瓶をぶら下げていた。

九

「……そないなわけでおまっさかい、わてらもほんまに苦労してまんのや。けど大臣《おとど》はんのことおもうたら、文句もいえしまへんしなあ……」

米助《よねすけ》の愚痴は際限がない。やりくりの苦しさを嘆き、所司代の役人の締めつけに憤り、どこそこの公卿が質屋通いをしているだの、公家の姫が借金のカタに吉原《よしわら》へ売られただのと噂話をしながら、日がな一日、呑んだくれている。しかも最後には決まって銭の無心だ。

米助は三条家の仕丁で、痩せこけた体を昔は純白だったとおもわれる薄汚れた布子張の狩衣《かりぎぬ》で包み、目鼻の充血した貧相な顔をして、しょっちゅうずり落ちそうになる平礼《ひれ》烏帽子《えぼし》を睡眠中でさえ脱ごうとしない年齢不詳の男である。

三条家へ転がりこんで三日。みちは笑顔で——大半は上の空で——米助の愚痴を聞き流していた。大好きな酒に手を出さないでいるのは死ぬほど辛《つら》かったが、うっかり出せば法外な銭を要求されかねない。それでも、つまみだされるかわりに三条家の長屋へもぐりこめたのは幸運だった。それもこれも老女幸乃のはからいである。

幸乃といえば、みちが助けを求めてきたことで、すっかり舞いあがってしまったようだった。つんとすました顔がときおりやわらいで、小娘のような恥じらいがのぞく。

「長屋がうるそうて眠れんようやったら、こちらへおいでなはれ」

耳許でささやいたのは、もしや、誘いをかけたのか。

女と知られたらすべてが水の泡――。

ここにも長居はできないと、みちは嘆息した。馬脚をあらわさないうちに役割を果たさねばならない。

そんなみちの困惑を見ぬいているかのように、米助はヒヒヒと妙な笑い方をした。

「せやけどおまはんも、けったいなお人やなあ。どないな悪さして逃げてきたか知らんけど、大臣はん頼ったかてどもならん。わかってまんのか」

米助は、みちが悪行をはたらいて主家を追われ、三条家にとりなしをたのんできたとおもいこんでいるようだった。それならそれで好都合。

「内大臣さまは武家衆のあいだでもお顔が広いと聞いている。なんといっても由緒正しきお家柄、だれもが一目おくのは当然だろう」

「そりゃま、将軍家かて疎《おろそ》かにはでけしまへんわなあ」

「井伊家、細川《ほそかわ》家、山内家……錚々たる大大名家とも縁つづきだと……」

ついいわずもがなのことをいってしまった。

「ふうん、ょう知ってはるなあ。へえ、仰せのとおりや。なんやかんやいうたかて、お武家衆はうちらと縁むすびたがる……お、そういや、おまはんとこのお殿はんも眉寿姫はんの縁者やないか」

米助の酔眼が一瞬だけ素面《しらふ》の眼になったように見えた。もちろんみちが秋月黒田家ゆかりの原瑾次郎であることは米助も承知している。

「おっと、こんな時刻か。ご老女さまに会いに行かねば」

みちは腰を上げた。

公卿の屋敷にいれば身の安全は確保されている。呑んだくれの仕丁なら心配はない。そうおもいつつも、やはり自分でも気づかぬうちに警戒心が働いていた。ここひと月ほど気が張っていたので、身構えるのが習い性になってしまったのかもしれない。

米助はまたもやヒヒヒと笑った。

「気ぃつけなあかんで。ここは安達ヶ原《あだちがはら》やさかい」

「え？」

「閨《ねや》をのぞくと鬼女が出る」

能の「安達ヶ原」は、親切な女の家に宿を借りた旅人が、のぞくなといわれた閨をのぞいたところ人骨の山を見つける。女は人を食う鬼だったという話だ。みちは米助が幸乃を鬼女にたとえたことよりも、米助の口から能の演目が出たことに驚いた。呑んだくれのお調子者は、別の顔ももっているのか。

それはともあれ、善女だろうが鬼女だろうが、今は幸乃の好意にすがるしか役目を果たす近道はなかった。

みちは身づくろいをして、母屋の奥御殿へむかう。

幸乃には、秋月黒田家先代の後室の采子より姪の眉寿姫に内密の伝言がある、京に滞在している家中の者たちには知られたくないので直接ここへやってきたと説明している。折を見てとりついでやるからしばらく滞在するように、というのが幸乃の返答だった。

よろしゅうたのむと頭を下げたものの、じっと待ってはいられない。

ようやく手にした好機、なんとしても、眉寿姫さまに会わなければ――。

どうやって幸乃を急き立てようかと思案しながら訪《おとな》いをいれると、幸乃の侍女が待ちかまえていたように飛びだしてきた。

「今、お迎えにあがるとこどした」

「なにか、それがしに……」

「へえ。急ぎお伝えしたいことがあらしゃるそうどす」

幸乃は接見所で待っていた。心なしかまぶたが腫《は》れている。

「そなたの話を聞いてやるつもりで……寝そびれてもうた」

それ以上はいわなかったが、双眸に咎めるような色があった。ひと晩中待っていたのになぜ来なかったのかと、その目は咎めながらも媚びている。

みちは面食らった。女だとばれてはまずいから行かれなかった。それもひとつだが、もし本物の男だったとしても、やはり軽々しい誘いには乗れなかっただろう。

女は怖い――とおもう自分に苦笑する。

「急ぎのお話があるとうかがいました」

あわてて促すと、幸乃は「そのことじゃ」と眉をひそめた。

今朝方、三条実万宛の海屋の紹介状を携えて武士が訪ねてきたという。

「海屋というと……あ、あの海屋先生かッ」

驚いたのはそれだけではなかった。海屋の紹介状に名があったのはその武士ではなく、原瑾次郎だったという。

「それがしの、名が……」

みちは首をかしげた。

「武士とは、なんというお人にございますか」

「本多遠江守さまのご家臣、石上玖左衛門と名乗らはったそうどす」

「石上、玖左衛門……」

どこかで聞いたような……。そういえば、大坂の豪商の松居善兵衛が口にした名だ。本多遠江守は若年寄、若年寄の家来の石上玖左衛門という武士が原家のことを訊きにきたとか。本多遠江守の家臣が海屋の紹介状――しかもみちの偽名が記された――を持参しているとは面妖《めんよう》である。

「それで、なんと……」

「瑾次郎どのがここにいるはずだ、会わせてくれとたのまはったそうどすけど、ほなどうぞ、とはいえしまへん。とりあえず、おひきとり願うたそうどす」

応対した者が、まずは幸乃に知らせて……と待ったをかけた。普段から幸乃の睨《にら》みがきいているのだ。

みちは安堵の胸をなでおろした。同時に、兼六屋の一件といい、こたびのことといい、敵の影がひたひたと迫っているのが肌で感じられる。もはや一刻も猶予はならない。

表情をあらためて、両手をついた。

「こうしてはおられませぬ。事は急を要します。なにとぞ眉寿姫さまにおとりつぎを」

幸乃はそれでもまだ迷っているようだった。惚《ほ》れ惚《ぼ》れするような美男だからといって、武士を信用してよいものか。もう少し事情を探ってから……人柄を見きわめてから……あれこれ逡巡《しゅんじゅん》しているのがわかる。

みちは膝を進めた。

「わが秋月黒田家には複雑な事情がございます。昨夜は疲れ果てていたのでつい寝入ってしまいましたが、幸乃さまには今宵、詳しい話を聞いていただきたく……」

精一杯のおもいをこめて幸乃の目を見つめる。

「そうか……せやなあ……ご事情をお聞かせいただかな、どもなりまへんけど……ま、それはそれとして……叔母上さまからのお言付けゆうことやったら……」

今宵、二人きりで酒を酌みかわす約束をさせた上で、幸乃は眉寿姫へとりつぐべく腰を上げた。

「姫さまは公家の姫さまがたとはちごうてはります。気難しゅうあらしゃりまっさかい、くれぐれもお気にさわるようなこと、いうたらあきまへんえ」

幸乃が席をはずしているあいだ、みちは思案に暮れていた。

石上玖左衛門は自分がここにいるとなぜ知っているのか。海屋か兼六屋が話してしまったとして、そもそも石上という男が原家を探る理由がわからない。黒田本家や秋月黒田家の家臣ならともかく、本多家はこたびの継嗣騒動になんのかかわりもなかった。それとも、秋月黒田家の嗣子問題はすでに公儀の知るところとなっていて、探索の手が伸びているのだろうか。

いずれにせよ会うつもりはなかった。眉寿姫に緊迫した事情を訴え、三条実万にひきあわせてもらう。実万には父の内大臣、公修への進言をたのみ、後生大事にふところへ入れている書状を託す。それを読めば力を貸してくれるはずだ。書状にそえて献上する金子も効力を発揮するにちがいない。

むろん、それでもまだ序の口だった。先は長い。出だしからつまずいてはすべてがご破算になってしまう。そう危ぶんで慎重に慎重を重ねてきたが、黒田家ばかりか本多家にまで知られたとなれば……。

みちは目を閉じて、兄の蒼黒くむくんだ病顔の中の、そこだけが気魄《きはく》に満ちた双眸をおもいだしていた。

「兄上。さぞやいらだっておられましょうね。なれど、ご安心ください。やっとここまで漕ぎつけました。最初の一歩とは申せ、これが首尾ようゆけば城の大手門に手をかけたようなもの。父上もきっと、ようやったと褒めてくださるはず」

父、古処の前に正座をして音読した四書五経、書いては直し直しては書いた夥《おびただ》しい数の漢詩、打たれても打たれても起き上がって飽きずにくりかえした剣術の稽古……郷里で、旅の道中で、家族とすごしたなつかしい日々がうかんでは消える。

「一門の骨肉は百草のごとく散じ　難に遇《あ》うもまた相たすけず」

戦乱の中でちりぢりになってしまった家族をおもう李白の詩を詠じて、みちは丹田に力をこめた。

＋

これだから公家は苦手だ——。

玖左衛門は三条家の唐門をにらみつけた。

応対は慇懃《いんぎん》だった。無作法はまったくない。それでいてのらりくらり、まどろっこしいことこの上ない。三条実万は内裏につめているので明日以降にならなければ帰らぬと教えられたのは丁重に送りだされる直前で、原瑾次郎がいるのかいないのかは、とうとうわからずじまいだった。つまりは、出なおせ、ということだろう。由緒ある内大臣家に突然訪ねてきて、すぐに面会が叶うなどとおもわれては沽券《こけん》にかかわる……そういいたかったのかもしれない。

「たのみがある。手を貸してくれ」

壬生村の本多家京屋敷へ帰った玖左衛門は、同輩の勝馬に声をかけた。

「見張る？　しかし、おれはそいつの顔を知らぬぞ」

「おれも知らぬ。が、二十代後半で背丈はおれと似たり寄ったり、見目うるわしき侍が門前にあらわれれば、それとわかるにちがいない」

屋敷内にいなくても、数日中には実万に会いにくるはずだ。屋敷内にいたとすれば、実万との面談を終えれば門外へ出てくる。なぜなら瑾次郎は急ぎ江戸へ行かなければならないからだ。

「参ったな。明日は昼酒にごろ寝と決めておったのだが……ま、やむをえぬ。手伝《てつど》うてやるか」

「かたじけない」

「で、見つけたらどうする？」

「とりあえずは跡をつける。機をみてむろん、事情を打ち明ける」

「共に江戸へ行くのか」

「主命ゆえの」

「わかった。おれはおぬしたちが出立するのを見とどければよいのだな」

「大坂へ行って、御奉行さまに知らせてくれ」

いずれにしてもここへはもうもどれない。そういうと、勝馬はこの夜も酒瓶をかかえてやってきた。たとえ飯を食いっぱぐれる日はあっても、酒を呑まぬ日はないらしい。明日のことを考え、今宵こそは素面で、と心を鬼にしている玖左衛門に酒を満たした湯呑を持たせ、呑め呑めと急き立てながらも、勝馬は眉間に深いしわをよせた。

「四条河原町の兼六屋へ乗りこんできた一党は、おもうたとおり秋月黒田家の侍どもだった。率いていたのは伊藤《いとう》吉右衛門《きちえもん》という次席家老の手の者らしい。黒田本家の屋敷へも出入りしておるゆえ、おそらく本家から送りこまれた御用懸の腰巾着だろう」

玖左衛門は目をしばたたいた。

のそりとして酒ばかり呑んでいるようだが、さすが精鋭といわれる遠江守の家臣だけある。数年暮らしていただけで、京の大名家の家臣の動向を知る技を習得するとは……。たった一日でここまで調べあげた手腕に、玖左衛門は舌を巻いた。

「やはりそうか……。本家から送りこまれた御用懸は伊藤半太夫《はんだゆう》、半太夫も吉右衛門も今は江戸にいるはずだ。瑛太郎どのの話では、江戸家老の吉田斎之助《よしださいのすけ》と縫殿助《ぬいのすけ》は父子《おやこ》で、半太夫と昵懇《じっこん》らしい」

「されば秋月黒田家のご当主は、目下、江戸で本家派の重臣どもにとりかこまれているわけか」

「昨秋、江戸屋敷でご嫡子が急死されたときも、本家派の江戸家老がおそばにおったそうな。瑛太郎どのはそのことを悔やんでいた。疑うところは多々あれど、今となってはどうするすべもない、と」

「ふむ。おぬしらもよほど用心してかからねばならぬぞ。昨日の一党はれっきとした秋月黒田家の家臣だったが、連中は近ごろ、いわくありげな浪人衆と密会を重ねておるようだ。得体が知れぬやつらで、仲間が何人かいて、江戸と京を行き来しているらしい。汚れ仕事をうけおうているのやもしれぬ」

江戸や京だけではない。国許の秋月でも不穏な気配がただよっていた。瑛太郎がわざわざ他藩の領地へ移って養生しているのも、一家が住まいを知られぬよう腐心しているのも、いつ襲われるかと警戒しているからだろう。

汚れ仕事をうけおう者ども——。

玖左衛門は身ぶるいをした。事の発端は、江戸で武士が闇討ちにされた一件だった。秋月黒田の家中の武士とおもわれる書付けが見つかったのに、黒田家では否定したと聞いている。それで、遠江守が動きだした。

「こいつは手強《てごわ》そうだ」

「うむ。問題は道中だ。瑾次郎どのというたか、腕に覚えはあるのか」

勝馬も案じ顔である。

「瑛太郎どのによれば、見かけは女子のごとき優男だが、相当な手練《てだ》れらしい。まぁ、今から心配してもはじまらぬ。そうだ、それより、おぬしと呑み比べをさせてみたかったな。底なしの大酒呑みらしい」

「ハハハ、優男なんぞに負けてたまるか」

「さればもう一献。よしッ、景気づけだ。おれも呑もう」

玖左衛門は一気に酒を呑み干した。

酒を呑むか呑まないか、そんな些末なことに悩んでどうする。よいではないか、ようやく自分にも出番がまわってきたのだ。そう、おれは、このときを待っていた——。

胸が燃えた。玖左衛門は若やいだ顔を上気させた。薄暗い蔵の中で米俵を数えていたときには感じたことのなかった昂りが、腹の底からこみあげてくる。


本多家京屋敷で玖左衛門が勝馬と酒を酌みかわしていたおなじ夜、本多家の江戸屋敷では、遠江守が御目付の桜井勝四郎《さくらいかつしろう》と密談していた。

「辻斬《つじぎ》りと、いうたか」

「はあ。買い物に出したそうで、金子がうばわれておったそうにございます」

芝高輪《しばたかなわ》の寺町の路地で、武家の奉公人とおもわれる女が何者かに斬り殺された。

「買い物だと？　大名屋敷と寺社しかないところだぞ。しかも暮れ時ではないか」

「いかにもそのとおり……しかも妙なことに……」

番所から人が駆けつけて騒いでいるところへ、早くも大名家の郎党がやってきて、当家の奉公人ゆえひきとるといいだし、そそくさと死体をはこび去ってしまったという。

「それが例の……秋月黒田家か。しかし、だれが秋月へ知らせたのだ?」

「松平さまの門番だそうで……」

川越藩主・松平大和守《やまとのかみ》の下屋敷は寺町の真向かいにあった。大和守の姉は秋月黒田家の正室である。何度か使いにきたことがあったので門番は女の顔を知っていたという。

「さればその女中は、松平家を訪ねたのであろうよ」

「拙者もさようにおもうたのですが……。大名家から、さにあらずといわれれば、それ以上、問いつめるわけにもいきませぬ」

金子を盗まれたから辻斬りだというなら、それで事をおさめるしかない。真相はまたもやうやむやになってしまった。

「秋月黒田家、たしかに面妖だの」

家中で忌々しき事態が起こっているのはまちがいなさそうだ。が、若年寄といえども、大名家の内部にまで頭を突っこむ権限はない。

思案投げ首の遠江守を見て、桜井は膝を進めた。

「例の……と仰せになられましたが、あの一件はどうなりましてございますか」

身許不明の武士がやはり何者かに斬殺《ざんさつ》されたのは三月の中旬だった。脚絆に縫いこまれていた紙きれに「白圭」という文字が書かれていたと桜井が知らせてきたため、遠江守は白圭の号をつかっている秋月黒田家の原瑛太郎とかかわりがあるのではないかと考えた。そこで早速、大坂屋敷で御蔵番をしていた石上玖左衛門を抜擢《ばってき》して秋月へ送りこんだ。玖左衛門が瑛太郎と面識があると知っていたからで、こちらの意図は告げず、秋月黒田家の内情を探るようにと命じている。

「心利いた家臣を一人、秋月へ遣わした。詳しい知らせはいまだとどいておらぬが、探索は順調に進んでおるようだ。白圭の身内を伴《ともの》うて江戸へ参るそうゆえ、そうなれば秋月黒田の家中でなにが起こっているか、わかるやもしれぬ」

「遠江守さまがさよう仰せられましたので、こちらでもひそかにお調べいたしました。定かなことはわかりませなんだが、参勤の旅がこたえたか、ご当主のご体調が万全ではないようで……近ごろは江戸家老が代役をつとめる場面もしばしば。ご当主が公の席につらなる場合もないわけではございませんが、以前とちがって、なにやら心ここにあらずのお顔をされているとの噂も耳にいたしました」

桜井の話を聞いても、遠江守は驚かなかった。

「さもありなん。となれば、あまり猶予はないやもしれぬ。一刻も早う、白圭の身内とやらが江戸へ到着するのを待つしかないのう」

だとしても、自分になにができようか。真相を探ることと、他家の騒動に首を突っこむこととは別問題である。

「それはそれとして、下手人捜しはどうなっておるのだ？　手をぬいてはならぬぞ」

「むろんにございます。近辺をしらみつぶしに探索させております」

桜井はさらに二、三の報告をして帰っていった。

遠江守は瞑目《めいもく》する。

長所ばかりの人間がいないように、すべてが順調な家もない。大名家はいずれもなにかしら問題をかかえていた。本多家も例外ではない。遠江守の父は家中の騒動に巻きこまれて早々と隠居、当主の座を息子にゆずらざるをえなかった。理想に燃えて家督を継いだ遠江守自身も、百姓一揆《いっき》でさんざんな目にあっている。実のところは、頭の上の蝿も追えないのに他家のお家騒動にかかわっているひまなどなかったが――。

それでも、わからないことをわからないままにしておくのはがまんがならない。白は白、黒は黒、すべてがあるべきところにおさまっていなければ気色がわるい。

遠江守は、そういう男だった。

十一

眉寿姫という呼び名はだれがつけたのか。元の名は紀子、三条家嫡子の正室は、不機嫌のかたまりのような顔をしていた。

二十代後半の実万より五、六歳年上だと聞くから年齢は三十過ぎ。二十万余石の土佐山内家の姫が、内大臣といえば聞こえはよいものの、わずか四百六十九石の公家に嫁がされたことも不満のひとつになっているのかもしれない。それにしては豪奢な打掛姿で、家具調度も眉寿姫の御座所はひときわ贅美を誇っている。先日、兼六屋があつらえた贅沢な御文箱も眉寿姫の注文だった。

　みちの挨拶を途中でさえぎって、

「秋月より参ったと聞いたが……」

　眉寿姫は手にした扇をパチンと閉じた。

「叔母上は息災か」

「はい。つつがのうお暮らしにて」

「以前は便りをくださったのに、このところ音沙汰がない。案じておったのじゃ」

「姫さまにお詫《わ》びをお伝えするよう仰せつかって参りました。御文をさしあげたいのはやまやまなれど、いろいろとご事情がおありにて……」

「なんじゃ、事情とは？」

「それを、お聞きいただくためにここへ……」

　みちは人払いを願い出た。

　気難しくて扱いにくいところが多々あったとしても、眉寿姫は馬鹿ではなさそうだ。世間知らずでもないような。公卿の妻女でありながら武家女のままのようにみえるこの女には、まわりくどいおべんちゃらは不要だろう。本当のことを単刀直入に話して力を貸してもらうほうがよいと、みちはとっさに判断した。もし眉寿姫が公家の暮らしに多少とも飽いているならなおのこと。

「叔母上さまは窮地に立たされておられます。いえ、わが秋月黒田家は今、存続の危機にさらされております」

「おやまあ……」

眉寿姫は目を丸くする。

「昨年、ご嫡子の長惺さまが急死されたことは姫さまもお聞き及びかと存じまする。叔母上さまのご尽力にて、ご息女の慶子《けいこ》さまに山内家より婿養子をお迎えし、家督を継いでいただこうと、国許ではひそかに話が進んでおりました」

「山内家……弟の勘解由《かげゆ》じゃな」

「ご明察。ところがこの話、横槍が入ったもようにて……」

不退転の覚悟で江戸へむかった当主だったが、江戸ではいっこうに話が進んでいないようだ。消息もぱったりと途絶えている。

「そもそも縁談を秘密裏に進めておりましたのは、本家にしゃしゃり出られて、こたびこそお家が丸ごと乗っとられてしまうのではないかと怖れたがゆえにございます」

黒田本家の長年にわたる介入については眉寿姫も耳にしていたようで、秋月黒田の家中における本家派と独立派の熾烈《しれつ》な攻防について説明を加えると、眉寿姫はこぶしをにぎりしめ、何度となくうなずいた。

「叔母上さまから、姫さまは生まれながらにして旗頭にこそふさわしきご気性、曲がったことがお嫌いで、弱き者のために戦う真《まこと》の武士の心をお持ちだと聞いております。女子にしておくのはもったいないなきお人だとも……」

「叔母上が、さようなことを……」

「なればこそ、姫さまにお力をお借りしようと、こうして参ったのでございます」

「ようわかった。叔母上の御為なれば、わらわもできるかぎりのことをしよう。いや、これは勘解由のためでもある。弟が秋月黒田家の当主になって横暴な本家と戦うというなら、むろん、わらわも応援する」

で、なにをしたらよいのかと訊かれて、みちは実万に会わせてほしいとたのんだ。

「ご夫君からお父上の内大臣さまを説得していただきたく……。内大臣さまがこの一件、お味方してくだされば、われらは百人力にござる。秋月黒田家も息を吹き返すことができましょう」

眉寿姫はけげんな顔になった。

「たしかにお舅上《ちちうえ》は内大臣じゃが、さほどのお力がおありか」

武家のあいだの、それも大名家のお家騒動である。

正直なところ、内大臣にはなんの力もなかった。が、そんなことはみちの兄は百も承知だ。謀《はかりごと》にはさらにその先があった。

「内大臣さまの御母上は井伊家の姫君……」

「あッ」

「井伊掃部頭《かもんのかみ》さまなれば将軍家の御覚《おぼ》えめでたく、たとえ黒田本家からの要請であっても跳ね返すことがおできになります。われらにとっては唯一の希《のぞ》みにて……」

一発逆転を狙うにはこれしかないと兄はいっていた。そしてこれは、慈明院采子や国家老の考えでもあった。ただし謀が成就するためには、慈明院から眉寿姫、眉寿姫から実万、実万から公修、さらにその母から母方の里である井伊家、井伊掃部頭から将軍家へ……気が遠くなるような道のりを経なければならない。

それでも、こうした伝手だけが確実無比な方法だと兄もみちも信じていた。だからこそ早まってしくじることのないよう、ここまで慎重に事を進めてきたのだ。

「眉寿姫さまのお力添えなしに、秋月黒田家の存続は叶いませぬ」

これでは眉寿姫を持ち上げすぎかともおもったが――。

眉寿姫は今一度、扇を開いて閉じた。

「よし。さればこうしよう。今から二人でお舅上に会いにゆく」

「今から？　内大臣にッ」

今度はみちが目をみはった。

「お舅上はわらわを実の娘のように愛《いつく》しんでくださる。亡くされた娘御に似ているのだとか。わらわの話なら聞いてくださるはずじゃ」

みちはしばし言葉を失っていた。

まさか内大臣と直々に話ができるとはおもってもいなかった。男になりすましたとはいえ、しょせんは小藩の武士の倅、しかも何者でもない部屋住みの武士にとって内大臣は雲上人である。実万でさえ、会ってもらえるかどうか。もし面会が叶わぬときは、持参した書状を眉寿姫から実万に手渡してもらうつもりだった。なんとしても公修に目を通してもらわなければその先はないのだから。

書状の宛名は内大臣・三条公修、差出人は白圭……表向きはそう記されているが、中身はちがう。封書を開ければ慈明院と国家老、それぞれの嘆願文と、さらに驚くなかれ、養子決定について藩主長韶の花押入りの起請文《きしょうもん》まで添えられていた。参勤交代で江戸へむかう際、不測の事態が起こったときのために用意しておいたものだそうで、本家派が目を光らせる中、よくぞ敵方に知られずに……と、兄から託されたときは感激にふるえた。

「これを利用せずにすめば、それにこしたことはないのだが……」

旅立つ妹を送りだす際、兄は念ずるような調子でいったものだ。瑛太郎が早くから鄙《ひな》の地へ移り住んで療養に励んでいたのも、今となれば敵の目をくらますための方便だったとわかる。

ともあれ、そんな執念のこもった書状が、いよいよ内大臣の目にふれるのである。

「眉寿姫さま。なんと、なんと御礼を申しあげればよいか……」

みちは平伏した。おもわず声をうるませている。

「手を上げなされ。まだ上手《うま》く事がはこぶと決まったわけではない」

眉寿姫のいうとおりだった。一国の存続にかかわる大事、子供が菓子をねだるのとはわけがちがう。眉寿姫を気に入っているからといって、内大臣公修が秋月黒田家の味方をしてくれるとはかぎらない。

「仰せごもっとも。つい先走ってしまいました。お公家さまはしきたりが煩雑で容易には目どおりも許されぬとうかごうておりましたゆえ、眉寿姫さまと直々にお話しできましたことだけでも感激の誉れ……」

「それは叔母上の……いや、会うてみとうなったのは、幸乃から稀《まれ》に見る美貌の武士と聞いたからじゃ。なるほど、そなたは女子にしたいほどの色男。幸乃ときたら……そわそわうきうきと、よほどそなたが気に入ったとみえる」

眉寿姫は忍び笑いをもらした。

「公家の女子は武家とはちがう。ここに長居をしたら、いくつ身があっても足りぬぞ」

内大臣・三条公修は、みちに代わって眉寿姫がさしだした書状から、いつまでたっても目を上げなかった。真偽を測っているのか。平伏しながらちらちらと様子をうかがっていたみちが、これでは紙面に穴が空いてしまうのではないかと本気で心配をはじめたそのとき、公修はひとつ空咳をして、おもむろに顔を上げた。

「誰か烏の雌雄を知らんや」

嘆息まじりにつぶやく。

「お舅上ッ」

「内大臣さまッ」

公修はそこで、鳥のように痩せた顔をほころばせた。

「ほんまのとこ、武家の内々の揉《も》め事に首を突っこむ気ぃはおへんのやが……大っきなやつが権力を笠に着て小っちゃなやつをいじめる、いうのんは見苦しおすなぁ」

お味方しようといわれて、みちは快哉を叫びそうになった。

「そのお言葉をうかがえば、皆、どんなに喜ぶか」

皆の中には藩主の長韶やその母の慈明院、国家老、兄や亡き父がいるというのはわかっていたが、みちは他にだれがこの謀に加わっているかを知らない。それでも、本家からの圧力に屈して肩身の狭い日々を強いられている人々がこのことを知れば、顔には出せなくても大喜びをするのはたしかだ。そんな人間が数多くいることだけはまちがいなかった。

かたちはちがえど、公家も幕府に頭を押さえつけられている。それとも公修は、ここへきて様々に干渉してくる所司代のことを頭においているのか。

「して、なにをせよと？」

みちが井伊家への橋渡しをたのむと、公修は思案顔になった。

「掃部頭は江戸にいてはる」

「これよりただちに江戸へ参ります」

「ふむ。掃部頭やったら将軍家にも顔が利く……けどなぁ、身内の縁者のことをとやこういう気ぃはおへんけど、あれは、ひとすじ縄ではいかんお人やで」

公修のたのみだからといって動いてくれるとは限らないし、むしろ良い事を耳にしたとほくそえんで、とんでもない画策をはじめるかもしれない。

それは、みちも覚悟の上だった。

「他に手立てがないのです。ともあれ会うてさえいただければ、あとのことは……」

ここまできて逡巡しているわけにはいかない。

「お舅上。わらわからもお願いいたします。秋月黒田家は大大名とは申せませんが、わが山内家から養子が入るか否かは三条家にとっても大きなちがい。黒田の本家がこれ以上、幅を利かせれば、朝廷内での力関係も変わらざるをえませんし、となればこの三条家も安穏としてはいられませぬ」

眉寿姫はみちがおもったとおり、贅沢三昧《ざんまい》をしている気むずかし屋、ではないようだ。だからこそ内大臣も一目おいているのだろう。

眉寿姫の進言は功を奏した。公修は井伊掃部頭にあてて一筆認めてくれた。養子うんぬんについてはふれないものの、この文を持参した原瑾次郎なる者に直々に会って話を聞き、ぜひとも力になってやってほしい……という心強い文面である。

みちは文を押しいただき、兄からあずかってきた書状と合わせてふところへおさめた。これで京での役目は成し遂げたことになる。

「一刻も無駄にはできませぬ。ただちに江戸へむかおうと存じまするが……」

みちはもうひとつ、眉寿姫にたのみ事をした。

「ほほほ、幸乃には、兼六屋へ挨拶に行ったといえばよいのじゃな」

「とどこおりのう役目が果たせましたのは、兼六屋の皆さまのおかげでもあります。とりわけお咲どのには危ういところを救うてもらいました。礼に行かねばなりませんが、明朝の出立の仕度があるので夕刻には帰ると……」

もちろん、でたらめである。幸乃は今宵も待ちぼうけをくわされることになるはずだ。幸乃をだますのは気がひけるが、こればかりはいたしかたなかった。

一方、兼六屋は兼六屋で、いまだ敵に見張られている心配があった。ここで危険は冒せない。それに、お咲にももう会うまいと決めている。女心がわかるだけに、これ以上の深入りはできない。

みちは長屋へ帰って旅仕度をした。自分を訪ねてきたという武士のことをおもうと、いやが上にも気が逸《はや》る。即刻、出立するのは、石上玫左衛門なる武士から逃れるためでもあった。仕度というほど大仰なものではなかったが、手甲と脚絆をつけ、足ごしらえは甲掛《こうがけ》草鞋《わらじ》、菅笠を目深にかぶる。

門を出たところへ、米助が追いかけてきた。米助も旅仕度をしている。

「おぬしもどこぞへ出かけるのか」

「へい。江戸へ」

「なんだってッ」

米助は相変わらずの酔眼をくるりとまわした。

「原さまははじめてのお江戸への旅、道案内をかねてお供するようにと大臣《おとど》はんから申しつけられておます。わては何度も行ったり来たりしてまっさかい」

「しかし、さようなことはひとことも……」

当惑しているみちにはとりあわず、米助はもう歩きだしている。

「ほれ、早う早う。旅のことやったら、わてにまかせとったらええのんや。旅は道づれ、世は情け」

おもいもよらぬ話だった。あの公修が、初対面の武士のために自分の家の仕丁を道案内につけてくれるとは……しかも即決即断で……。それともこれは、眉寿姫のおもいつきか。

にわかには信じがたいものの、ありがたい申し出にはちがいなかった。米助が同行してくれるというなら——ただし深酒さえしないでくれればだが——江戸への道中、あれこれ頭を悩まさずにすみそうである。

「よしッ。行こう。よろしゅうたのむぞ」

みちは江戸への一歩をふみだした。交渉がことごとく首尾よく終わったので、気が大きくなっている。

十二

「ちっとも出て来ぬのう」

三条家の唐門をにらみながら、勝馬はさっきから貧乏ゆすりをしていた。

玖左衛門はしッというようにくちびるに人差し指をあてる。ささやき声で、

「一緒に出てくるにちがいない。もう少しの辛抱だ」

二人は辻の片側に身を寄せて、四半刻ほど前に手代を供につれて門内へ入っていったきりの兼六屋のお咲が出てくるのを待っていた。原瑾次郎に逢《あ》いにきたのはまちがいなさそうだ。

それからさらに四半刻ほどたって、お咲が出てきた。手代だけで瑾次郎の姿はない。

「おい、見ろ。様子が変だぞ」

「うむ。なんぞあったようだの」

お咲は泣きはらした目をして鼻をぐずぐずさせていた。おまけに腹を立てているのか、歩き方も、しとやかとはほど遠い。

「わけを訊いてくる。話してくれるかどうかはわからぬが……」

兼六屋へ狼藉者《ろうぜきもの》どもが押しかけたとき、たまたま店にいた玖左衛門が仲裁してやった。その際に若年寄、本多遠江守の家臣だと身許を明らかにしているから、少なくとも警戒される心配はなさそうだ。

玖左衛門は偶然出会ったふうをよそおって、お咲に近づいた。玖左衛門を認めると、お咲は迷惑そうに顔をそむける。

「おう、お咲どの。お手前も三条家からの帰りか」

迷惑顔には気づかぬふりをして、玖左衛門はわざと息をはずませた。

「拙者も三条家へ行くところだ。瑾次郎どのに至急、知らせたいことがござっての」

「原さまに……」

「さよう。実は先日のやつら、まだ性懲りものう捜しまわっておる。そのことで、ぜひとも知らせねばならぬことが……」

お咲は一瞬、ためらう素振りを見せた。が、玖左衛門の顔色が尋常ではないのを見て、こくりと唾《つば》を呑みこむ。

「原さまやったら、もう、京にはいてまへん」

「いない？　京におらぬと……」

玖左衛門は耳を疑った。

「そんな……それはおかしい。たしかに三条家にいたはずだ。どこへ行ったのだ？」

「昨日、江戸へ発《た》たはったそうどす」

「昨日ッ。まさか……しかしそんな……」

「うちかて驚きました。ご老女にすぐ来い、いわれたさかい飛んできましたんやわ。そしたら、瑾次郎はんはどこや、いうさかい、知りまへんて。それなのに、昨日はうちとこにいたはずや、いわれて……。知らんいうても聞いてくれはらしまへん。まるで、うちが瑾次郎はんを隠したみたいな言い方やわ……」

「すると、兼六屋にも三条家にも、いないのだな」

「へえ。で、ご老女はんとあれこれいいおうておましたら、昨日、出かけるとこを見た、いうお人がいてはって……。瑾次郎はんはもう江戸へ行ってもうた、いうのんどす。嘘や、おもうたけど、ほんまやて……ほんなん、いくらなんでも、ひどおまっしゃろ。お別れもでけへんやなんて、あんまりやわ」

　お咲は口惜《くや》しさがよみがえってきたのか、袖を目にあててしゃくりあげている。

「つまり、こういうことか。瑾次郎は、兼六屋にも三条家にも挨拶せずに旅立ったと」

「へえ。江戸へ行かはる、いうのんは、うちかてわかってました。せやけど、せやけどうちは、うちはほんまに……」

　原瑾次郎は、美男で聡明《そうめい》で腕が立つ上に、人を魅《ひ》きつける華やぎがあると瑛太郎はいっていた。それに加えて、女人の心を虜《とりこ》にするすべも身につけているらしい。

　お咲をこれほど泣かせるとは、どんな男か――。

　ますます興味がわいてきた。が、今は感心している場合ではなかった。お咲をなぐさめているひまもない。

「たしかに昨日、江戸へ発ったのだな。何刻に出立したかわかるか」

「午後の遅い時刻やそうどす。あ、そうや、なんやらおかしなことを……」

「おかしなこと？」

「い、いいえ。おかしいわけやおまへんけど……おなじころに、仕丁はんがお一人、おらんようになってもうたんやて……」

旅仕度をして飛びだしてゆくところを見た者がいるという。

「たまたまかも知れまへんけど、その仕丁はんが、なんで、どこへ、行ってもうたんか、三条家のお人はだれも知らんそうで……みんな首かしげてはりました」

「仕丁とはどういうやつだ？」

「知りまへん。みんなもようは知らんみたいやわ。半年くらい前に、どないないきさつか、突然、あらわれて仕丁にならはったんやて」

玖左衛門はお咲と別れて勝馬のところへもどった。さっきまではお咲から話を聞きだすために切迫したふうをよそおっていたが、今は演技ではなく正真正銘、切迫している。

「どうしたのだ。青い顔をしておるぞ」

お咲から聞いた話をすると、勝馬も顔色を変えた。

「仕丁とは何者か」

「さぁ……いずれにせよ、黒田家のまわし者ではないとおもうが……」

「だったらなぜ、こんなとき、いなくなったのだ？　まさか、瑾次郎のあとをつけていったのではなかろうの」

「それはないだろう。いや待てよ。瑾次郎はお咲を泣かせるほどの色男だ、男惚れに惚れて、ついて行きたくなったのやもしれぬ」

「それはもっとありそうにないわ。やはり、だれぞの命令で瑾次郎の様子を探ろうとしておるのではないか。うむ。そうにちがいない」

二人は顔を見合わせる。

「ともあれ、瑾次郎が江戸へ発ったということは、内大臣から、こたびの継嗣問題にかかわるお墨付きを手に入れた、ということになる」

「内大臣が仕丁に瑾次郎について行くよう内密に命じたのならよいが、素性が知れぬ以上、信頼はできぬ」

「道中、危ういの……」

瑾次郎はそのことに気づいているのか。警戒を怠ってはいまいか。

ここで案じていてもはじまらない。

「待てよ。お咲は、午後の遅い時刻に出立したといっていた。瑾次郎はよほどあわてておったのだろう」

「となると、どこで宿をとったか、だ」

「逢坂山《おうさかやま》の手前、山科《やましな》のあたりか。いや、危急の時だ、大津宿《おおつしゆく》まで歩きとおしたということも……」

こうなったら、急いであとを追いかけるしかない。瑾次郎も一刻も早く江戸へとあわてているわけで、追いつくのは容易ではなさそうだったが……。

玖左衛門は勝馬に、予定どおり大坂屋敷の蔵奉行、鈴木庄右衛門《すずきしょうえもん》に知らせてくれるよう頼んだ。原瑾次郎が江戸へむかったこと、自分があとを追いかけていることを鈴木の耳に入れておかなければならない。

「おぬしは独りで大丈夫か」

勝馬が案じているのは怪しげな仕丁のことだけではなかった。汚れ仕事をうけおう浪人衆が、もしや本家派に雇われているなら、こちらも要注意である。京を出てしまえばどこからでも襲える。とりわけ人けのない街道は絶好の仕事場だ。

「おれも行く」

「いや、やめておけ。おぬしがいなくなれば、京屋敷が大騒ぎになるぞ」

「そうか。たしかに」

二人は洛中のはずれまで肩を並べて歩き、そこで袂《たもと》を分かった。玖左衛門は東海道《とうかいどう》へ出るべく大津宿へむかって。勝馬は大坂をめざして。

玖左衛門は、京で瑾次郎に会えなかった落胆と、うっかり気を許して一日後れをとってしまった失態、またもや後手にまわってしまった後悔で暗澹《あんたん》としていた。口惜しさと自己嫌悪を払拭《ふっしょく》するように、勢いよく砂を蹴りたてる。

「瑾次郎。油断するなよ。おれが追いつくまで、無事でいてくれ」

無事でいてくれと願う相手はもう一人いた。

「白圭……瑛太郎どの。病に負けてはならぬぞ。生きよ。生きてくれ。あの母御のためにも……」

蟬しぐれが姦《かしま》しい。いつのまにか街道は盛夏の景色だ。

往来の人々にけげんな目をむけられながらも、玖左衛門は汗をぬぐう間さえ惜しんで、猛然と瑾次郎のあとを追いかけた。

第二章　〈東海道〉

一

文政《ぶんせい》十一年五月朔日《ついたち》。

京から江戸《えど》を目指して三条家《さんじょう》をあとにしたみちと米助《よねすけ》は、六里余を歩きとおし、草津宿《くさつしゅく》の旅籠《はたご》で一泊した。幸い旅籠は空《す》いていた。もしこれが春秋の混みあう時期で、ひとつ座敷に押しこめられていたら、詮索《せんさく》好きで目端の利く米助に、みちは女だと見ぬかれていたかもしれない。もっとも例によって例のごとく、米助は大酒を呑《の》んで正体をなくしていたようだったが……。

翌朝は薄暗いうちに出立した。次の石部宿《いしべのしゅく》へ入るころにはもう、夏の陽射しが容赦なく照りつけている。

「なにもそこまであわてんかて……」

みちは大股《おおまた》の速足、まだ昨夜《ゆうべ》の酒がのこっているという米助は小走り。不服そうな口ぶりとは裏腹に、米助の息は乱れていない。小柄な体には無尽蔵の力が秘められているようで、とても酒びたりの公家《くげ》の仕丁とはおもえない。

「おぬしは足腰が達者だの。ずいぶんと鍛えておるようだ」

「人使いの荒いお家やさかい、あっちゃこっちゃ使いに出されますのや」

「生まれはどこだ？」

「公家町の片隅やそうやけど、落ちぶれて都落ち。わては丹波《たんば》の山ん中を駆けまわって大きゅうなったんどすわ」

親が公家の端くれだったので、昔のつてをたよって三条家の仕丁にもぐりこむことができたのだという。米助が公家の窮状を嘆いていたのは、なにも三条家のことだけをいったわけではなかったのだ。

ふと目をやると、別人のように険しい顔で前方をにらんでいる。

「おぬしも苦労したようだが、おれの親父も致仕を余儀なくされ、落魄《らくはく》の晩年だった」

「原古処《はらこしよ》……秋月黒田《あきづきくろだ》家の儒学者。政変で学問所の職をとりあげられた……」

「よう存じておるのう」

みちはあらためて米助の顔を見た。やはり只者《ただもの》ではなさそうだ。

「わては地獄耳や」米助はうそぶいた。「おまはん、はじめはなんぞ悪さをして大臣《おとど》はんにとりなしをたのみにきたとおもうたが、そうやなかった。眉寿姫《びじゆひめ》はんの叔母御《おばご》はんの使いやったそうやな」

「内大臣さまから聞いたのか」

「わてはおまはんの道案内や。江戸まで案内するんやったらそのくらい……おっと、おまはん、いうのんはおかしゅおすなあ。お武家はん、原さま、いや、旦《だん》はんと呼ばしてもらうで。わてのことも米助でええわ」

「では訊《き》くが米助、江戸まで何日かかる？」

「せやなあ。川越しもあるさかいなんともいえへんけど、旦はんの足やったら十日もあれば行けるんやおまへんか」

「そうか。それなら遅くとも今月中には江戸に着いておる計算になるの」

江戸はどうなっているのか。藩主の長韶《ながつぐ》さまは、奥方の兼子《かねこ》さまは、どうしておられようか。なにより、一刻も早くたそさまに会ってこれからの手順を相談したいと、ともすれば逸《はや》る胸をみちは懸命にしずめる。

「おまえはたそさまのもとへ行け」

生前の父は事あるたびにいっていた。兄はめったにその名を口にしなかったが、父の話では兄も江戸参府中は世話になっていたらしい。今回の継嗣問題がなかったとしても、みちは江戸へ行き、たそを頼っていたはずだ。偏見に満ちた郷里で女の自分が学問を究め、漢学者として立つことはできないと、父にいわれるまでもなく身にしみていたからだ。

亡父は、きっと今も自分を見守ってくれているにちがいない。もし今ここに父がいたとしたら三度目の江戸への旅になる。藩主から直々に随行を命じられて、意気揚々と出かけていった初回。出立前から不吉な予兆を感じていたのか、気力をかきあつめ、自らを鼓舞するように旅立った二度目。案の定、このときは憔悴《しょうすい》しきって帰ってきた。そして今は……娘を励まし、「弱音を吐くな」と背中を押している。

水口宿《みなくちしゅく》、土山宿《つちやましゅく》をすぎて橋をふたつ渡り、みっつ目の橋の手前、いのはな村のはずれまできたところで、米助は足を止めた。

「どうした？」

「この先は道が二手に分かれてる。旧道を行くか、新道を行くか」

「往来が多いほうがよい。新道を行こう」

「おっと、待て。追っ手がきたようや」

「追っ手だと？　さようなものは……」

「地獄耳だといったはずやぞ。早《はよ》う、こっちやッ」

米助は人けのない旧道へむかって手をふりたてた。

みちは狼狽《ろうばい》した。米助はなぜ、みちが追われていることを知っているのか。内大臣はどこまで教えたのだろう。もしや、米助自身が曲者《くせもの》で、人けのない道へみちを誘いこむ罠《わな》だということは……。

「アホッ。なにをしとるッ」

米助は声を荒らげ、みちの腕をひっぱった。予想外の馬鹿力だ。道端の藪陰《やぶかげ》へ跳びこんだそのとき、二人がやってきた方角から四、五人の男が速足で近づいてくるのが見えた。離れていても殺気だった気配がうかがえる。

浪人者とおぼしき男たちは、分かれ道の手前で相談をはじめた。二手に分かれて先へ行くことに決めたらしい。

それにしても、いつ、どこで、気づかれたのか。三条家にいたときからばれていて、見張られていたのか。それとも、粟田口《あわたぐち》のあたりで待ち伏せしていたのか。

男たちの姿が視界から消えるのを見とどけ、なおもしばらく様子をうかがった上で、二人はようやく藪陰から這《は》いだした。

「なぜ追われているとわかったのだ？」

「草津宿で旅籠の様子を探ってる胡乱《うろん》な輩《やから》に気づいたんや。妙やとおもうたさかい、ずっと用心しとった。石部宿で握り飯を食うておるときも先へ行こうとしいひんさかいに、やっぱり曲者やないかと……」

気づいていると知られてはまずいから、あえて教えなかったという。

なんにせよ、往来が忙《せわ》しい街道では仕掛けてこないだろうと米助は考えた。いのはな村のあたりで人通りが途絶えた。万が一、と耳を澄ましていたところが――。

「おぬしのおかげだ。米助。礼をいう」

「礼はいいからちゃんと話しといてもらいとおすな。あいつら、何者なんや」

「わからぬ。が、背後にいるのがだれかはわかっている。黒田の本家だ」

「ははん、なるほど。お家騒動やな」

米助は眸《ひとみ》をぎらつかせた。

「狙いは旦はんの命か。それとも……」

「書状だろう」と、みちはふところを叩《たた》いた。「こいつを手に入れるためなら、おれの命なんざ紙屑《かみくず》同然」

「ふうむ……そんなことやろうとにらんではいたが……」

なんの書状かとしつこく訊かれて口の軽い己を呪いながらも、みちは先を急ごうと米助をうながした。

「いや。そいつはあかん」

「あかん？」

「どっちの道も橋へ出る。橋で待ち伏せされて、一巻の終わりや」

「しかし、ぐずぐずしているわけには……」

「ええか。ここはがまんが肝心や。無事に橋を渡ったとして、やつらはわいらが坂《さか》ノ下《した》宿《しゅく》か関宿《せきしゅく》に泊まるとおもうはずや。どうがんばったかてそれ以上行くのは無理やろう」

「というて、他に道は……」

「せやから、わざと、一日遅らせる」

「それでは江戸へ着くのが遅れてしまうぞ」

「書状をうばわれたら元も子もないわ。急がばまわれや」

米助は土山宿までもどって一泊すべきだといいはった。たしかに米助のいうとおりかもしれない。なんといっても、米助の機転で危難から救われたのだ。

「わかった。だが土山宿には旅籠があまりなかったような……今からもどって泊まるとこが見つかるか」

「心配おへん。大黒屋《だいこくや》はんやったら何度か泊まってるさかい、どうとでもなる」

そこまでいわれれば、うなずかざるをえなかった。

はじめての東海道《とうかいどう》である。みちは米助に従うことにした。

二

玖左衛門《きゅうざえもん》は、休息もとらず、十二里を超える道程を歩きとおした。

水口宿へ入ったときは太陽が沈みかけている。

名物の泥鰌汁《どじょうじる》で腹を満たし、旅籠で体を休めて、明日は未明に出立するつもりだった。

が、宿には飯盛女があふれ、うるさいほどつきまとってくる。

「泥鰌は精がつきますえ。これ、食べはったら病知らずやわ」

「さようか。なら食わしてやりたいものだ、瑛太郎《えいたろう》にも」

「え、どなたはん？　もうお一人いてはりますのん？」

茶店の女は四方へ目をやる。

箸《はし》をおくや、玖左衛門は腰を上げた。

「土山宿までは二里ほどだったか」

「二里半か、もっとあるんやおへんか。今から行かはったら日が暮れてまいますえ」

呼び止めようとする女たちの声をふりきって、玖左衛門は出立した。一刻も早く瑾次《きんじ》郎《ろう》に会いたい。気が逸るのは、瑛太郎の鬼気迫るまなざしが眼裏《まなうら》にこびりついているからだ。

もちろん、この勢いで行けば追いぬいてしまう心配もあった。が、それならそれで好都合。関所や川越しや、この先、待ち伏せをする場所ならいくらでもある。いざとなれば若年寄のお墨付きをかざして、関所の役人に協力を仰ぐこともできる。

歩いているうちに日が暮れた。月は三日月より細いものの、数多《あまた》の星や家々の明かりが点々と灯《とも》っているので、街道を歩くぶんには困らない。

玖左衛門は以前も土山宿の旅籠に泊まったことがあった。飯盛女のいる繁華な宿は苦手だ。実際、ぼられた経験もあって猥雑《わいざつ》な旅籠は素通りしている。その点、土山宿は旅籠の数も少なく、飯盛女がいても街道まで出て客をひきこむ女がいなかったので、前回も安心して泊まることができた。

玖左衛門は迷うことなく大黒屋に決めた。主人の猪右衛門《いのえもん》は剛毅《ごうき》な人柄で、前回は満員だったにもかかわらず台所の片隅に床をつくってくれた。その上、酒瓶をかかえてきて、手ずから酒を勧めてくれた。俳諧《はいかい》好きの猪右衛門と夜通し語り合ったものである。

おもての戸はもう閉まっていた。玖左衛門は台所のある木戸口へまわりこむ。木戸に手をかけたところで、はっと耳を澄ました。

中から話し声が聞こえた。男と女の、それもヒソヒソ声だ。

「ええな。しくじるなよ」

「そいつがあたいにいう言葉かい。あたいをだれとおもってるのサ」

「わかっとるわい。首尾よう盗んだらその足で……」

「まかせとき」

そこで話が終わったようなので、木戸を細く開けてのぞいた。四布袴《よのばかま》を穿《は》いて平礼烏帽子《ひれえぼし》をかぶった小柄な男が歩み去るところだった。こちらに背中を見せて男を見送っているのは大黒屋の女中だろう。

玖左衛門はいったん木戸を閉めてから、こぶしでどんどんと叩いた。

「へえへえ。今、開けまっさかい」

内側から木戸が開く。暗いので顔立ちは定かではないものの、女中は痩《や》せぎすの妙齢の女で、光る目で胡散臭そうに玖左衛門をながめまわした。右目の脇にとってつけたような黒子《ほくろ》がある。

「主人の猪右衛門にとりついでくれ。一緒に酒を呑んだ石上玖左衛門というてくれれば、おもいだすはずだ」

「旦那《だんな》はんはあいにく別宅へ帰ってはります。お医師はんから酒をひかえて早う寝るよう、いわれておますのや」

「さようか。ではやむをえぬ。いずれにしても、宿をたのむ」

「へえ、そりゃ、ウチは旅籠ですよって。ささ、どうぞ」

夜間は物騒なので早仕舞いしてしまうが、部屋は空いているという。

「なにか、みつくろって、おつくりしまひょか」

流し目を送ってくる。

「飯は食うた。風呂《ふろ》をもらえるか」

「今お一人つこうてはりまっけど、そのお後やったら」

女中は忍び笑いをもらした。

「それがええ男はん。絵草子からぬけださはったみたいにきれえなお顔で、凛々《りり》しゅうて愛想もええし、惚《ほ》れ惚《ぼ》れするお武家はんやわぁ」

こちらへどうぞと案内された座敷は、広間を衝立《ついたて》で仕切った一角で、混みあう時季は衝立をはずしてぎゅうぎゅうに押しこむのだろう。今はいくつに分けられているのか、鼾《いびき》も聞こえるし、話し声や酒の匂いも流れてくる。

早速、風呂場へむかいながら、玖左衛門は胸が昂《たかぶ》ってくるのを感じていた。もちろん、期待は裏切られるものだし、虫のよい偶然がそうそう転がっているとはおもえない。が、旅籠が数えるほどしかない土山宿なら、まんざら奇跡ともいいきれない。

そう。女中が「惚れ惚れする」といっていた美男の武士は、もしや、原瑾次郎ではないか。ならば、さっき裏庭で女中と立ち話をしていた烏帽子姿の小男は三条家の仕丁ということも……。万にひとつ、推測が当たっているなら、仕丁は女中をつかってなにかを盗ませようとしていることになる。

書状だ――。

先走るな。決めつけるな。苦笑しながらも、玖左衛門の眉間《みけん》にしわが刻まれている。

これはただの偶然ではないと玖左衛門はおもった。瀕死《ひんし》の瑛太郎が、自らの身代わりに自分を送りこんだのではないか。弟瑾次郎の窮地を救ってくれ……と。

湯屋は台所のとなりの戸外にあった。土間に簀《す》の子がおかれ、湯船は一人が膝《ひざ》を抱いて入ればいっぱいの五右衛門《ごえもん》風呂だと聞いている。玖左衛門は外で待つことにした。が、人の気配を察知したのだろう、待つまでもなく、湯屋の内側で緊迫した気配が流れるのがわかった。水音につづいて衣《きぬ》ずれの音がする。

湯屋の戸が開いて、男が出てきた。

二人は目を合わせる。

瑛太郎の倅だ――と、玖左衛門はおもった。瞬時に瑾次郎だと確信している。すらりと伸びやかな体つきや、湯と湯気でほんのりと紅味《あかみ》をおびた肌や、つややかなくちびるや、濡《ぬ》れ羽色に輝く髪や、乱れてこめかみに貼りついたひとすじの鬢《びん》の毛や、浴衣《ゆかた》をかき合わせている女のように白い指や……諸々《もろもろ》のことに気づいたのは、放心した一瞬がすぎたあとである。

「す、すまぬ。急がせるつもりはなかったのだが……」

玖左衛門はあわてていった。

「いや。考え事をしておったゆえつい長湯になった。茹《ゆだ》るところ、おかげで助かった」

男は白い歯を見せて笑った。素早い反応からして考え事にふけっていたとはおもえなかったが……あたりがぱっと明るくなった。

「不躾《ぶしつけ》なことをお訊きするが、もしや、お手前は原瑾次郎どのではござらぬか」

男の顔に緊張が走る。が、すぐさま笑顔がもどってきた。

「おれもわかったぞ。そうか、貴殿が石上《いしがみ》玖左衛門か」

「いかにも。兄上の瑛太郎どのにたのまれて、おぬしの後を追いかけてきた」

「なるほど、そういうことか。三条家で本多遠江守と聞いたとき、なぜ気づかなんだのか。今まで忘れていたが、兄は、駿河《するが》で友を得たと話していた」

「さよう。駿河国田中《たなか》城下におったとき、古処どのと白圭《はくけい》どのに会《お》うた。こたびは所用があって秋月へ出むいたゆえ、瑛太郎どのと旧交を温めた」

「兄は、どんな様子だった？　病は……」

「正直、快方にむこうているとはいえぬが……意気は盛んだったぞ」

瑾次郎はうなずいた。その眸がにわかに陰る。

「それにしても、三条家では体よう追い払われてしもうたわ。兄上の名を出さなんだのが失敗だった」

「わるかった。が、危うきには近寄らず。拙者は先を急ぐ身ゆえ、悪党どもにじゃまだてされとうなかったのだ」

「悪党の一味とおもわれたか。しかし、なぜ今は疑わぬのだ。顔を見ただけで警戒を解いたように見えたぞ」

「なぜかな。自分でもわからぬが……ひと目でわかった。貴殿は味方だと」

「そいつは光栄の至り」

「兄のこと、秋月のことを聞かせてくれ。母は達者か」

「看病に忙しゅうしておられた。病のお子をお二人もかかえておられるゆえ……」

「二人？」

「姉御だ。みちどのとか……」

「あ、ああ。ええと、そうだな……よし、立ち話ですむような話ではなし、呑みながら話そう。女中に酒をたのんだ。いろいろあって……今宵《こよい》は呑まぬと眠れそうにない」

玖左衛門はあッと声をもらした。

「待て。独りでは呑むなよ」

「え？」

「いや、汗を流したらすぐにゆく。それまでは一滴も呑むな。待っていてくれ」

瑾次郎はうなずいて母屋へもどってゆく。

玖左衛門は瑾次郎の後ろ姿に見惚《みと》れた。たしかに、瑾次郎には男女を問わず魅《ひ》きつけるものがあるようだ。天性の明るさと大らかさ、言葉にするのはむずかしいが、つきぬけるような……はずむような……万人の胸襟を開かせるなにかが……。

「やっと、会えたぞッ」

玖左衛門は感無量だった。

もちろん、今はうかれている場合ではない。秋月黒田家でなにが起こっているにせよ、まずは瑾次郎を無事に江戸へつれてゆかなければならない。

じゃまはさせぬぞ――。

黒田本家のまわし者はむろん、怪しげな仕丁にも。

玖左衛門は湯屋へ駆けこむ。

三

なぜかと問われても答えられない。

目を合わせた瞬間、味方だと確信した。男の眸にあるのは敵意ではなく親近感、そして、やっと見つけたという歓喜と安堵《あんど》だった。男が石上玖左衛門だということは考えるより前にわかった。若年寄・本多遠江守《ほんだとおとうみのかみ》の家臣がなにゆえ自分を捜しているのかといぶかしんでいたが、あらためておもいなおせば、どこかで耳にした名であった。父か兄が口にしていて、無意識のうちに胸のどこかにしまわれていたのかもしれない。

いずれにしても、みちはひと目で玖左衛門に好感を抱いた。幼なじみと再会したような、そんな気持ちにすらなっている。

兄は、自分の身代わりとしてあの男を遣わしてくれたのだ。そうおもえば感慨もひとしおである。

「兄上。そうなのでしょう。わたくしが心細いおもいをしているのではないかと案じてくださったのですね」

母屋へもどる道で、みちは、かなた豊前国《ぶぜんのくに》にいる兄に話しかけていた。

郷里へ帰って兄に会いたい。弟の病状もおもわしくないようだから、母の心労も察して余りある。母にも会いたい。それでも、今は亡父と兄の期待に応《こた》え、主家のために働くことが急務だと郷愁に流れそうになる心を戒める。

二階の客間へもどると、衝立の前で女中が待っていた。酒を満たした銚子《ちょうし》と猪口《ちょこ》をのせた盆を膝下においている。

「お待ちしておました。手酌は無粋、お酌をさせてもらいます」

女中はいっしょに入ってこようとした。

「いや、酌は無用。おいていってくれ」

「お独りやなんて、あんましや……」

「独りではない」

女中は驚いてしゃっくりをした。顔を上げたとき、目の脇の大きな黒子が見えた。

「ど、どなたか、女子《おなご》はんが、来やはるんどすか」

みちは苦笑する。

「知り合いにばったり会うた」

「お、知り、合いに……」

「酒を酌みかわしながら積もる話をするのだ」

「そ、そうどしたか……へえ……へえ、それはようおました……」

女中はあたふたと出ていってしまった。

さてはあの女中も飯盛女の類《たぐい》だったか。みちは安堵の息をついた。自分が男だったとしても飯盛女を買う気にはならないだろう。ましてや女の自分には煩わしいだけである。

盆をひきよせ、あぐらをかいた。

呑んでいようか、いや、待っている約束だった――。

銚子にふれた手をひっこめて、みちは玖左衛門が湯屋からもどってくるのを待った。

いくらもしないうちに玖左衛門はやってきた。よほどあわてて湯を出たようだ。ぞんざいに着た浴衣のふところから、おもむろに酒瓶をとりだす。

「酒ならここにある」

「そいつには手をつけるな。なにが入っているかわからぬ」

「なんだと？」

「しッ。ここはおれにまかせてくれ」

玖左衛門は酒瓶の酒を猪口に注《つ》ぎ、一気に呑み干して見せた。となれば少なくとも酒瓶の酒を疑う理由はないわけで……。

みちも呑んだ。美味《うま》い酒だった。

「上物だろう。台所から失敬してきたのだ」

平然というところをみると、玖左衛門は見た目以上に肝がすわっているようだ。

「で、兄や母は……」

「おぬしが無事に江戸へたどりつくようにと、それだけを念じておられた」

玖左衛門は、瑛太郎たちが敵方の監視から逃れるために、他藩の領地である岩熊《いわぐま》村に隠棲《いんせい》していること、その暮らしぶりを教えた。

衝立のむこうにいくつの耳があるか。ここで政にかかわる話はできない。

玖左衛門は小声で、田中城下での原古処や白圭との交流、とりわけ白圭こと瑛太郎と心を通わせたいきさつや、病などものともしない瑛太郎の強い意志への敬意と憧憬《しょうけい》を、熱をこめて語った。

酒瓶はたちどころに空になり、玖左衛門のろれつもいつしか怪しくなってくる。とはいえ、みちにむけられた視線は鋭く、眸の奥に酔いの片鱗《へんりん》はみじんも見えなかった。

玖左衛門は空になった酒瓶に銚子の酒を移した。それからおもむろにふところから封書をとりだし、みちに手渡す。同時にもう一方の手のひらを突きだしたのは、みちのもっている書状と交換しようともちかけているのか。

「そのほうが安全だ。おれを信用してくれ」

「信用しないわけではないが……」

みちはさすがにためらった。初対面の、それも若年寄の家臣に、たとえ一時であれ命より大事な書状を渡してよいものか。

けれどその一方で、書状をうばうのが目的なら、ここまで手のこんだことはしないだろう、ともおもった。なによりみちは、玖左衛門の切迫した目の色に驚いている。

「よいか。なにがあっても、おれたちは友だ」

「わかった。おれはおぬしを、兄とおもうことにする」

二人は書状を交換した。すると突然――。

「うう、やけに眠うてたまらぬのう。瑾次郎、おい、瑾次郎、なんだ、おぬしも寝てしもうたか。ふわわーッと、おれも、寝かせて、もらうぞ」

みちは目をみはる。聞こえよがしにいうやその場につっぷしてしまった玖左衛門を茫《ぼう》然《ぜん》とながめるばかり。と、そのときだった。

「おかわり、お持ちしまひょか」

女中の声がした。いつからここにいたのか。

みちもあわてて寝たふりをした。なにがどうなっているにせよ、ここは玖左衛門に従うべきだろう。

「あれ、お二人とも、もうお寝《や》すみどすか」

そういいながらも、女中の声にさほどの驚きは感じられなかった。みちが薄目を開けて見ていると、そのままじっと二人の様子をうかがっている。玖左衛門までその場で眠りこんでしまったので、どうしたらよいか考えているのだろう。

「ほな、とにかくこれをお下げして……もいっぺん、お床を」

女中は盆をかかげて出て行った。

「どういうことだ？」

「しッ。いいから寝たふりをしろ。いや、寝ておけ。でないと明日、へたばるぞ」

それだけいうと、玖左衛門はまた寝入ってしまった。軽い鼾までかいているところをみると、本当に寝てしまったのか。いったいこれはどういうことだろう。考えているうちにみちも眠くなってきた。なにしろ、すさまじい勢いで歩きとおしたのだ。しかも追っ手から逃れるためにここまで夜道をひきかえした。

兄上、おれは信じるぞ、石上玖左衛門を——。

みちは重いまぶたが落ちるにまかせることにした。


翌朝、目覚めたとき、みちの体の上には薄っぺらいながらも夜具が掛けられていた。ということは、女中が入ってきて夜具を掛けたのか。

はッとふところを探る。さーっと血の気がひいてゆく。が、次の瞬間、おもいだした。本物の書状はなかった。書状は玖左衛門にあずけたのだった。

玖左衛門の姿はない。

あわただしく身づくろいをしていると、昨夜とは別の女中が白湯《さゆ》と朝餉《あさげ》をはこんできた。まだ頰の紅い娘だ。人手が足りなくて近隣の農家から呼ばれたのか、野良着のままで、手はかさつき、頰にも白い粉が吹き出ている。

「昨日の女中はどうした？」

「へえ。おとりさんやったら、急にいなくなって、しもうたんやて」

「いなくなった？　そいつは妙だな。だれも行先を知らぬのか」

「へえ。みんなで捜したんやけど……」

住み込みなので近くに家があるわけではなし、用事があるという話も聞いていないそうで、だれも心当たりがないという。

玖左衛門についてもたずねてみた。

「さあ……暗いうちに、お武家はんがお一人、出かけはったそうどす」

みちは胸騒ぎを覚えた。もしや、自分の目が節穴だったということは……。玖左衛門にだまされて、大切な書状をうばわれたのではないか。

いや、それはない——と、即座に首を横にふった。兄が心を許した友である。玖左衛門が信頼に足る人物であるのは、みち自身も確信していた。

しかし、それではなぜ、なにも告げずに出立してしまったのか。江戸まで自分の護衛をしてくれるといったのは嘘だったのか。

じっとしてはいられずに階下へ下りてゆくと、ざわついた気配がただよう中、旅籠の者たちが殺気立った顔で立ち働いていた。

「猫の手も借りたい、といったところだの」

首をかしげるみちのかたわらへ、番頭らしき男がやってきて頭を下げた。

「ご迷惑をおかけいたします。まったく、けしからんやつばかりで、お恥ずかしゅうございます」

番頭によると、女中が行方知れずになっただけではなかった。賄いの女中と下足番の下僕が眠りこけていて、ひっぱたこうが水をぶっかけようが目を覚まさないという。

みちはすぐにぴんときた。

「余った酒を呑んだのだろう」

「酒？」

「ただの酒ではない。が、まあ、命に別状はあるまい」

玖左衛門が案じたとおり、あの女中は酒に薬を入れてみちを眠らせ、書状を盗むつもりだったのだ。玖左衛門のおかげで幸い奸計《かんけい》にひっかからずにすんだ。女中は今ごろ、偽の書状を手にして地団太を踏んでいるにちがいない。それとも、まだ偽物と気づかず、どこかへ――おそらく依頼主のもとへ――とどけようとしているのか。

依頼主とはだれか。昨日の追っ手か。だとしたら、やはり黒田本家派が目前に迫っていることになる。

それにしても、玖左衛門はなぜ、なにもいわず、先に出立してしまったのか。

「ええ、ご出立なればすぐにお履き物を……」

番頭はおろおろしている。

「先を急ぐゆえ見送りはよい。銭はここに……」

「これはご過分な……。へい。とんだところをお見せしてしまいました。なにとぞ、これに懲りず、またごひいきに」

米助は門前で待っていた。いつもながら鼻の頭を赤くして、二日酔いの顔である。

「おぬしは太平楽に下の大部屋で高鼾か。ずいぶん酒をすごしたようだの」

米助は目をしょぼしょぼさせて大あくびをした。

「へえ。すっかり眠りこけておました」

「それでも目覚めたところをみると、まともな酒だったようだ」

「へ？　なんの酒と？」

米助は寝呆《ねぼ》け眼でみちの顔を見つめている。偽の書状をうばわれた一件を教えてやろうかとおもったものの……

「なんでもない。行くぞ」

東へむかって足早に歩ぎだしたみちのあとを、米助は小走りに——酒がのこっているとはおもえぬほど敏捷《びんしょう》に——追いかけてきた。

あの場で捕らえるべきだったか——。

暁闇《ぎょうあん》の道を東へ、慎重に周囲をうかがいつつ歩を進めながら、玖左衛門はまだ迷いをひきずっていた。このことが遠江守の耳に入ったら、「なんたる失策ッ」と叱責《しっせき》されるにちがいない。

四

しかし——ともおもった。もし捕らえても女中が真実を話そうとしなかったら、つかみかけた手がかりは泡と消えてしまう。なにも書かれていない紙きれを盗んだからといって大罪には問えないし、だいいち代官所へひきたてて詮議しているひまもない。

昨夜、玖左衛門は寝たふりをして、瑾次郎に夜具を掛ける際に女中がふところから書状を盗みだすところを見とどけた。その場は見逃し、あとをつけることにしたのは、女中が裏木戸のところで会っていた仕丁らしき小柄な男に書状を渡すはずだと考えたからだ。そこでとりおさえれば、男の正体がわかる。

ところが、おもったとおりにはいかなかった。女中は女中部屋へもどって寝てしまった。女たちが寝ている部屋へずかずか入るわけにもいかない。かといって、見張っていれば、胡乱な輩とおもわれる。こちらこそ、代官所へ突きだされかねない。

それでもあきらめたくなかったので、玖左衛門は水を飲みにきたふうをよそおい、台所の水桶《みずおけ》のかたわらの暗がりにうずくまって周囲の物音に耳を澄ましていた。何事も起こらなかった。半刻《とき》、一刻と経つうちに睡魔が襲ってきた。玖左衛門も京からここまで十五里余り、ひたすら歩きとおしてきたのである。

一瞬の気の緩みを、姿なき敵は見逃さなかった。

背後から硬い物で頭を殴られて――そのときはなにが起こったかわからなかったが――玖左衛門は昏倒《こんとう》した。

「あんれまぁ、こないなとこで寝てはったらあきまへん」

水仕の女にゆさぶられて、玖左衛門は頭の鈍痛と共に意識をとりもどした。半身を起こすや吐き気に襲われたが、命に別状はなさそうである。

「早暁に出立せねばならぬ。昨夜の女中を呼んできてくれ」

「おとりさんなら、いませんよ」

「いない？　いないだって……どこへ行ったのだ？」

「知りませんよ。そういや、厠《かわや》にしちゃ長いねえ」

「しまったッ」

玖左衛門は跳ね起きた。真っ先に階下の大部屋をのぞく。昨夜、女中と立ち話をしていた小柄な男は、数人の客といっしょに雑魚寝《ざこね》をしていた。酔いつぶれて眠りこけているように見える。

次に、女中と男が立ち話をしていた裏木戸のところへ行ってみた。人影はなかったが、裏木戸が半分ほど開いたままになっていた。

女中は仕丁風の男ではなく、それ以外のだれかと会うために出かけていったのかもしれない。瑾次郎は、いのはな村の分かれ道で不穏な一党が追いかけてきたのに気づいて、土山宿へひきかえすことにしたという。女中が会いにいったのがその一党だということもありうる。万にひとつ、その考えが当たっていたとして、書状が偽物だとわかったら、やつらはどうするか。

玖左衛門はすぐに仕度をした。

敵は――正確にいえば瑾次郎の敵だが――自分の存在を知らない。ひと足先に出立して道中の安全をたしかめる。露払いの役を果たそうというのだ。

旧道と新道の分かれ道まで来てしばし迷ったものの、新道を行くことにした。無事に橋を渡り終えるころには白々と夜が明けかけていた。山中《やまなか》村、吉野《よしの》村を経て坂ノ下宿まで、次々に小体な橋を渡り、まだ閑散としている街道を黙々と歩く。

怪しげな一党はいなかった。瑾次郎が自分たちの背後を歩いているとはおもいもしないで、早く追いつかなければと焦っているにちがいない。

さて、今日はどこで瑾次郎と合流しようか。四日市《よっかいち》で一泊するか、それとも無理をして桑名宿《くわなしゅく》まで歩きとおすか。

どちらにしても、四日市の手前の赤堀《あかほり》村で待つことにした。この村へ入るには立てつづけに五つの橋を渡らなければならない。村を出たところにも川が流れていて、十二間ほどの銭《ぜに》がめ橋が架かっていた。まるで隔離された孤島のような村だから、人を待つにはちょうどよい。

赤堀村は、宿場町ではないので、街道沿いに簡素な茶店が二、三軒並んでいるだけだった。こぎれいな一軒の床几《しょうぎ》に腰を掛けて、麦湯で喉《のど》をうるおしながら瑾次郎がやってくるのを待つ。とそこへ、銭がめ橋を渡って、頑丈そうな体つきをした浪人者らしき男が二人、足早に近づいてきた。あたりを見まわし、玖左衛門の並びの床几にどかりと腰を下ろす。注文を聞きにきた老人をひとにらみで追い払い、ついでに玖左衛門をじろりと一瞥《いちべつ》する。

玖左衛門は気づかぬふりをした。見るからに素行のわるそうな浪人どもとかかわって揉《も》め事にでも巻きこまれれば、時間の無駄になる。場所変えをしようと腰を上げかけたときだ。男たちの話が聞こえてきた。

「追い越したとはおもえんがのう」

「万が一、ということもある。ま、一刻も待てばいいだろう。そうそうのんびりしておるはずもなし」

「それにしても足の速いやつだ」

「ぬかったの。だからいうたのだ、京で始末しておけと」

「しッ。声がでかいぞ」

玖左衛門は床几に銅銭をおいて茶店を後にした。当たり前の顔で来た道をひきかえす。

　瑾次郎は、追っ手は四、五人いたといっていた。追いかけてもいっこうに見つからないので、その中の二人が、どこかで追い越してしまった場合を想定して、念のため、赤堀村で待ち伏せをすることにしたのだろう。

　それにしても、こいつらはいったい何者か。瑾次郎は黒田本家の意をうけた者たちだといっていたが、そうだとしても、旅慣れた様子やなまりの少ない言葉づかいからして、国許《くにもと》の筑前《ちくぜん》でかきあつめたようにはおもえない。黒田本家には強力な後ろ盾、それとも結託をしている大名家でもあるのだろうか。

　厄介なことになってきたぞ――。

　もっとも、だからこそ自分がいる。自分のうしろには本多遠江守がついている。玖左衛門は双眸《そうぼう》をきらめかせた。今もそうだ。ひと足先に出立して様子をうかがっていたおかげで、瑾次郎の危難を回避してやることができるのだから。

　落合川《おちあいがわ》に架かる古ぼけた木の橋を渡り、かわけ橋、長田橋《おさたばし》を渡って田畠川《たばたがわ》に架かる橋へさしかかったところで、玖左衛門は喜色をうかべた。

　かなたの加太夫橋《かだゆうばし》を渡り終えた武士は瑾次郎。瑾次郎のうしろにはあの、公家の仕丁らしき怪しげな男がぴたりとつき従っている。

「おーい、瑾次郎ッ。おれだおれだッ」

　瑾次郎もぱっと顔をほころばせた。遠目でも花が開いたように見えた。

　二人は小さな橋の上で互いの肩を叩き合った。

「つれないやつだな。先に行くなら行くと、ひとこと挨拶《あいさつ》をしてゆくものだ」

「寝ている者を起こしては無粋と叱られよう」

二人は笑う。が、どちらもすぐ真顔になった。

「大黒屋はてんてこ舞いだった。昨夜の酒を呑んだ者がいたのだ」

「待て。こっちが先だ。ひきかえすぞ」

「なんだって？　なにかあったのか」

「赤堀村で追っ手が二人、待ちかまえている」

驚きの声をもらしたのは瑾次郎だけではなかった。

「ち、やつら、もどってきやがったか」

顔をゆがめたところを見ると、この男、たとえ女中に書状を盗ませた張本人だったとしても、追っ手どもの仲間ではないようだ。

「話の様子では、一刻ほどは待つつもりらしい。そう長くはおるまい。その間、こちらもどこかで時を待とう」

「承知した。米助、よいな」

「へ、へい。しかし、その、こちらのお武家さまは……」

「おれのことならあとでたっぷり話してやる。行こう」

三人は橋を渡って日《ひ》永《なが》村と泊《とまり》村をふたたび越え、追分《おいわけ》までひきかえした。宿場のほうが人が多い。とりわけ追分は伊《い》勢《せ》参宮道の起点でもあるのでざわついている。身をひそめるにはもってこいだ。

瑾次郎から内密の話のできるところを見つけてくれといわれたので、玖左衛門は以前、泊まったことのある旅籠に話をつけて小座敷を借りた。茶菓をもらい、足を休めながら、玖左衛門と米助は互いの素性をざっと教え合う。

「玖左衛門。昨夜の女中だが、姿をくらましたそうだぞ」

「おれも聞いた。おとり、という名だそうな。木戸が開いていたゆえ、あとを追いかけようとおもうたのだが……」

「女中が、どうか、しやはりましたんどすか」

米助に訊かれて、二人は顔を見合わせた。

「いやなに。婀娜《あだ》っぽい女中が、こいつの寝床に押し入ろうとしたのだ」

「さにあらず。財布を盗もうとした。が、しくじったんだ」

「ほう、さようなことが……そいつはようおました。ほんでその女中は、どないな顔、してましたんや」

「顔はよう……おぬしは見たか」

「見たことは見たが……下をむいて酒をおいていっただけゆえ……そういえば目の脇に黒子があった」

「うむ。たしかにあった。でっかいやつだ。が、おれも暗闇の中でしか見ておらぬ。そうか。見ればわかるような気がしておったが、追いかけたところで黒子だけではのう、手や袖《そで》で隠しておれば見すごしてしまうやもしれぬ」

玖左衛門は苦笑した。米助は神妙な顔で聞いている。

「ま、何事もなかったのだ。昨夜のことは忘れよう」

どちらも書状の話はしない。暗黙の了解だった。

瑾次郎がどうおもっているかはわからないが、玖左衛門はまだ、米助に信用ならぬものを感じていた。米助があの怪しげな女中としていた話を立ち聞きしてしまったからだ。あれはどう考えても不穏な会話だった。

おぬしはおとりとかいう女中と立ち話をしておったの、なんの話をしていたのだ――できることならそう問いただしたい。喉元まで言葉は出てきていたが、玖左衛門はぐっとこらえた。それを問うことは、こちらの手の内もさらけだすことになる。疑惑を抱かれていると知れば、米助は決して油断をしないだろう。今でさえ、ぼろを出しそうにないのだから。となれば米助が本当は何者で、だれの意をうけて働いているのか、探るすべもなくなってしまう。

「米助。おぬしは狼藉者《ろうぜきもの》から瑾次郎どのを救うてくれたそうだの」

「へい。無事に江戸へおつれせな、内大臣はんに叱られまっさかい」

「おれもこいつの兄者からたのまれた。これよりは二人で力を合わせ、なんとしても瑾次郎どのを江戸へ送りとどけようぞ」

あとのことは――米助の正体も――それからゆっくり考えればよい。

「へい。石上さまがごいっしょなら、旦はんも百人力におます」

「うむ。二人とも、よろしゅうたのむぞ」

瑾次郎は威儀を正し、あらためて両手をついた。

用心のために二刻ほど休んだ。もう午後の陽射しは西へかたむいていたが、少しでも先へと焦る気持ちが三人を急《せ》きたてている。あわただしく出立した。

村々をとおりすぎ、いくつもの橋を渡り、赤堀村では先に玖左衛門が様子を見にゆくという手間もかけたので、四日市宿へたどりついたときは日が暮れていた。これから三里余の夜道を歩いて桑名宿へ行くのはどう考えても無謀である。

四日市宿で宿をとることにした。

泊まり客の多い宿場なので旅籠も混んでいた。大部屋を衝立で仕切るのはいたしかたないとして、米助が従者溜《だ》まりの板間へ行ってしまって二人きりになると、瑾次郎はなにやら居心地がわるそうに膝をもぞもぞさせる。

「呑まぬと眠れぬ。おぬしも呑め」

「そうか。そういうことか」

玖左衛門は笑った。瑛太郎もいっていた、弟は酒豪だと……。

「よし。呑もう」

「昨夜は酔えなんだ。今宵は心安んじて呑める」

「望むところだ。お、そういえば、この書状はよいのか、おれが持っていても……」

玖左衛門がふところを叩くと、瑾次郎はうなずいた。

「おぬしがもっているほうが安全だ。江戸まであずかってくれ」

「承知」

二人は酒をたのみ、心ゆくまで呑んだ。といっても瑾次郎は勧め上手で、玖左衛門にばかり注ぎ急いでいるように見えた。酒豪のくせに妙だとおもいつつも、つい勧められるままに呑んでいる。

田中城下での瑛太郎との出会いから李白《りはく》の漢詩まで、小声で話に興じているうちに、玖左衛門は不覚にも酔いつぶれていた。衣ずれの音が聞こえたような……夢の中で玖左衛門は、瑛太郎や瑾次郎の母の若き姿にもおもえる美貌《びぼう》の女の、凜々しくもやさしい面影を追い求めている。

五

築山《つきやま》を埋めつくすサツキの紅と池を蔽《おお》いつくすスイレンの純白のあざやかな対比はまさに一幅の絵、この世ならぬ幽玄界へいざなってくれる。磨きこまれた檜《ひのき》の舞台で演じられた能の煌《きら》びやかさがいまだ眼裏に映っているから、なおのことそう感じるのか。わが藩邸の殺風景な庭とは大ちがいだと本多遠江守は苦笑した。

「久々に鑑賞させてもろうたが、『江口《えぐち》』の遊女はことのほか美々しゅうござった」

本来の目的を脇へおいて、まずは心からの賛嘆を述べる。

「漢詩の集いはむろんなれど、たまには能楽も目の保養にございましょう」

満足げにうなずいた高木宗右衛門《たかぎそうえもん》は、国許の久留米《くるめ》の藩校「明善堂《めいぜんどう》」で五本の指に入る秀才だったとか。江戸参勤の際は遠江守と共に漢詩を学ぶ仲である。

「ただし、屋敷内で鷹狩《たかがり》というのはちと……」

贅沢《ぜいたく》がすぎる、と、何事にも質実を旨とする遠江守はついいわずもがなの非難を口にしそうになった。

久留米藩主の有馬上総介《ありまかずさのすけ》は、自他ともに認める趣味人で、高輪《たかなわ》の上屋敷内に、詩歌にちなんだ庭園や能舞台、さらには御鷹場まで築造している。近年の天変地異で民百姓が疲弊している最中でもあり、財政難に拍車がかかっていると噂されていた。

もっとも、若年寄とはいえ、遠江守がここにいるのは他藩の懐具合を探り、散財に意見するためではなかった。

「本日は隣家のご当主にご挨拶が叶《かな》うかとおもうたが、残念至極」

能楽の催しに遠江守が珍しく足をはこんだのは、秋月黒田家の当主も参加する予定だと聞いていたからだ。秋月黒田家と久留米有馬家の上屋敷はとなり合わせである。

ひと月半ほど前の三月半ばに江戸へ参府したばかりの黒田長韶と、遠江守はいまだに顔を合わせる機会がなかった。この間、下手人不明の斬殺《ざんさつ》死体が相次いで見つかり、そのいずれにも秋月黒田家がかかわっているのではないかと疑いが浮上している。ところが探索がとどこおっている上、肝心の秋月黒田家の当主は公の場に姿を見せない。もしやここで会えれば……と期待をしたからこそ、遠江守は半ば強引に押しかけたのである。

有馬家の当主は大広間で諸大名や諸臣をもてなしていた。遠江守は宴会が苦手なので、高木にたのんで小座敷へ座を移し、茶菓の接待をうけている。

「さよう申さば、秋月の殿さまにうかがいたきことがおありと仰せにございましたな」

二人きりになれば、身分や立場を超えて共に漢詩に興ずる学友である。

「いかにも。白圭どのについて……あ、いや、古処どののご一家について、うかがいたきことがござっての」

いくら親しいとはいえ、不用意に死体の話をもちだすわけにはいかない。

古処、と聞いて、高木は眸を躍らせた。

「おう、古処さまか。おなつかしゅうございますのう。江戸でご一緒させてもろうたのが縁で、久留米にも何度かいらしていただいたが、古処さまのご講義も評判なれど、娘御のおみちさまもたいそうな人気、いやあ、なんとも愉快な女性《にょしょう》にございました」

「ほう。娘御がおられたか。しかも父御と一緒に旅を……」

「まあ、娘といってもあれは男子《おのこ》のようなもの。見目はうるわしゅうござるが、お背が高うて腕っぷしも強い。しかも男子顔負けの酒豪にて……ハッハッハ」

遠江守は生前の古処や白圭の顔から「みち」という娘の面影を想像しようとしたが、

どうにも上手《うま》く像が結べなかった。

「白圭どのは病とうかごうたが、娘御はどうしておるのだ?」

「京におるのではございませぬか。秋月にもどれば知らせくらいはあるはずゆえ」

三年前、みちは学問を究めるために上京することになった。が、秋月黒田家は、古処が学問所を追われたあとでもあったためか、「女旅は不許可」と横槍《よこやり》を入れた。高木は国許の久留米に在住している家臣を紹介してやり、その家臣が自分の養女ということにして、有馬家から通行手形をもらってやったという。

「ほう。古処どのの娘御が久留米藩士の養女となって京におるとはのう……」

遠江守は驚くと同時に、畏敬《いけい》の念を覚えた。古処も白圭も学問の鬼で一徹者、ゆるがぬ志を抱いていた。みちという娘も、父や兄の志をうけつぎ、嫁いで子を生《な》すより学問に邁進《まいしん》する道を選んだことになる。

「原家は皆、変わり者ぞろい。女だてらに、剛毅なものよ」

「風変わりな女子とおもわれましょうが、これがなかなかの傑物にて……お会いくだされば なるほどとうなずかれましょう」

「ふむ。会うてみたいものじゃ」

そこへ有馬上総介から、もうしばらくお待ちいただきたいとの伝言がとどいた。が、遠江守は早々に腰を上げた。秋月黒田家の当主が欠席では、長居をする意味がない。せっかく来たので、藩邸内にある水天宮《すいてんぐう》に詣《もう》でて帰ることにした。久留米有馬家では、十年前、国許にあった水天宮の分霊を江戸藩邸内に勧請《かんじょう》している。

「毎月五の日であったか、門戸を開いて衆人に参拝を許すとは、上総介さまも人徳者にござるのう」

遠江守のいささかわざとらしい誉め言葉に、高木は首をすくめる。

日をまちがえた者がいるのか、門番が参拝者を追い払う声が聞こえていた。

「なぁに、ここだけの話、参拝料目当てにございます」

大名家の内証はいずこも火の車だ。趣味人の当主を頂けば、賽銭《さいせん》でさえ活用せざるをえないというわけか。「ほれ……」と、高木は前方にあごをしゃくった。

水天宮の殿舎の前に女がいた。黒繻子《くろじゅす》の帯に島田髷《しまだまげ》は大名家の御女中のようだ。高木の仕草からすると、有馬家の御女中ではなく他家の御女中が、参拝料を払って特別に入れてもらったのだろう。

足音に気づいた女は合掌をとき、こちらを見た。

「やはり、たそさまの御女中か。熱心なことよ」

遠江守は高木のつぶやきを聞き咎《とが》めた。

「たそさまとは……」

「隣家のご正室のご老女さまにございます」

「隣家……秋月黒田家かッ」

「このところ毎日のようにご参拝に……お、さよう申さば、たそさまは古処さまともご懇意にございましたな」

遠江守ははっと目をみはる。女に話しかけようと足を踏みだした。ところが――。

呼びかける前に、女は辞儀をして門のほうへ立ち去ってしまった。

六

どこに追っ手がひそんでいるか。

もし一人旅だったら、みちはおちおち眠ることもできず、街道でも旅籠でも一瞬たりとも気を許すことができないまま、今ごろはげっそりと窶《やつ》れはてていたにちがいない。

「同行者がいるというのはよきものだな」

桑名宿から宮宿《みやしゅく》へ航行する「七里の渡し」の船上で、みちは石上玖左衛門に笑顔をむけた。海上七里を二刻ほどで渡る航路は東海道の難所のひとつだが、それとても恐ろしいとはおもわない。兄が自分の代役に、と送りこんでくれた玖左衛門がいるからだ。

もちろん、若年寄の家臣である以上、玖左衛門が同情や友情だけで護衛役を買って出てくれたわけではないことも承知していた。なにか――おそらく秋月黒田家の内情を探るという――役割が課せられているのだろう。

それならそれで好都合だと、みちはおもった。いくら三条家のお墨付きがあるからといって、一癖も二癖もありそうな井伊《いい》掃部頭《かもんのかみ》を味方につけるのは容易ではないはずだ。

遠江守なら的を射た助言をしてくれそうである。

「おれもおぬしに出会えてよかった。おぬしは瑛太郎どのがいったとおりの男子《おのこ》だった」

「兄者がなんといったか知らぬが……お、おっと、聞きしにまさる難所だな」

船が大きくゆれた。

「放りだされるぞ。しっかりつかまっていろ」

「うわ、うわわ、くわばらくわばら……」

米助は人心地もないようで、青ざめた顔で縁《へり》にしがみついている。

「さっきまでの威勢はどうした」

「わ、わては、お、泳げまへんのや」

「泳げようが泳げまいが変わらぬわ。ここで放りだされれば一巻の終わり」

「そ、そんな、殺生な……」

「ハハハ、玖左衛門どののいうとおりだ。いいサ。三人仲よく溺《おぼ》れようではないか」

どこか怪しげで只者ではなさそうな米助だが、船が苦手なのは本当らしい。

みちが見るところ、玖左衛門は米助に心を許していないようだった。みちと米助とのかかわりがまだよくわからないのか、よけいなことはいわないが、米助を見る目に警戒の色がある。それが如実にわかるのは、米助がいないところでみちに「書状をおれがあずかっていることはだまっているように」と約束をさせたからだ。

米助には書状の話をしてしまった。が、女中に盗まれかけた話はしていないから、今もみちのふところにあるとおもっているにちがいない。

みち自身はどうかといえば、米助を警戒してはいない。たしかに怪しいフシはあるものの、自分に危害を加えるとはおもえなかった。なぜなら、いのはな村で追っ手の動きをいち早く察知して守ってくれた。それになにより、内大臣の三条公修に命じられて道案内をしてくれているのだ。

「米助。もう大丈夫だ。鳥居が見えてきたぞ」

みちは前方を指さした。宮宿の宮とは熱田宮のことで、渡船場にも紅い大鳥居が立っている。

「まずは難所をひとつ越えたの」

「ああ。追っ手らしき姿も見えぬ」といっても、この人混み、たとえ追っ手がまぎれていてもそれとはわからぬだろうが……」

「しかし人混みでは襲うまい。一人になるな。おれから離れるなよ」

うなずきながらも、みちの胸はざわめいていた。玖左衛門はみちが女だとは知らないから当たり前の顔でいっているが、みちにしてみれば女であることをいかに知られずにとおすか、それだけでも気が抜けない。

「えぇー、ちょいとよろしゅうおすやろか。今宵は、ここで、早めに休むのがええんやないかと……。それやったら、わてが知り合いの旅籠を……」

米助は二人の間に割って入った。船上とは別人のように元気潑剌《はつらつ》である。

「旅籠ならおれも知っている。森屋《もりや》にしようではないか」

「せやけど森屋はんは人がぎょうさんいてはりまっせ」

「だからよいのだ。主人の八郎右衛門《はちろうえもん》にたのめば割りこめる」

不服そうではあるものの、米助もうなずいた。若年寄の家臣と聞いた今は、逆らう気力がないようだ。

三人は宮宿の森屋で一泊して、翌早朝に出立した。この日は降ったり止んだりの小雨の中を黙々と歩いて岡崎《おかざき》へ投宿。翌日は一変、夏のような空の下をさらに歩みを速めて約十二里を踏破、新居宿《あらいしゅく》の引田八郎兵衛《ひきたはちろべえ》方で旅装をといた。

「ここまでは無事だった。が、油断は禁物」

「いわれるまでもない。明日は新居の御関所だ。心してかからねばの」

玖左衛門とみちは目を合わせる。

東海道にはこの先、大井川《おおいがわ》の川越しの他にも宇津ノ谷《うつのや》峠や薩埵《さった》峠、箱根《はこね》の関所と峠越えという数々の難所が待ちかまえている。ここで立ち往生してはいられない。

「なぁに。女子とちがって男子は口頭で在所と行先をいうだけや。心配おへん」

米助はあっけらかんとしていた。

たしかに、関所役人が目を光らせているのは「入り鉄砲と出女」だ。鉄砲はともあれ、「出女」というのはそもそも大名の謀反を封じるために正室を江戸に住まわせる、つまり女子には人質の意味合いがあるからで、泰平の世が長くつづいている今もまだこれだけは踏襲されていた。

どの関所でも女検《おんなあらた》めはきびしいと聞いている。みちが弟になりすましているのは、もちろん黒田本家とその一派の目をあざむくためでもあったが、もうひとつ、関所での詮議を回避するためでもあった。

翌朝、三人はそろって関所へおもむいた。関所を通過してはじめて浜名湖《はまなこ》を渡る船に乗れるので、なにか咎められはすまいかと、みちの胸はいやが上にも昂《たかぶ》っている。

三人は関所役人の前へ進み出て居住まいを正し、それぞれに名乗り、在所を述べた。

物頭がふむふむとうなずいて「行け」というように閉じた扇をふろうとしたそのときだ。

一人の侍が物頭の耳許へ口を寄せてなにごとかささやいた。

物頭はみちに視線をむけた。

「おぬし、原瑾次郎と申したの。まことか」

みちは冷たい指で心の臓をつかまれたような気がした。もしや、女と見ぬかれたか。通行手形が別人のものだと知られれば関所破りだ。

左右を見ると玖左衛門と米助も凍りついている。

「さようにございますが、なにか……」

「そのほうら二人は行ってよい。原瑾次郎はここに留めおく」

「なにゆえにございましょうか」

「差し止めの要請をうけておる。原瑾次郎と申す者が参ったら知らせをよこせと」

あの追っ手どもだ。瑾次郎を見失った。が、自分たちよりあとから来るのであれば関所で捕らえればよい。そう画策したのは黒田本家だろう。むろん秋月黒田家の中の本家派のだれかが動いたのだ。自家の家臣なら容易に足止めできる。

絶体絶命だった。もはや逃れようがない。

兄上。お許し下さい――。

頭を垂れたとき、玖左衛門が「待たれよ」と膝を進めた。

「原瑾次郎はご公儀の召し出しにて江戸へ参る途上である。留めおくわけにはゆかぬ」

「なんと？」

「これを照覧あれ」

玖左衛門はふところを探って書付けをとりだした。みちが玖左衛門にあずけた書状とは別のものだ。

物頭は書付けをうけとって一瞥し、今一度、熟読してから困惑したように目を上げた。

「しばし待たれよ」

物々しく並んでいた中の数人に声をかけていったん席を立ったのは、事態をいかに収拾すべきか密議をしようというのだろう。しばらくしてもどってきた役人たちが元の座につくと、侍の一人が玖左衛門に書付けを返した。

「大名家のご意向といえども、ご公儀には逆らえぬ。原瑾次郎。行ってよいぞ」

「ご配慮、かたじけのう存じまする」

みちは両手をついた。安堵のあまり腰が抜けそうだ。が、ぐずぐずしていて呼び止められれば一大事。

三人はそそくさと関所をあとにした。

「なんと礼を申せばよいか……」

みちが玖左衛門に心からの礼を述べたのは、三人が渡し舟に乗りこみ、船が岸を離れたあとだった。

七

「あれはなんの書付けだったのだ？」

「ほんま、手妻みたいどした。なにが書いておましたんどすか」

瑾次郎と米助に訊かれて、玖左衛門はあらためて書付けを見せた。

「ほれ。この者は本多遠江守正意《まさおき》の代参、とあるだけだ」

二人は同時に感嘆の吐息をもらした。今さらながら玖左衛門が若年寄の家臣であったことをおもいだして畏敬の念に打たれたのだろう。

「なぁんや、石上さまがいてくれはったら怖いもんなしや」

調子づく米助とは裏腹に、瑾次郎は憂慮の色をうかべた。

「とうとう巻きこんでしまったか。これで、本多さままで黒田本家に目の敵にされるやもしれぬぞ」

玖左衛門一人が助勢――それも目立たぬように――するだけなら、旅で意気投合したとでも武士の情けとでも、なんとでも説明のしようがある。が、関所という公の場で、本多家の威光をひけらかしてしまった。黒田本家に与《くみ》する一派は、本多遠江守が秋月黒田家の中の主権奪還を企《たくら》む一派に味方していると早合点するにちがいない。

瑾次郎の懸念は、玖左衛門にも手にとるようにわかった。

「巻きこむもなにも、おれはおぬしを無事、江戸へ案内するのが役目だ。気にするな」

「なれど、おぬしの家にまで厄介事が……」

「わが殿はさようなことには動じぬ。それにの、これで本多家がおぬしらの味方になったとおもうのは早計だぞ。なにが是でなにが非かわからぬからこそ、わが殿はおぬしの話を聞きたいと仰せなのだ」

「やはり、そういうことか……」

瑾次郎は思案顔になる。

二人の話を聞いて、米助は首をかしげた。

「そういうことやったら、敵はあせって、強硬手段に出るんとちゃいますやろか」

江戸へ無事に着いて瑾次郎が本多家へ逃げこんでしまえば、手出しができなくなる。

玖左衛門もうなずいた。

「米助のいうとおりだ。とはいえ、今しばらくは大事なかろう。なぜなら追っ手は、瑾次郎どのが先に行ったか、関所で足止めをくらっているか、そのどちらかだとおもっているはずゆえ」

新居宿での出来事が知らされるまでは、ひたすら先を急ぐはずである。

「いずれにせよ、油断は禁物」

対岸まではわずか一里、話をしているうちに乗合船は対岸の舞坂宿《まいさかしゅく》へ入港していた。七里の渡しとちがって波もなく鏡のような湖面だったので、米助の顔も明るい。

「この先の浜松宿《はままつしゅく》まで二里余りだ。日が暮れぬうちに行ってしまおう」

玖左衛門は二人をうながした。

三人は日没にはまだ間がある時刻に浜松宿へ入った。成子坂《なるこざか》から番所を抜けて旅籠町、伝馬町《てんまちょう》、連尺町《れんじゃくちょう》とつづく街道が宿場の中心で、武家屋敷町をへだてた北方には浜松城の威容が遠望できた。浜松城は今川《いまがわ》氏が築いた城を権現様《ごんげんさま》（家康《いえやす》）が拡張したものだ。さすがに徳川《とくがわ》家ゆかりの城下町はにぎわっている。

三人は旅籠町にあるなべ屋という旅籠に宿をとった。街道沿いの目の先に五社《ごしゃ》神社と諏訪《すわ》神社が並んでいる。米助を荷物番に残して、玖左衛門と瑾次郎はまず参詣《さんけい》をすることにした。浜松から江戸へは六十余里、京からも六十余里で、浜松宿は東海道のちょうど中間である。新居宿ではなんとか危難を逃れた。この先つづく難所をおもえば、ここで参詣をしておきたいと考えるのも道理。

「こうしていると本来の役目を忘れそうだ」

合掌を終え、境内を散策しながら、玖左衛門はようやく頬をゆるめた。

「おれもおなじだ。学問で身を立てるためだけに江戸へ行くのであれば、道中もちごうていたろうに。名所旧跡を訪ね歩き、漢詩の話に興じて……」

瑾次郎も柔和なまなざしで、午後の陽にきらめく本殿の甍《いらか》か、その上の綿帽子のような雲か、雲をかすめて群れ飛ぶ燕《つばめ》か、それともそのいずれでもないなにかを見つめている。まつ毛の長い横顔が美貌の母ゆきの面影に重なって、玖左衛門はおもわず見惚れた。と、その視線に気づいたか、瑾次郎がこちらに顔をむけた。玖左衛門はあわてて話を転ずる。

「漢詩といえば……李白だが……」

「李白？」

「うむ。長安《ちょうあん》は見えず、人をして愁えしむ……著名な詩ゆえ、おぬしも存じていよう」

「むろん四句の中の一句……それが、なにか？」

「この句について、話しておかねばならぬことがある。人の耳があるところではいえないんだが……」

「それで神社詣でに誘ったのか」

「それだけではないが……それもある」

瑾次郎は眉根《まゆね》を寄せた。

「この詩は、たしかに、われら一家にとって重き意味がある。本家の息のかかった者たちがご家老の首をすげかえ、政を牛耳るようになるや、父も免職させられた。あのころから父は、なにかにつけて、李白のこの詩の話をするようになった」

追放された李白が都の政を愁うる詩が、当時の古処のおもいを代弁していたのはいうまでもない。

「実は、まだ話していなかったことがあるのだ。おれが瑛太郎どのに会いにゆくきっかけになった出来事だ。江戸で武士の死体が見つかった。死体の脚絆《きゃはん》の裏に折りたたんだ書付けを入れた布が縫い付けられていた。その書付けに、この句が記されていたのだ。しかも、そのあとに『白圭』とあった」

瑾次郎が息を呑むのがわかった。

「おぬしはどう読む？　この句には裏の意味があるはずだ」

「兄に会うたのだろう。兄はなんと……」

「瑛太郎どのは、以前より江戸のだれぞと文のやりとりをしておられたそうだ。李白の詩を送ることもあったそうゆえ、そのだれぞが、国許へ助けを求めるために急使を送ったのではないかというておられた」

「たそさまやもしれぬ」

「たそさま……」

「先代のご後室、慈明院さまのご老女であられたお方だ。慈明院さまが国許へ行かれる際も、奥を仕切るために江戸へのこられ、今は当代の奥方さまに仕えておられる。おれの父も、そう、兄も懇意にしていたはずだ」

「なるほど」と、玖左衛門はうなずく。「瑛太郎どのは武士が殺《あや》められた一件をご存じなかったそうで、ひどく驚愕《きょうがく》しておられた。が、李白についてはすぐにおもいつかれた。長安は見えずとは、ご当主の長留さまのご様子がわからぬということではないか、御身に異変が起こったのではないか、そのことを知らせようとしたのだろう……と」

「おれもそうおもう。いずれにしても、兄の号を添えたのは本家一派ではないという証《あかし》だろうな。少なくとも殿は——本家に逆らおうとする者たちは——意のままに動けぬ状況に追いこまれているにちがいない。秋月に知らせを送ってもとどかぬことを見越して、当家ではないどこかへ助けを求めようとしたのだ。それゆえ、あえて『白圭』をつけた。白圭といえば兄のいる秋月、秋月へ伝えてほしいとの意がこめられていたのではないか」

　瑾次郎の憶測は瑛太郎のそれと合致していた。玖左衛門もそこまでは納得できる。だが瑛太郎も瑾次郎も、書付けのとどけ先については不明としかいわなかった。本当に知らないのか。隠しているのか。

　小大名の秋月黒田家が大大名の福岡黒田家をむこうにまわして戦おうというなら、後ろ盾となる大名家があるにちがいない。血縁のある大名家のいずれか、あるいはおもいもよらぬ大名家が、今回の一件に深くかかわっている可能性は否定できない。玖左衛門としてはそのことも探っておきたかった。

政の裏には魑魅魍魎《ちみもうりょう》がうごめいている。瑛太郎や瑾次郎……古処ゆずりの清廉で一途《いちず》な学問好きの兄弟が首を突っこんで、果たして無事でいられようか。

ま、今さらいっても遅いか――。

玖左衛門は、若年寄の家臣の顔から朋友《ほうゆう》の弟を守る用心棒の顔にもどって、遠方の城に目をやった。

「わが本多家の先祖も政争に巻きこまれた。権現様がご逝去された直後のことだ」

家康に重用され、その死後、謀反を疑われて改易、幽閉の身となった本多正純《まさずみ》とは、始祖をおなじくする同族である。

「有為転変は世の習い。江戸へ行き、こたびの役目を果たしたら、瑾次郎どのは学問の道に邁進するがいちばんとおれはおもう。泉下の古処どのもさようおもうておられよう」

そのときはおれが力になるといってやると、瑾次郎は目を輝かせた。美男ぶりが際立つと同時に含羞《がんしゅう》のような色がかすかによぎって、玖左衛門はなにやらどぎまぎする。

「そういえば、おぬしには姉御がおるそうだの。病で臥《ふ》せっておったゆえお会いできなんだが、さぞや別嬪《べっぴん》だろうな」

「姉？　あ、ああ……あ、いや、まあ人並みの女子サ」

「しかしお母上のお美しさは並みならず。姉御もお母上に似ておられると聞いたぞ」

「姉や母のことはよい。そろそろ旅籠へ帰ろう。米助が気を揉んでおるはずだ」

「気を揉んでなどおるものか。だが、腹を空かしておるのはたしかだ」

二人はなべ屋へ戻った。が、米助の姿はなかった。帳場でたしかめると、用事をおもいついたからと、どこへともいわずに出かけていったという。

「お荷物ならあずかっております。ご心配はいりません」


米助はどこへ行ってしまったのか。

「江戸と京を何度も行き来しているのだ。知り合いがおってもおかしゅうはない」

「しかし、なにもいってはおらなんだぞ」

「急におもいだして会いに行ったのだろう」

玖左衛門にはこともなげにいったものの、みちも平静ではいられなかった。そもそも米助は得体が知れない。目端は利くし、身のこなしは敏捷だし、見かけによらず腕っぷしも強そうだ。玖左衛門はもとより米助を怪しんでいるようだったが、今となってみれば公家の仕丁が突然、仕事を放りだして、旧知の仲でもない武士の道案内をする、といいだしたことも不可解におもえてきた。

「昨年末に京の所司代に就かれた水野《みずの》越前守《えちぜんのかみ》は相当な策士だそうな。公卿《くぎょう》の屋敷に隠密《おんみつ》を忍ばせておるらしい」

「越前さまの噂なら、おれもあちこちで耳にした。禁裏への御用達《ごようたし》を強引に入れ替えてしまったとかで、兼六屋《けんろくや》も戦々恐々としていた」

「存じておるか。この浜松は、その越前守の所領だ」

みちはあッと目をみはった。

水野越前守は唐津《からつ》二十五万余石の大名だったが、幕閣で出世したいという野心を抱き、自ら浜松十五万余石への国替えを願い出た。長崎警備を担う唐津藩主では、幕府の要職に就けないからだ。以来、順調に出世をして、今現在は京都所司代をつとめている。そういう男だから、手柄を立てて中枢まで上りつめようと画策しているのはまちがいない。

「されば、米助が越前さまの隠密だということも……」

みちは眉をひそめた。万にひとつ隠密だとして、越前守はなにを、なんのために探ろうとしているのか。秋月黒田家の内紛が、どう越前守の手柄に結びつくのだろう。

玖左衛門の答えは明快だった。

「目指すところが老中なら、大名家の内情を把握しておくことは必須《ひっす》。大大名の黒田本家の内実には大いに関心があろうし、こたびの一件で大名家同士のつながりが明確になれば後々の出世の手づるにも利用できる」

「わが秋月の内紛になど、さしたる関心はなかろうとおもっていたが……」

「さにあらず。しかもわが殿、若年寄の遠江守がどう動くかは、越前守にとっても見すごしにはできぬ大事ゆえ……」

いわれてみれば、そのとおりだ。

「しかし、米助は越前さまを悪しざまにいうておったぞ」

「公家連中にとりいるには、武家の悪口をいうのがいちばん」

「もしそうだとすれば、あの大酒も目くらましの……」

むろん、あくまで推測である。二人は米助を肴《さかな》に酒を呑み、夕餉を終えた。

米助が帰ってきたのは、衝立の右と左に床をのべてもらって、いざ寝ようとしていたときだった。

「米助ッ。いったいどこへ行っておったのだ？」

「もうもどらぬかとおもったぞ。伝言くらいのこしてゆけ」

口々にいわれて、米助は身をちぢめる。ところがちぢめた背中のうしろには、もう一人、いかにも垢抜《あかぬ》けない娘が膝をそろえていた。

みちと玖左衛門はけげんな顔になる。

「ええと、こいつはわての遠縁の女子で、おひょうと……」

今度、江戸へ行くときはつれて行ってやると、米助は娘に約束をしていた。今回はつれがいるので素通りするつもりだったが、おもいがけず時間ができてみるとそれも気が咎めて、とにかく顔だけでも見て行こうとおもいたったという。

「ところが会うてみるとそうもいきまへん」

挨拶をしいや、とうながされて、娘は膝に両手を重ねて深々と頭を下げた。

「ひょう、と申します。こないに遅うに、すんません」

まだ若い。十六、七に見える。が、それは頰の紅さと幼げな髪の結い方、鼻の頭の吹き出物によるものかもしれない。女の年齢は見た目ではわからない。いでたちや仕草から、公家や武家の娘ではなく、この界隈《かいわい》の奉公人であるのはまちがいなさそうだ。遠縁とはいえ米助と似たところはまったくなかった。浅黒い肌に凡庸な目鼻、首や手足の細さと裏腹に体つきは固太り、力仕事ならいざ知らず、機敏にも賢そうにも見えない。

「おひょうさんも江戸へ行くのか」

いささか狼狽しながらも、みちはたずねた。初対面のはずなのに会ったことがあるような気がするのは、郷里の田舎で似たような娘を目にしていたからか。

「へえ。約束しとりましたんで」

米助と主従関係を結んでいるわけではないから、だれをつれて行こうが、みちに文句はいえない。そうはいっても――。

「われらは御用の向きで旅をしておる。明朝も早うに出立せねばならぬ。この者をつれて参るのであれば、米助はあとからゆっくり……」

「いいえ、わてらも明朝、ご一緒に出立しまっさかい……」

よろしゅうに、と挨拶をされて、みちと玖左衛門は顔を見合わせた。

「急に出かけてしまっては、だれぞに迷惑をかけるのではないか」

「さよう。女子なら仕度もあろうし……」

二人は同時に娘に話しかける。が、真っ先に答えたのは米助だった。

「いえ。話はついておまっさかい、心配はいりまへん。なあ……」

肘《ひじ》で脇腹を突かれて、おひょうはもじもじと尻《しり》を動かした。

「へえ。仕度なんか、ねえし」

そういわれれば、それ以上はいえない。

「江戸での当てはあるのか」

玖左衛門がたずねた。

「こいつの父親が江戸におますのや」

「ほう、なにをしておるのだ？」

「小商いでなんとか食えるようになったさかい、こいつにも出てくるようにと文がとどいたんやそうで……」

「まあ、よいではないか。おれたちがとやこういうことではなかろう」

みちは玖左衛門を制して、おひょうに労《いた》わりの目をむけた。

「ゆえあってわれらは急ぎの旅だ。そなたは無理をせず、米助と行けばよい」

「へえ。足手まといにはならねえ。ご心配はねえだに」

おひょうはみちの目をじっと見返した。好奇心にみちたまなざしは世なれない娘がはにかんでいるようにも見えたが……そのくせどこか、ふてぶてしさも感じさせる。鄙育《ひなそだ》ちの天衣無縫さだとみちはおもうことにした。

「米助、好きにしろ。ただし、女子を危うい目にあわせぬよう、十全に心をくばってやることだ。よいな」

このあと追っ手が襲ってくることを想定しての忠告である。米助がおひょうにどこまで話をしているか、わからぬ以上、よけいなことはいえない。

「ほんなら明朝」

おやすみなさいまし、と、娘をうながして米助は退出した。

「あやつめ、なにを企んでおるのか」

玖左衛門はまだ眉をひそめている。が、みちはもうあっけらかんとしていた。

「かまうな。おれたちにはかかわりない」

「それもそうだが……」

「米助がもどってきたというだけで、越前さまの隠密ではないとわかって、よかったではないか」

「いや、まだわからぬぞ。ま、よいわ。そういうことにしておくか」

「疑い深いやつだな。明日も早い。寝るぞ」

みちは衝立の陰へ入って身を横たえた。

寝言をいう、だの、独りでないと眠れぬ、だのと言い訳をして、おなじ座敷でもなるべく離れて寝るようにしている。が、衝立が調達できない場合もあって、そんなときは玖左衛門の寝息をたしかめてからでないと眠れない。しかも厄介なのは月代《さかやき》だった。いっそ総髪のままにすればよかったと悔やんだが、いったん月代を剃《そ》り上げてしまった以上、まめな手入れをする必要があった。毎朝、早く起きだして、髪結いから教えられた手順で髪をととのえなければならない。

「さすがは古処さまのご子息、身なりにも隙がないのう」

玖左衛門から皮肉まじりに感心されても、身づくろいだけはおろそかにできなかった。それはみちが、女姿のまま旅をしていたときも——武術を学んだり大酒を呑んだりしていても——決して乱れず、粗野にもならず、身だしなみだけは忘れるなという母の教えを守ってきたからだ。

その夜は何事もなく眠りについた。

八

翌朝は小雨が降っていた。

玖左衛門と瑾次郎は早々と朝餉をすませて旅籠を出た。

玄関先で米助とおひょうが待っていた。二人も菅笠《すげがさ》に蓑《みの》という雨天のための旅装束である。足ごしらえは脚絆に甲掛《こうがけ》草鞋《わらじ》だ。

四人はそろって出立した。

「あいにくの天候だが、今日は無理をしてでも金谷宿《かなやしゅく》まで行っておきたい。なにしろ明日は大井川がひかえておるゆえの」

浜松宿から金谷宿までは十一里ほど。まず一番に天竜川《てんりゅうがわ》の舟渡しがあるし、そのあとは日坂《にっさか》の峠越えも待っている。強行軍ではあったが、玖左衛門はなんとしても踏破したいと考えていた。金谷宿の先には最大の難所の大井川があるので、雨がひどくなれば足止めを食らう心配もあり、渡れるうちに渡ってしまいたい……と気が逸っている。

一行は雑談をする間も惜しんで黙々と歩いた。竹筒に入れてきた水を飲む際に道端でひと息つくだけで、休憩らしい休憩はない。こんな過酷な旅にそもそもおひょうがつきあう理由はなかった。いつあきらめるか音を上げるかと、玖左衛門はちらちらとおひょうを観察している。

「足はどうだ。痛まぬか」

瑾次郎もときおり声をかけ、おひょうを気づかっている。

おひょうは、いっこうにへこたれなかった。

「なんの、これくらい、畑も商いもこんなもんじゃねえんだから」

遠縁だそうだが、米助やおひょうの先祖は戦忍びでもしていたのかもしれない。

四人は天竜川の岸辺から渡し舟に乗りこんだ。武士は無料、米助とおひょうは六文ずつ。幸い雨はまだ小降りで、水嵩《みずかさ》も通常と変わらない。

対岸へ着くやいなや、四人はまた先を急いだ。

「おまえはまこと、足腰が丈夫だのう。まだ一度も休んでおらぬぞ」

玖左衛門はおひょうにつかつかと歩みよって話しかけた。

「米助も山野を駆けまわって大きゅうなったそうだが、おまえも同郷か」

おひょうは答えない。聞こえたはずだが……。

「おひょう。おまえはいずこの生まれか」

「おらは、ええと……」

「こいつの父親は、こいつが生まれる前に京を出て、浜松宿の近くの小藪《こやぶ》村で畑を耕しておましたんや。わてが訪ねてゆくまで、公家の端くれやった、いうことも知らなかったそうどすわ」

いつのまにか米助がとなりにいた。おひょうの代わりに返答する。

玖左衛門は舌打ちをしたものの、それ以上たずねる気力をなくし、今度は瑾次郎と肩を並べる。

「雨脚が強うなってきたぞ。どうする？　どこぞで雨宿りをするか」

「これしきの雨、おれはどうということもない。もしうしろの二人が……」

「いや。あいつらは嵐でもへいちゃらだろう」

棘《とげ》のある物言いになってしまったようだ。瑾次郎が咎めるような視線を返してきた。

「おひょうのことなら詮索するな。二人が何者だろうが、おれはどうでもよい」

「おぬしは瑾次郎……いや、おぬしのいうとおりだ。おれは、物事があるべきところにきちんと収まっていないとがまんならぬ質《たち》での、なんでも知りとうなる。だまされるのだけは許せぬ」

玖左衛門は軽い気持ちでいったつもりだった。が、瑾次郎は目を泳がせた。かたちのよいくちびるから吐息がもれたのを、玖左衛門は見逃さなかった。

「おいおい、おぬしまでおれに隠しごとをしている、なんぞといわんでくれよ。なにかまだ話していないことがあるなら……」

「いやッ」瑾次郎は声を荒らげた。「馬鹿なことをいうな。おれたちは同志だ、少なくとも江戸へ着くまでは、おれはおぬしにすべてを託す。そういったはずだ」

「わかったわかった。二度といわぬわ。喧嘩《けんか》しておる場合ではないしの」

「うむ。新居の御関所の話がいつ、どうやって本家の連中の耳に入るか。気をひきしめねばならぬの」

「おれはおぬしを信じている。互いに信頼し合うことこそが肝要」

「む、むろん、おれだって……」

二人は目を合わせる。

おもったとおり、米助とおひょうも雨宿りをする様子はなかった。空模様など眼中にもないようにすたすたと歩いている。

本降りになった雨の中、一行は見附《みつけ》、袋井《ふくろい》、掛川《かけがわ》と宿をすぎて、日坂宿へ入った。

自分が本当は女で、そのことを道中ずっと隠していたと知ったら、玖左衛門は腹を立てるにちがいない。いや、それだけですむかどうか……。信用ならぬとなれば、遠江守への言上も裏目に出るだろう。これまでの苦労が水の泡になってしまう。

実際、みちは幾度も、真実を話してしまおうかとおもった。が、そのたびに頭《かぶり》をふる。

二人だけならまだしも、米助やおひょうがいた。なぜ女が男装をしているのかという説明は秋月黒田家の内情と深くかかわっているので、軽々しくは話せない。

それになにより、みちは、自分が女だと打ち明けたあと、どんなふうに玖左衛門に接したらよいか、見当がつかなかった。おそらく玖左衛門も狼狽するにちがいない。衝立をへだてていても眠れない夜がつづくかもしれない。共に酒を酌みかわすときも、これまでどおり遠慮なく軽口を叩き合えようか。親しみをこめて「おれ」「おぬし」と呼び合っていた二人がよそよそしくなってしまうのではないかとおもっただけで、みちは半身をもぎとられるような心もとなさに襲われる。

おれは瑾次郎だ――。

みちは自らにいい聞かせた。

四人は、日坂宿で雨宿りをした。土砂降りの中を無理して進んで風邪でもひいては……と考えを改めたのだ。この先の峠は晴れていても難所のひとつなので危険は冒せない。

「日坂峠の日坂は西の坂がなまったものだそうな。峠のある小夜《さよ》の中山《なかやま》の小夜は塞《さい》の意味だそうでの、悪霊を塞《ふさ》ぐ……つまり、この峠を越えれば安全に旅ができるといういい伝えがあると聞いたぞ」

少しでも無聊《ぶりょう》をなぐさめようというのか、玖左衛門はかつてとおったときに教えられたという知識を披露した。

「坂のむこう側には『夜泣き石』いうのんがおます。お腹にややこのいる女子はんがそこで盗賊に殺られはったそうや。お腹のややこの霊が道端にあった石に乗り移って、夜になると泣く。ほんで近くのお寺の和尚はんが助けだして、水飴《みずあめ》で育てはった。大きゅうなったこのお子は母親の敵討ちをした、いう話や。めでたしめでたし」

米助も負けじとばかり、日坂近辺で知られている「夜泣き石」の伝承を教える。

一刻も早く江戸へ急ぐ旅だ。しかも追っ手を警戒しながらでは気の休まるひまがない。二人のおかげで、みちはしばし緊張をゆるめることができた。ところがそんな中で、おひょうだけは聞いているのかいないのか、表情の乏しい目で虚空を見つめている。

「おひょう。どうかしたのか」

こういうとき、みちは声をかけずにはいられない。京ではお咲《さき》に惚れられて、あわや困った羽目におちいりそうになった。三条家でも老女に色目をつかわれた。女子にやさしい言葉をかけるのは誤解を招きかねないと重々承知していたものの――。つい親しげに声をかけてしまうのは、自分も女で、その心の動きや表情の変化に敏感だからかもしれない。

おひょうは平然とみちを見返した。目が合うと、みちはどうしても既視感を覚えてしまう。

一方、おひょうはみちの秘密を暴こうとでもするかのような冷徹なまなざしである。いったいどこで会ったのか……。

声をかけたみちのほうが狼狽している。

「おれが、なにか……」

「い、いいえ……なんも……お江戸のこと、考えとったもんだから」

ほんの一瞬の二人の女のやりとりを、米助が息をつめてながめていたことも、玖左衛門が探るような目で見つめていたことも、みちは気づかなかった。

雨は半刻ほどで上がった。西の空が明るいから、今日のところはもう雨にあう心配はなさそうだ。

「足許がぬかるんでまっさかい、今夜はここで宿を探したほうがええんやおまへんか」

米助は案じ顔だったが、みちは先を急ぐことにした。陽が落ちるまでにはまだ少々間がある。少しでも先を急ぎたい。

「峠越えは女子にはきつかろう。おぬしらはここへ泊まって、明日ゆるりと行けばよい」

玖左衛門はいったが、おひょうはもう甲掛草鞋の紐《ひも》を結ぼうとしていた。

「米助。おまえからも……」

「いえ、お二人がお行きにならはるんやったら、わてらかて」

「なにも、おまえたちまで急がずとも……」

みちも言葉をそえたが、米助は聞かなかった。

「江戸まで道案内するいう約束におます。こいつ？　なぁに、こいつなら、ぬかるみなんぞへともせぇしまへん。万にひとつ、ころげたりすべり落ちたりしたら、そのときは、わてらのことは放って先へ行かはったらええんどす」

そうまでいわれれば反対する理由はない。

四人は蓑をしまい、身軽な恰好《かっこう》で出立した。

日坂峠は両側が深い谷で、左右とも切り立った崖《がけ》の道もある。登り坂の傾斜も急で、油断をすればころげ落ちそうだ。枝を杖《つえ》にして慎重に登る。峠の頂には茶店や、和尚がそれで赤子を育てたと伝わる飴を売る店が数軒、並んでいた。といっても雨のせいか日暮れが近いせいか、大半はもう葦簀《よしず》の戸を閉《た》てている。

夜泣き石は下り坂の途中にあった。謂《いわ》れを記した看板が立てられていなければ、見すごしてしまったにちがいない。

峠の坂を下りたところは菊川《きくがわ》村で、四人は名物の菜飯と田楽であわただしく腹を満たした。菊川に架かる橋を渡ってしばらく歩けば金谷宿だ。

ぬかるみに足をとられることもなく、案じたほどの時間はかからなかったが、金谷宿へ入ったときはとっぷりと日が暮れていた。松屋《まつや》という旅籠に宿をとる。

この日はとにかくよく歩いた。峠越えもあり、あいにくの雨にも見舞われた。みちも玖左衛門もさすがに疲れ果てていた。が、おひょうは平然としている。なにもいわないので本当のところはわからないが、見たかぎりでは、まだひとつもふたつも峠を越えられそうだ。一方の米助は、さかんに死にそうだの一歩も歩けないだのといっているが、その言葉が本当かどうか。腰をさすり足をひきずりながらも、表情に疲労の色は見えない。

到着が遅かったせいもあって、部屋はひとつしかなかった。大井川をひかえる宿場は年がら年中、混み合っているらしい。

疲労困憊《こんぱい》してあれこれ考える余裕もなかったので、みちは玖左衛門と相談をして、全員でごろ寝をすることにした。とにかく体を休めることが先決だ。

玖左衛門はみちのとなりへ身を横たえた。なにかあったら、みちを守ろうというのだろう。みちが一番奥なので、たしかに玖左衛門が――熟睡してしまえば保証のかぎりではないものの――夜中も用心棒役を果たすことになる。

この夜ばかりは、となり合わせでも眠れそうだった。みちは目を閉じる。

「瑾次郎。起きておるか」

先に眠ったとばかりおもった玖左衛門が声をかけてきた。

「いや……まぶたはひっついているが……」

「大井川を越えると、おれの郷里だ」

「そうか。なら寄っていけ」

「まさか。そうはいかん」

「いいサ。家人の顔を見るくらい」

玖左衛門には妻子がいると聞いていた。

「そういうことではない。おぬしに……おぬしにも見せたかった。古処さまや兄者にお見せしたおれの郷里を……」

みちはその声が、自分の耳ではなく、直接胸に入ってきたような錯覚を覚えた。

米助の鼾が聞こえている。

おひょうは……なぜだろう、まんじりともしないで耳を澄ましているような……。

「おぬしの、生まれ育った、ところか……」

いい終わる前に、みちは眠りの深底へ沈んでいた。

九

「あの世この世の境とは、よういうたもんやなぁ」

滔々《とうとう》と流れる大井川を目前にして、米助がため息まじりにつぶやいた。

「渡らな、お江戸へ行けまへんさかい、しょうもおまへんけど、ほんまに、何度きたかて足がすくんでまいまんがな」

大井川の川越しは東海道最大の難所である。橋がないから、よほどの強者《つわもの》ならともかく、川越人《かわごし》足の力を借りなければならない。しかも悪天候で水嵩が増せば即、川留だ。五日十日、なんとひと月も川待ちをした人がいたと聞いたので、ここへたどりつくまでの湿りがちの空のせいもあって、みちも玖左衛門も気が気ではなかった。

金谷宿の川越しの関所、川会所へ行ってみたところ、幸いこの程度なら川越しは可能だという。四人は川札を買うことができた。四十八文の川札は、枚数によって徒渡《かちわた》しの肩車から四人で板を担ぐ連台越しまで渡る方法を選べる。米助とおひょうは迷うことなく川札一枚で渡れる徒渡しを選んだが、みちはためらった。担がれたからといって女だとばれるとはおもわないものの、不安はぬぐえない。

「おれは連台にする」

「連台やと六人分も払わなあきまへん。人足四人に板二枚分も要りまっさかい」

「なんとッ、そんなにするのか」

ここでも救いの手をさしのべてくれたのは玖左衛門だった。

「われらは馬越しにしよう」

武士は騎乗したままの川越しが許されている。

「しかし馬は……」

「川越し用の馬を借りればよい。問屋場《といやば》に顔見知りがおるゆえたのんでくる」

川を渡れば島田宿《しまだしゅく》、そのむこうの藤枝宿《ふじえだしゅく》は玖左衛門の国許である。このあたりは玖左衛門にとってわが家の庭同然だ。

玖左衛門は馬を二頭、調達してきた。馬の口取り人足がやってくるのを待って、みちと玖左衛門は馬上の人となる。

米助とおひょうはそれぞれ褌《ふんどし》一丁のたくましい人足に肩車をされてもう川を渡りは

じめていた。固く目を閉じている米助とちがって、おひょうのほうは平然とした顔で左右をながめまわしている。大名や旗本、金に糸目をつけない豪商のための豪勢な連台も用意されているようで、みちたちの馬のかたわらを「よいと、よいと」と掛け声もにぎやかに、駕籠《かご》と山のような荷物を積んだ連台が、十数人の川越人足に担がれてとおりすぎてゆく。

川を渡れば島田宿だ。こちらも川越しの旅人でざわついていた。

この先、藤枝宿へ入る手前にも瀬戸川《せとがわ》が流れていて、やはり橋がないという。馬は瀬戸川を渡った藤枝の問屋場で返す話がついていた。これも勝手知ったる玖左衛門でなければできない芸当だ。

「藤枝宿までは三里あまり。そこから府中《ふちゅう》へは五里ほどゆえ、上手くすれば今日のうちに府中まで行けるやもしれぬ」

大井川を渡ったのでにわかに江戸が近づいたようにおもえるのか、玖左衛門がはずんだ声でいった。米助のほうは川越しの恐ろしさがまだこたえているようだ。

「もうひとつ、安倍川《あべかわ》の川越しもおまっさかい、府中までは無理やおまへんか」

「うむ。無理をして府中まで行かずとも、どのみち一泊するなら藤枝宿がよいではないか。玖左衛門どの。おぬしは家へ立ちよって、ご家人に会うてこい」

田中城は藤枝宿の南方にあるという。武家屋敷のある城下まで半里のそのまた半分ほどだと聞くから、行って帰ってきたとしてもさほど時はかからない。

玖左衛門は即答で断った。

「家へ立ちよってなんとする？　馬鹿をいうな」

みちの護衛が主命なら、今はお役目の最中だ。玖左衛門が勧めをはねつけるのは至極当然だろう。

よけいなことをいってしもうたか――。

こういう気づかいはいかにも女だな、と、みちは苦笑する。

ところが、瀬戸川を渡って川会所の前をとおったところで、玖左衛門は顔見知りの武士から声をかけられた。さらに上伝馬町《かみでんまちよう》の問屋場で馬を返した際も、家中の武士が話しかけてきた。むろん国許の宿場なら知り合いだらけのはずで……。藤枝宿には東西にふたつの伝馬町がある。田中城の大手門につづく伝馬町、下《しも》伝馬町の問屋場をすぎて木戸へさしかかったときも、「おーい」と背後から呼び止められた。

「待てッ。玖左衛門、待ってくれ」

「おう。光五郎《みつごろう》か。すまぬ。先を急ぐのだ」

「わかっておるが、大事な知らせがある」

息を切らして駆けてきたのは、玖左衛門と似た年恰好の武士である。光五郎と呼ばれた男は、みちを見て驚いたように目をしばたたき、つづいて米助とおひょうを見てためらいの色をうかべた。

「何事だ？　急いでおる。いうてくれ」

「たった今、そこで、ご城代の使いだという者に呼び止められた。おぬしを捜しておったぞ。おぬしに会うたら、家へ立ちよって、見舞《みも》うてから参るようにいってくれ、と」

「見舞う？　だれを見舞うのだ」

「ご妻女が倒れた。心の臓の病とか。かようなことはいいたくないが……」

「いってくれッ」

「明日をも、知れぬ命だと……」

玖左衛門は凍りついた。その顔が見る見る蒼《あお》ざめてゆくのが、みちにもわかった。みち自身も衝撃のあまり、言葉を失っている。

「玖左衛門。なにを迷うておる。早う、行ってやれ」

「いや。おれは先を急ぐ身ゆえ……」

「顔を見るくらい時はかからんだろう。行かねば後悔するぞ」

二人のやりとりを聞いて、みちははっとわれに返った。おもわず玖左衛門の腕をつかんでいる。

「なにをためらうのだ。かようなときに迷うやつがおるかッ」

「瑾次郎……」

「他でもない、奥方ではないか。見舞うてやれ」

「せやせや。ここをとおらはったんも御仏《みほとけ》のお導き、いうことやおまへんか」

米助も口をそろえる。

「なにも袂《たもと》を分かつわけではない。ひと目会うて元気づけてやったら、すぐに追いかけてくればよい。おぬしの足なら日が暮れる前に追いつくはずだ」

玖左衛門は目を閉じた。口をへの字に曲げて思案している。

「わかった。行ってくる。が、すぐにあとを追いかけるゆえ……」と、みちにいって米助に目をむける。「瑾次郎のこと、くれぐれもたのむぞ」

「へい。おひょうもおりまっさかい、おまかせを」

それでもまだ、玖左衛門は逡巡《しゅんじゅん》しているようだった。が、ここまで来ていて、しかも城代家老からの許可もあるのに素通りするとあってはあまりに冷淡すぎるというおもいもあるのだろう。ぱっと顔を上げたときはもう、こぶしをにぎりしめて駆けだしていた。

城へつづく大手道を駆け去る玖左衛門の後ろ姿を見送り、みちはため息をつく。

「気の毒に……さぞや辛《つら》かろうな」

家族の死に目にあえないことは、武士には珍しくもない。父や兄が参勤交代で江戸へおもむく際、母はいつも覚悟していた。万が一のことがあれば、それが永久《とわ》の別れだ。死に目どころか葬儀にすら立ち会えない。

「お父上のお言葉をようよう胸に刻んでおくのですよ」

父の古処が二度目に江戸へおもむいたときは、とりわけ悲愴《ひそう》な別れだった。懇意にしていた家老が失脚させられたばかりで、古処の身にもなにが起こるか、わからなかったからである。血の気の失《う》せた顔に、それでもぎこちない笑みさえうかべて夫を送りだした母を、まだ幼かったみちは鮮明に記憶している。

みちが京へ発《た》つときも、母は穏やかな表情をしていた。最初のときはまだしも、二度目の、父が死んでいくらも経《た》たないときでさえも。が、それはかえってみちの胸をえぐった。夫に先立たれ、息子二人は重き病、たった一人の娘まで手放すことに、母が苦しんでいないはずがない。あの平穏な顔は、世俗の悲嘆や葛藤《かっとう》を超えて、すでに悟りを開いた女のそれのようにも見えた。

みちは、自分が母のように強くないとわかっていた。なぜなら、父の死後、二度目に京へ出かけようとして兄のもとへ立ちよったとき、病の兄のやつれように愕然として出立する勇気をそがれ、ずるずると長居をしてしまったからだ。

今生の別れ――。

兄の顔を見るたびに名残りが惜しまれて、あと一日、もう一日だけ……と出立をひきのばしたものだった。

ああ、兄上、ご無事でしょうか。兄をおもえば玖左衛門の顔がうかんでくる。その玖左衛門が、今、あのときの自分とおなじように、身を引き裂かれるがごとき悲痛な別れに臨んでいるかとおもうと……。

「米助。おひょう。参るぞ」

みちは二人をうながした。こんなときは歩くことに専心するのがいちばんだ。そうでなければやりきれない。なにも考えず、ただ先を急ぐこと……。

ふりむくとどこへ行ったか、もう光五郎とやらいう武士の姿はなかった。

＋

「早苗《さなえ》、逝《い》くな。待っていてくれ」

大手道を駆けぬけながら、玖左衛門は胸の内で妻に呼びかけていた。

早苗はおなじ家中の、亡父の同輩の娘である。親たち同士は早くから藩主の許可を得て、玖左衛門と早苗の縁談をとり決めていた。地味で目立たないものの気立てがよく器量も十人並みで、子供のころから見知っている娘との縁談である。玖左衛門としても文句のつけようがなかった。

早苗は期待にたがわず申し分のない妻になった。ひかえめでめったに声を出して笑うことはなかったが、従順で、てきぱきと家事をこなす。男女二人の子にも恵まれ、良き母として子供たちのしつけも万全である。

自分にはすぎた妻だとおもいながらも、玖左衛門はときおりふっと寂しさを感じることがあった。今少しうちとけてくれてもよいのではないか。いや、それをいうなら、生真面目すぎて非番の日も書物ばかりながめている自分こそ、もっと妻と語り合うよう努めるべきだったかもしれない。

そんなことをおもうのも、はるばる秋月黒田家へ出むき、古処の妻女に会ったときの話が、胸に刻まれているからだ。古処は、藩の役目を退いたあと、妻と娘を伴って諸国を遊歴して歩いたという。息子が発病したために妻女は同行できなくなったが、娘は最後までつれ歩いていた。そればかりか、単独、京へ遊学させるという、通常の親ならできないことをしてのけた。

九州の小藩にいながら、古処の大らかさはどうだろう。今回の一件が片付いて早苗のもとへ帰ったら、玖左衛門は真っ先にその話をしてやろうとおもっていた。早苗はなんというか。なんにせよ、忌憚《きたん》のない意見が聞きたい……。

早苗。おれはおまえがなにをおもうているか、知ろうともしなかった。しかし……今はちがうぞ。このまま死なせるわけにはゆかぬ。死ぬな、死なんでくれ――。

大手道は城下の入口の松原《まつばら》木戸へつづいている。田中城は本丸、二の丸、三の丸、そしてその外側に武家屋敷が同心円状におかれていて、六間川《ろっけんがわ》から引いた堀がまわりをとりかこんでいた。つまり木戸をくぐれば橋、橋を渡れば大手門までのあいだに家臣の家々が並んでいるというわけだ。玖左衛門の家も武家屋敷町にある組屋敷内の一軒だが、城を円形にかこむ一帯の中では松原木戸とはいちばん遠い反対側にあるので、ぐるりとまわりこまなければならない。

ようやく組屋敷まできたところで、近隣の住人が声をかけてきた。

「お、玖左衛門、大坂《おおさか》におったのではないのか」

「おいおい、玖左衛門どの。なにをあわてておるのだ?」

「あれれ石上さま、お久しぶりにございます」

危急のときだというのに、長閑《のどか》な顔で挨拶をされても返す言葉はない。

「おう、玖左衛門どのではないか、いつお帰りになられたのじゃ」

「わるいが急いでおるのだ。話はまた……」

玖左衛門はわが家の玄関へ駆けこんだ。しんと静まりかえっているのは、良き兆候か、悪しき兆候か。

「早苗ッ。早苗ッ。帰ったぞッ」

式台に腰をかけて、ふるえる指で甲掛草鞋の紐を解こうとしていたときだった。人の気配がした。

「おや、どうなさったのですか」

早苗だ。玖左衛門ははっとふりむき、棒立ちになる。

「大坂においでとばかり……お知らせくだされば旦那さまの好物をおつくりしておきましたのに」

これがお役目で遠出をしたあとの通常の帰宅だったら、もう少しうれしそうな顔をしてもよいだろうといつに変わらぬ表情の乏しい顔に物足りなさを感じたかもしれないが……今はそれどころではなかった。

「早苗……」

「お役目ご苦労さまにございます。さ、お掛けください。御御足《おみあし》をお濯《すす》ぎいたします」

「ま、待てッ。おまえは、おまえは病ではなかったのか」

「病？　わたくしが？　いいえ、ご覧のとおり息災にございますよ」

玖左衛門はごくりと唾《つば》を呑みこんだ。

「子供、たち、は……」

「宗太郎《そうたろう》は竹斎《ちくさい》先生のところへ参りました。旦那さまに似て勉学が好きなようで。綾《あや》は今しがた昼寝をさせたばかりです」

玖左衛門の頭にはすでに恐ろしい考えが形を成しはじめていた。

早苗は病ではない。ということはだれかが故意に玖左衛門をだましたことになる。なぜ、そんなことをしたのか。そう。瑾次郎から離すためだ。

「しまったッ。謀られたかッ」

「旦那さま……」

「畜生ッ。なんてこったッ」

「あのう……」

「早苗。よう聞け。詳しい話をしているひまはないが、端的にいう。おれはあるお人を江戸へお連れする大事なお役を遂行中だった。ところが藤枝宿で家中の朋輩に知らされたのだ、そなたが重き病で死にかけておると……」

「まあッ」

「ひと目会いたいがために一行を先に行かせ、あわてて駆けてきた」

「旦那さま……あッ……大変にございます、もしまことに謀られたとあれば……」

「さよう。こうしてはおれぬ」

夫婦は目を合わせた。どちらの目も泳いでいた。事の重大さに激しく動揺している。

「お急ぎください」

「あとをたのむぞ」

玖左衛門はほどきかけた紐を結びなおして玄関を飛びだした。

「ご武運を」

早苗の声に送られて、玖左衛門は一目散に駆けだしている。


藤枝宿から一里の余で岡部宿《おかべしゆく》。岡部宿は横町《よこまち》・本町《ほんまち》・川原町《かわらまち》しかない小さな宿場で、東のはずれが急峻《きゆうしゆん》な宇津ノ谷峠の上り口につづいていた。坂道は険しいだけでなく左右の木々に蔦《つた》が鬱蒼《うつそう》とからまりついているので昼でも薄暗く物寂しい。米助によれば峠には鬼が出るとやら、たしかに魑魅魍魎がひそんでいそうな気配だった。

異変は、ここで起こった。

人一人しかとおれない急な坂を、米助、みち、おひょうの順で上っていたときだ。

「おっと。蝮《まむし》やも知れまへん。ちょいとお待ちを」

前方の道の真ん中で蛇がとぐろを巻いている。一行は歩みを止めた。米助が木の枝を手に蛇に近づき、道端の藪へ追いたてようとする。他の二人が息をつめて見守る。

と、そのとき、おひょうの悲鳴が聞こえた。同時に左手の崖でガサガサと不穏な音がした。みちと米助が驚いてふりかえったときにはもう、おひょうの姿は消えていた。

「ちッ。足をすべらせたか」

強靱《きょうじん》な足腰をもち、人一倍慎重なおひょうだ。おひょうにかぎってそんなしくじりとは無縁におもえたが、現に姿がないのだから崖から落ちたとおもうしかない。

米助は一瞬、逡巡したものの、前後に人影がないのをたしかめた上で背負っていた笈《おい》を下ろし、ひきかえしてきた。

「放ってもおけんわな」

「おれもゆく」

「旦はんまで足をすべらせてみ。わてかて二人はひきあげられん。ここで待っとき」

米助は笈の中から縄をとりだし、片端をみちに手渡した。おひょうをひきあげるときになったら大木の幹に縛りつけ、縄をひくようにと指示を与える。

みちは崖の縁にしゃがみこんで、藪や石ころだらけの急な崖を器用に下りてゆく米助の姿を見守った。はるか下方、沢の手前に見える黒いかたまりがおひょうか。息があるのかないのか、ここからでは判別しがたい。

眸《まなこ》を凝らし、はらはらしながらのぞきこんでいたせいか。みちはいつもなら決して切らしはしない背後への注意を怠った。あッとおもったときは湿った布に鼻と口をふさがれている。次の瞬間、意識が薄れ、混濁の闇に沈んでいた。

自らの足許に全神経を集中し、頭ではおひょうともあろう者がなぜ転げ落ちたのかと思案をめぐらしていた米助は、みちの体が何人もの手によって音もなくはこび去られたことをまだ知らない。

十一

岡部宿は小さいので旅籠の数も少ない。そもそもこの宿の旅籠は、大井川の川留が何日もつづいて島田宿、藤枝宿の旅籠が満杯となった際にやむなく流れてきた旅人でもっているようなものだった。この日もがら空きだったので、片っ端からたずね歩いてもさほど時間はかからなかった。

「美丈夫なお武家さまにお付きの男女……はて、存じませんな」

瑾次郎一行は岡部宿を素通りして、宇津ノ谷峠へむかったのだろう。峠を越えれば鞠《まり》子宿《こしゆく》、さらに安倍川を渡れば府中宿である。

休んでいるひまはなかった。一刻も早く追いつかなければならない。玖左衛門は苦渋のまなざしで峠を見上げた。

瑾次郎、無事でいてくれ――。

自分がついていながら、万が一、瑾次郎になにかあったら、本多遠江守はもとより瑛太郎や母者に合わせる顔がない。亡き古処も草葉の陰で悲嘆に暮れるにちがいない。

「武士と男女の三人づれを見なんだか」

坂を上りながら、玖左衛門は旅人とすれちがうたびにおなじ質問をくりかえした。そのたびにおなじ答えが返ってきた。

「さあ、お見かけしませんでしたねえ」

三人はとうに峠を越えたのか。ということは、この急峻な峠を神業のように凄《すさ》まじい速さで踏破したことになる。

「実は仲間とはぐれてしもうての。もしや、すれちがったのではないかと……」

峠が見えてきたところでも、下りてきた旅人にたずねてみた。血の気の失せた顔に怯《おび》えた目をした旅人は、声をかけられただけでのけぞりそうになった。

「どうかしたのか」

一度は返事もせずに首を横にふってそそくさと逃げだそうとしたものの、無礼な態度に気が咎めたのか、旅人は足を止めてふりむいた。こんな坂道で立ち聞きをする耳があるともおもえないのに慎重に左右をあらためた上で、上ずった声でいう。

「鬼が、出た、ようで……」

「鬼ッ」

「旅人がさらわれたそうにございます。女子も大怪我をしたとか、峠の頂の地蔵堂の中に寝かされております」

うめき声がしたのでのぞいてみたところ泥だらけの女が横たわっていた。女は主《あるじ》が鬼にさらわれたと話した。

「このあたりは昔っから鬼が出るんだそうで。人を呼んでこようかというと、仲間が呼びにいったから大丈夫だと。話しているうちに、なにやら女子まで鬼女に見えてきてしもうて……」

怖くなって逃げてきたという。

「頂の地蔵堂だな」

「あ、危のうございます。ひきかえしたほうが……」

呼び止める声を聞き流して、玖左衛門は頂上へ急いだ。

峠の頂は小さな台地になっている。片隅に樹木の生い茂る一角があって、木々に埋もれるように地蔵堂が建っていた。小さな賽銭箱《さいせんばこ》がおかれているだけで、堂の扉は閉ざされている。うめき声も今は聞こえない。

玖左衛門は駆けよって、古ぼけた扉を押し開けた。

おもったとおり、おひょうだった。地蔵の足元に横たわっている。旅人がいっていたように泥だらけで、引き裂かれた着物にばらけた髪、血がにじむ顔……これでは鬼女とまちがえられてもしかたがない。

「おひょう、大丈夫かッ。なにがあったのだ。瑾次郎どのは無事かッ」

おひょうは顔をしかめながら半身を起こした。

「だれかにいきなり矢を射かけられた。で、崖から転げ落ちた」

ひきちぎった袖で太腿《ふともも》を止血している。それ以外の傷や痣《あざ》は転げ落ちるときにできたものらしい。米助が崖を下りておひょうを助けているあいだに瑾次郎の姿が消えたと、おひょうは悔しそうに説明した。

「矢を射られたとわかってたら、米助さんも注意を怠らなかったはずなのに」

瑾次郎が連れ去られたと気づいて、米助は蒼くなった。おひょうを地蔵堂へはこびこむや、探索に飛びだしていったという。

「鬼、というのは……」

「鬼の面が落ちてた。だれがどうやったか知らんけど、鬼の面で顔を隠してたんだ」

「おれも捜しにゆくッ」

「あ……帰ってきた」

米助だった。もしやと祈ったものの、瑾次郎の姿はない。

「ご妻女はんの容態は？」

「ぴんぴんしておった」

「畜生めッ。やっぱりそうか、謀られたんやな。わてとしたことがとんだ失態……」

米助は土間に這いつくばって謝ろうとしたが、玖左衛門は制止した。そんなことをしているより、瑾次郎の行方を捜すのが先だ。

「関所の一件が耳に入ったのだろう。例のやつらの仕業にちがいない」

「このあたりを捜しても無駄や。それを知らせにもどってきたんや。沢の道を下りてゆくのを見たってぇ者を見つけた。鬼の面をかぶった浪人どもがぐったりしたお侍を担いでおったそうや」

「瑾次郎だッ」

街道では人目をひくので脇道を行くことにしたのだろう。瑾次郎をどこへつれてゆくつもりか。

それについてはおひょうが真っ先に考えを述べた。

「藁科《わらしな》で川越しするんだよ」

浜松宿で生まれ育ち、はじめて江戸へ行くといっていたおひょうがなぜこのあたりの地理に明るいのか。妙だとはおもったが、今は問いただしている場合ではない。

「街道の川越し以外にも渡し場があるのか」

「へえ。安倍川は藁科川と合流しとる。上流で川を渡って、遠回りだけんど賤機山《しずはたやま》から庵原《いはら》へぬければ江尻宿《えじりしゆく》へ出る道がある」

「江尻宿？」

「江尻宿には湊《みなと》があるし」

「お、そうや。宿のはずれの船着場からやったら、どこへかて行ける」

瑾次郎を黒田本家派の一党——今回の首謀者——のところへつれてゆくつもりだろう。荒手の浪人集団を雇った当初は、ひそかに道中で瑾次郎を切り捨ててしまえばそれですむと考えていたのではないか。途中から方針が変わった。玖左衛門が出現したからだ。

玖左衛門がなにをどこまで知っているか、どのような役目を帯びているか、知る必要が生じた。新居の関所で玖左衛門の独断ではなく若年寄の本多遠江守がかかわっているらしいとわかってからは、ますます慎重に事をはこばなければならなくなった。それでこのたびの周到な誘拐となったにちがいない。

「ひとつだけ、不幸中の幸いがある。瑾次郎の息の根を止めるなら、矢を瑾次郎に射かけてもよかったし、崖から突き落としてもよかった。一刀両断に斬り捨てることもできた。それをしなかったのはなんとしても生け捕りにしたかった、ということだ。つまり、瑾次郎はまだ無事でいる証だろう」

「ほんまや。生きてはる、いうこっちゃ」

「よし。追いかけよう」

飛びだそうとした玖左衛門を「やめときッ」とおひょうが止めた。「だいぶ後れをとってる。追いつくもんか。それに、追いついたところで多勢に無勢だ。まともに戦って勝てるとおもうのかい」

「だからといって、こうしてはおれぬ」

「まあまあ、お待ちを。おひょうのいうとおりや。やつらは街道を避けて遠回りをしようとしてる。ほんならわてらは待ち伏せをしようやないか」

「待ち伏せ……」

「舟に乗るとき、うばいかえすんや。手づるがあるさかい、まかせとき」

そんなことができるのか。玖左衛門は首をかしげたが、米助とおひょうには勝算があるようだった。

「おぬしらはいったい……」

玖左衛門はいぶかしげに二人の顔を見比べる。が、口から出かかった問いを呑みこんだ。米助とおひょうが何者であれ、少なくとも黒田本家の意を汲《く》む一党ではなさそうだ。それに目下のところは、瑾次郎を殺めるつもりもないらしい。瑾次郎を救いたいという一点さえ合致していれば、少しでも助けがほしい今、とやこういうのは愚の骨頂だろう。

「わかった。おぬしらにまかせる」

米助とおひょうは目を合わせた。

「ほんなら、江尻宿へ」

夕暮れが近づいていた。暮れきらないうちに峠を下りて鞠子宿まで行っておきたい。そうすれば明日は早朝、安倍川を渡れる。安倍川の対岸は府中宿で、府中から江尻は二里の余だから、確実に先回りができる。

「おひょう。傷を癒《いや》せ。おぬしはあとから来い」

玖左衛門ははじめておひょうにやさしい言葉をかけた。

ところが米助は忍び笑いをもらした。

「心配無用。こいつなら片足だって歩けまっさかい」

驚いたことに、米助の言葉は当たっていた。苦しそうにあえぎ、足をひきずりながらも、おひょうは二人についてきた。難儀な下り坂でも音を上げず、転びもしない。両手ににぎった枝を杖にして、どうしてそんなことができるのか、急ぎ足の男たちに後れをとるどころか、先に立って歩いてゆく。

鞠子宿に着いたときは全員、疲労困憊していた。さすがのおひょうも、米助が調達してきた着物に着替えると、夕餉を口にする気力もないようで床へ倒れこむ。

「こういうときこそ一献やらにゃぁ……」

米助は酒瓶をかかえて呑みはじめた。誘われて一、二杯、口にしたものの――。玖左衛門もいくらもしないうちに眠りこけていた。

十二

はじめは、なにが起こったかわからなかった。

うっすらと目を開けると地面がゆれていた。草鞋を履いた足、脚絆、頑丈な背中、それもひとつならず……鬼がふりむいたときは、おもわず声をあげそうになった。かろうじて悲鳴を押しとどめ、失神しているふりをつづけたのは、みちにもまだ冷静な判断力がのこっていた、ということだろう。

頭の中でせわしく思案をめぐらせる。

こいつらは、鬼ではない。鬼の面をかぶっているだけだ。これなら地元の誰彼に遭遇したときも、異様な雰囲気に呑まれて固まってしまい、だれも近づいたり話しかけたりしてこないだろうと見越しているのだ。

鬼の正体はわかっていた。黒田本家派の一党に雇われた浪人どもだ。少なくとも四、五人はいる。峠でひとおもいに息の根を止めなかったのは、生け捕りにせよと命じられているからにちがいない。自分はこれから首謀者のところへつれて行かれる……。

玖左衛門どのに書状を託しておいてよかった――。

みちが真っ先におもったのは、そのことだった。内大臣の三条公修から井伊掃部頭に宛てた書状と、秋月黒田家の内情を訴える書状は、いずれも玖左衛門のふところにある。では、みちが行方知れずになったら書状はどうなるのか。玖左衛門は本多遠江守へ手渡すはずだ。遠江守はどうするか。井伊掃部頭のもとに書状をとどけることはないだろうし、今一通もにぎりつぶしてしまうかもしれないが、少なくとも黒田本家に見せることはあるまいとみちは信じていた。

となれば、玖左衛門には、なんとしても無事に江戸へ到着してもらわなければならない。玖左衛門はすでに敵に知られている。ここは玖左衛門が関所逃れの言い訳にした言葉をなぞって、玖左衛門はなにも知らないと敵におもわせておいたほうがよい。自分はあくまで遠江守の詮議をうけるために江戸へおもむくのだといいはることが肝心だ。

「なんの詮議だ？」

必ず訊かれる。敵は遠江守がどこまで知っているか、たしかめようとするだろう。そのときなんと答えよう……みちはそれらしい話を捏造《ねつぞう》しようと頭をひねる。

一行は川沿いの道から林野へ分け入り、人家といってはときおり遠くにぽつんと見えるだけの荒涼とした景色の中を黙々と歩いた。これまで京より東へは旅をしたことがなかったから、みちには土地勘がない。どこをどう歩いているか、まったくわからない。

太陽が沈むころ、一行は茅葺《かやぶき》屋根の一軒家へ到着した。半農半漁といったところか、庇《ひさし》の下に小舟や漁網が無造作におかれていて、土間に敷いた莚《むしろ》の上には大根や茄子《なす》といった野菜が積み上げられている。あらかじめ知らせがとどいていたのか、囲炉裏で粥《かゆ》が煮えていた。それでいて家人の姿が見えないのは、物騒な一行に一夜の宿を明け渡して、納屋にでも退避しているのかもしれない。

みちは奥の小座敷へ下ろされ、ついでに叩き起こされた。

「おい。大切な人質だ。手荒なまねはよせ」

長《おさ》らしき浪人が叱りつける。

「なんでえ。斬り捨てりゃいいといったじゃねえか」

「方針が変わったんだ。実入りが増える。文句はなかろう」

みちは出された粥を腹におさめた。いざというとき空腹では戦えない。人質の申し立てで首謀者の不興を買うことを怖れたためか、他に人家もなく逃げ場もなかったからか、みちは拘束をまぬがれた。厠へも行かせてもらえたので、なんとか一夜をしのぐことができた。なにより恐れていたのは女だと知られることで、もしそうなったら、獣のごとき群れの中でとうてい無事でいられなかったはずだ。

その夜はまんじりともしなかった。

白々と夜が明けはじめるのを待って、一行は川を渡った。舟は茅屋《ぼうおく》の主だという老人がどこからともなくやってきてあやつった。ただし舟が小さいので、まずは二人、次に人質と見張り、そのあとまた二人と都合三回に分けて渡る。

対岸に着いてからは山野の道をひたすら歩いた。山を越え、山麓《さんろく》の小屋でひと息つき、さらに歩いて人家が点在するあたりまできたところで一軒の農家へ入った。そこで手足を縛られ、猿轡《さるぐつわ》をされて駕籠へ乗せられた。宿場をぬけるのか、往来の人々に怪しまれるのを警戒したのだろう。

「どこへつれてゆく気だ？」

ここまでの道中で何度かたずねたが、むろん答えは得られなかった。黒田本家の江戸屋敷か。いや、それはないはずだ。他藩の武士をひそかに拉致《らち》したことがもし表にもれれば、大事になりかねない。おそらく、どこか鄙びた場所にある黒田家ゆかりの屋敷へ閉じこめられて、尋問を待つことになるのだろう。拷問のあげく用無しとなれば、口封じのため秘密裏に葬られる。女子だとわかったところで酌量されるともおもえない。

父上、兄上、お許しください――。

かえすがえすも口惜しかった。今ごろ玖左衛門は、みちたち三人に追いつこうと不眠不休で歩いているにちがいない。みちが行方知れずになったとわかったら、どんなに焦り、落胆するか。

米助も同様だ。米助はみちがいなくなったことにとうに気づいているはずだ。油断した自分を責め、必死の形相で捜しまわっているはずだ。おひょうは……おひょうはどうなったか。生きながらえることができたのか。

考えれば考えるほど胸が苦しくなってくる。

ふいに、駕籠が止まった。

あたりは薄暗い。早くも暮れかけているようだ。

「縄をほどいてやる。降りろ」

足の縄がとかれ、猿轡もはずされたが、手首だけは縛られたままだった。おまけにぴたりと寄りそった男が喉許に短刀を突きつけている。ふり払って逃げたところで、まちがいなく斬り捨てられるとわかっていたので、みちは素直に従った。

駕籠を降りると、目の前は大海原だった。川が海へ流れこむ河口に設けられた船着場のようだ。数艘《そう》の舟が舫《もや》われている。そのうちの二艘に、菅笠を目深にかぶり、棹《さお》を手にした大小の人影があった。船着場にも一人、手拭《てぬぐい》で頬かぶりをした小柄な男がいて、浪人一行の中の長らしき男と話していた。

「皆一緒には乗れぬのか」

「沖へ出るだけにござえますんで二艘に分かれて……」

薄暗いのでかたちははっきりしないが、海のかなたに船影らしい黒い塊が見えた。

「よし。では行ってくれ」

三人ずつに分かれて二艘の艀《はしけ》に乗りこむ。大柄な船頭が漕ぐ大きめの舟のほうに、みちは二人の見張りとともに乗せられた。みちも見張り役の浪人も他の三人より大兵だったので、船着場にいた男がそちらへ導いたのだ。

小ぶりの舟、つづいてみちが乗せられた舟、という順で沖へ漕ぎだしてゆく。

みちは、すでに気づいていた。今、船着場に残って艀の行方を見送っている男がだれか。話し声を耳にしたとたん、ぴんときた。米助だ。となれば、二人の船頭がだれとだれかも推測できる。

みちは自分の強運を天に感謝した。彼岸で見守ってくれている亡父の存在を、このときほど確信したことはない。どういう策が練られているのかは知りようもないが、玖左衛門が、三人が、助けにきてくれたのならもう安心だ。

艀が沖に停泊している船と船着場のちょうど中間あたりへ漕ぎ進んだときだった。前方をゆく舟がいきなり沈みはじめた。まるで底がぬけて水があふれだした、とでもいうように。見る間に舟はひっくりかえり、三人の浪人と船頭は海中へ放りだされた。

「あッ」と目をみはったのは、みちばかりではない。なんだッ、どうしたッとみちの両脇に張りついていた浪人どもも顔色を失って船縁へ身を乗りだした。と、そのとき「わッ」と驚きの声と共に一人が前のめりに海へ転落した。寸刻おかず、もうひとりが「ぎゃッ」と叫んだ。みちは、背後から短刀で突かれてうずくまった浪人を、船頭が重い石を持ち上げるように抱えあげて海中へ投げ込むのを茫然と見つめる。

舟にのこったのは船頭とみちだけだ。

「玖左衛門さま……」

放心したままもらしたみちのつぶやきは、われ知らず素の女にもどっていた。けれどそれだけなら、空耳ですんだかもしれない。

「無事でよかったッ」

みちの手首の縛《いまし》めを短刀で断ち切った玖左衛門は、感極まってみちの肩を抱きよせた。これまで抑えこんでいた恐怖がどっとこみあげ、同時にそこから逃れた歓喜がはじけて、みちはおもわず玖左衛門の胸にしがみついていた。

一瞬の出来事だった。

玖左衛門もみちを抱きしめた。が、その体がわずかにこわばったようにおもえた。あわてて身を離したみちは、はだけていた胸許をかきあわせ、野袴のまくれた裾《すそ》をひきおろしたものの……男にしては白すぎる肌が夜目に生々しくつやめいていたことに気づいて目を泳がせ、今度は気恥ずかしさを覚えた自分に当惑して鳩尾《みぞおち》に手をやり……そんなこんなで、もしかしたらかえって玖左衛門の不審を買ってしまったかもしれない。

ぎこちない沈黙が流れた。

先にその場をつくろったのは玖左衛門だった。

「見ろ。おひょうだ。見事な泳ぎだの」

「ああ。米助なら溺れていた」

二人はおひょうを舟へひきあげる。ばらけた髪と濡《ぬ》れた顔を見た瞬間、みちはあッと声をもらした。頰の紅みが消えて鼻の頭の吹き出物もどこかへいってしまった顔はぐんと大人びて……そう、右目の脇に黒子をつければ……。

玖左衛門は気づいていないようだった。むろん、みちの推測が当たっていたとしても、今ここで問いただすことではない。おひょうは自分を助けてくれたのだから……。みちはざわめく胸をしずめる。

おひょうの話によれば、舟には細工がほどこされていて、おもむろに底板をはずして転覆させたのだという。船着場まで泳いでもどる者がいれば、待ちかまえている米助が引きあげてやるふうをよそおって突き殺し、海の藻屑にしてしまう算段だという。

「おれ独りでは、こうはいかなんだわ」

船着場へむかって舟を漕ぎながら、玖左衛門は米助とおひょうの手腕を讃《たた》えた。この一件で二人への敵視が薄れたとしても、一方で、二人が並みの人間ではないということはもはや明らかだった。目的はなにか。裏で糸を引いているのは何者か。玖左衛門は問いただしたくてたまらないはずだ。

「いや、三人のおかげで命拾いをした。おぬしらがおらなんだら、おれはあの船に乗せられていた。生きて江戸へたどりつくことはできなんだろう」

みちはまだ動揺をしずめきれなかった。平静をよそおってはいても、胸の内はふるえている。半分は自分の身にふりかかったかもしれない凄惨《せいさん》な光景を想像して、半分は玖左衛門が自分に対してなにか違和感を覚えたのではないかと案じて……。

艀は船着場へ帰りついた。

冥《くら》い海面に土左衛門がただよっているのは、米助が役目を全うした証だ。

「細工は流々、いうことやな」

舟を下りた三人を見て、米助はにやりと笑った。

「野次馬の姿が見えないのも細工のうちか」

「へい。遠江守さまの御一筆は、関所でのうても値千金どっさかい」

若年寄の命令をふりかざして、船着場周辺から人を追い払ったという。明朝、浪人どもの死体が見つかれば大騒ぎになるだろうが、そもそも汚れ仕事のために集められた不穏な輩ばかりである。首謀者——黒田本家派の一党とおもわれるだれか——が、地団太を踏みはしても、名乗り出て遠江守を訴えるとはおもえない。

「三保《みほ》の松原にええお宿がおまっさかい、今宵はゆるりと骨休めしまひょ」

米助の提案にだれも異を唱えなかった。

一行は夜陰にまぎれて三保へむかう。

十三

翌朝、四人は、景勝の地だというのに富士山《ふじさん》を拝む間もなく早々に出立した。江尻宿ではもう、浪人どもの死体があがって大騒ぎになっているかもしれない。巻きこまれて足止めをくらえば江戸到着が大幅に遅れてしまう。ここまできたら、若年寄の名を乱用してその威光にすがってでも先を急ぐほうがよい。

玖左衛門は昨晩、疲れきっていたにもかかわらず、頭が冴《さ》えて眠れなかった。なぜか瑾次郎のことが気になってしかたがなかった。

あれは――艀の上での出来事は――まことにあったことなのか。それともあの抱擁は、自分の昂った頭が勝手につくりだした幻だったのか。幻にしろ現《うつつ》にしろ、ほんの一瞬ではあったが、女子を抱いているような錯覚にとらわれた。なんとも不思議な心地だった。

むろん、そんなことを口にするつもりはない。あまりに馬鹿馬鹿しくて、自分でも笑いだしてしまいそうだ。

幸いなことに、街道から離れた三保の旅籠は空いていた。捕虜になっていたその前夜はほとんど寝ていない、心ゆくまで眠りたいからと、瑾次郎はひととおりの報告がすむや小座敷へこもって寝てしまった。

結局、玖左衛門はまたもや米助と酒を酌みかわすことになった。

「おぬしらは何者だ？」

喉許まで出かかった問いを酒と一緒に呑みこむ。殺気立った浪人一行という難敵はとり除いたものの、まだ安全とはいいきれない。何者かはともあれ、米助とおひょうの助けが必要になるかもしれないと判断したからだ。沖にうかんでいた黒い船影が、今は不気味な敵の背中にもおもえる。

そんな一夜だったので、歩いていても欠伸《あくび》がもれた。こんなときでも瑾次郎は髪をととのえ髭《ひげ》を剃ったようで颯爽《さっそう》としているが、無精髭の自分はさぞや見た目がわるいにちがいない。これまで気にならなかったそんなことも、なぜか気にかかる。

興津宿《おきつしゅく》へ出て東海道を急ぐうちに雨が降りだした。蒲原宿《かんばらしゅく》から吉原宿《よしわらしゅく》へつづく街道は富士山がひときわ大きく美しく見えるところだ。が、あいにくの雨。瑾次郎に、青空にそびえたつ山容を見せてやれないのが玖左衛門は心のこりだった。簡便な雨具として府中宿で買い求めた紙子の羽織を瑾次郎にも着せて、一行は雨の中を休まず歩く。

その晩は吉原宿の扇屋《おうぎや》という旅籠に泊まった。

この日は瑾次郎といつものようなくだけた会話をしなかった……と、夕餉をとる段になって玖左衛門はおもった。昨日の壮絶な闘いがまだ気分的に尾をひいていることもあるだろう。雨のせいもあったかもしれない。が、それだけではないような気もした。なにも変わってはいない。いいたいことをいい合えばよいのに、どこかぎこちなさがつきまとっているような……。

この夜は衝立をへだてて寝た。

「瑾次郎。起きているか」

おもいきって話しかけてみたものの、早々と眠ってしまったようで、返事はなかった。

翌日も雨だった。それでも強行軍をつづけた。

「痛むのではないか。休んではどうだ？」

おひょうが歯をくいしばっているのを見て、瑾次郎ばかりか玖左衛門も声をかける。

おひょうはそのたびに、とんでもない、というように首を横にふった。

「こいつのことやったら、気にかけんかてええ。這《ほ》うてでもついてきまっさかい」

米助は平然としている。

沼津宿《ぬまづしゆく》をすぎたころには雨が小降りになり、三島宿《みしましゆく》へ入る手前の境川《さかいがわ》――駿河国と伊豆国《いずのくに》の境――にかかる橋を渡るときはもう止んでいた。雲が晴れると、街道には眩《まばゆ》い午後の陽射しがあふれた。あらゆるものが息を吹き返したようにきらめいて見える。

そもそも、わだかまりなどないのに、なにをおもい悩んでいたのか。眼下の澄みきった流れをながめて、玖左衛門は苦笑した。瑾次郎を見る。

「ここからは伊豆だ。箱根を越えれば相模国《さがみのくに》、江戸までもう三十里とかからぬぞ」

瑾次郎もおなじことをおもっていたのかもしれない。明るいまなざしを返してきた。

「なら、あと三日もあれば着く勘定だ」

「うむ。三日、遅くとも四日か」

「待ちきれぬ。駆けだしたいほどだ」

と、そこへ、米助が割りこんできた。

「その前に、明日はいよいよ箱根の御関所におます。うかれてはおれまへん」

新居の関所では、あわや瑾次郎が足止めされそうになった。箱根はさらに詮議がきびしいと聞く上、箱根峠も難所のひとつだ。

それでも瑾次郎の顔は曇らなかった。

「若年寄のご家臣がついておるのだ。心配はいらんさ」

「さよう。おれにまかせてくれ」

瑾次郎と玖左衛門は顔を見合わせる。瑾次郎が照れくさそうに目をしばたたくのを見て、玖左衛門も目元をやわらげた。

よけいなことは考えまい。今は、無事に江戸へ到着することだけを考えればよいのだ。そのあとは、さらなる難題が山ほど待っている。そのことも……しばらくは忘れよう——。

十四

三島宿は、東海道の他にも甲州《こうしゅう》へつづく佐野《さの》街道や伊豆へつづく下田《しもだ》街道がとおっているので、旅人でにぎわっていた。宿場の真ん中には威容を誇る三嶋《みしま》大社があり、門前町ともなっている。

そろって三嶋大社に詣でた。のこりの道中の無事を祈る。

三島宿から三里の余を歩いて、四人は夕刻、箱根宿の旅籠で旅装をといた。

箱根の関所は、五十三ヵ所ある幕府の関所の中で、新居に勝るとも劣らぬ難所として知られている。ここでは本関所の他に裏関所が五ヵ所もあって長大な木柵《もくさく》がめぐらされているばかりか、遠見番所も設けられているので、山越えや芦《あし》ノ湖《こ》を渡っての関所破りはまず不可能で、取り調べもことのほかきびしい。

とはいえ、関所の役人が目を光らせているのは「出女」、つまり江戸から西国へ下る女だ。江戸へむかう男は関所手形がいらないし、往来手形でさえめったに提示を求められることはなく、口頭で名と出身地を申し述べるだけでよい。

京口御門の千人溜《せんにんだまり》で順番待ちをしながら、それでもみちは気が気でなかった。男装を見破られるかもしれない。人見女に体を探られれば、女だとばれてしまう。それに万が一、新居関所での一件が伝わっていれば、またもや悶着《もんちゃく》が起こりかねない。

「案ずるな。びくびくするとかえって怪しまれるぞ」

「わかっておる。案じてなどおらぬわ」

玖左衛門に強がって見せたとき、「次ッ」と声がかかった。みちと玖左衛門、米助とおひょうはひとかたまりになって門をくぐる。廏《うまや》のとなりに威嚇のためか、これみよがしに槍が何本か立てられていた。その先に大番所がある。

番頭や横目付など役人が居並ぶ座敷の前庭に整列して、四人は次々に名を述べた。

「わては道案内の米助にございます。これなる姪《めい》のおひょうをつれて、お江戸は深川八《ふかがわはち》幡町《まんちょう》で古着の商いをしておます兄のもとへ参るところにて……。こちらの旦那方はそれぞれにご所用にてお江戸へ……」

米助の口上だけで、意外にも通行を許された。女検めはむろん、それ以上の質問もなければ往来手形を見せよともいわれなかった。

あまりにもあっけない。肩透かしをくわされたような気がして、みちと玖左衛門は顔を見合わせる。

「さぁさぁ、一気に小田原宿《おだわらしゆく》まで行ってしまおうやおまへんか」

江戸口御門を出た千人溜で、米助が一同をうながした。

「こっからは下り坂やさかい、転ばんように気ぃつけなあきまへん」

声がはずんでいるのは、最後の難関を無事に通過したからか。

「小田原はご老中の大久保加賀守《おおくぼかがのかみ》さまのご領地だったか」

「箱根の御関所の管理も大久保家に一任されている。加賀守は十六で家督を相続され、二十歳《はたち》で奏者番に抜擢《ばってき》された逸材での、まだお若いがたいそうなやり手だそうな」

みちと玖左衛門は話しながら坂を下る。

老中は幕閣の最高権力者で、水野出羽守《みずのでわのかみ》、青山下野守《あおやましもつけのかみ》、松平和泉守《まつだいらいずみのかみ》、松平周防守《すおうのかみ》に大久保加賀守と現在は五名いた。大久保加賀守はいちばん若いだけでなく、その出世にもめざましいものがあった。奏者番から寺社奉行、大坂城代、京都所司代を経て老中に昇進するのが、幕閣での出世の典型的な一例である。

「加賀守は出羽守の覚えがめでたいらしい」

水野出羽守は、財政を司《つかさど》る勝手掛に任じられているので、老中の中でも権勢は並ぶ者なしといわれている。

「先年、越前守さまが京都所司代になられたのも、出羽守さまの引き立てによると聞いたが……」

みちが声をひそめたのは、米助とおひょうの二人が水野越前守の密偵ではないかと玖左衛門から聞かされていたからだ。たしかにそれなら、米助が三条《さんじょう》家に入りこんでいたわけも、おひょうが水野家の領地である浜松宿で突然、仲間に加わったことも納得がゆく。いや、突然ではない。おひょうは土山宿の旅籠、大黒屋の女中のおとりとして現れ、みちから盗んだ書状が偽物だと気づいたために、旅に加わったのだろう。

もっとも、米助とおひょうの二人に自分たちを害する気がないのもたしかなようで、実際、何度か危難を救われているから、玖左衛門も今は米助への態度を多少ながらやわらげていた。

米助とおひょうは危なげのない足取りで坂を下っていた。速く下りすぎて、ときおり立ち止まってはこちらを見上げている。

「さよう」と、玖左衛門も小声になった。「越前守は相当な野心家と聞く。出羽守にとりいって、なんとしても老中にまで昇るおつもりだろう」

幕閣内の権力争いなど、みちは関心がない。が、秋月黒田家の行く末にそれがかかわってくるとなれば、無関心ではいられなかった。現に、玖左衛門のふところには、みちが託した三条家から井伊家への書状がおさめられているのだ。

「井伊さまについてはどうだ。掃部頭さまと出羽さま越前さまとのかかわりは？」

井伊家と徳川将軍家のつながりは盤石である。江戸幕府開闢《かいびゃく》以来、井伊家は大老を輩出する家柄として諸大名に睨《にら》みをきかせてきた。

「おぬしも知ってのとおり、この四月、将軍家ご嫡嗣の元服でも掃部頭さまが加冠の大役をつとめられた。それだけ将軍家の信頼も篤《あつ》い、ということだ。胸の内でどうおもっていようと、出羽守も越前守も、掃部頭さまには逆らえぬ、ということだ」

だからこそ、掃部頭宛の書状がどれほど重要かわかる。秋月黒田家乗っとりを企む黒田本家の一派がなんとしてもみちの江戸行を阻もうとするのも至極当然だった。

「井伊さまがお味方してくだされば百人力なのだがの……」

「うむ。しかし、本家派がだまっておるとはおもえぬ」

今ごろは浪人どものしくじりを知って蒼くなっているにちがいない。次なる手を考えているのではないか。

「この分なら明後日《あさって》は品川宿《しながわしゅく》だ、いよいよお江戸」

「となれば、なおのこと、気をひきしめねばならぬぞ」

「玖左衛門。とうとうおぬしまで……。おれは……おれは……いや、今はなにもいうまい。われらが勝利をおさめるまでは」

「そうだ。よけいなことはいうな。瑾次郎。これからが真の戦、心して戦え」

玖左衛門の目を見てみちはうなずく。

延々とつづくかにおもわれた下り坂がようやく終わった。二人のかなたに小田原宿の板橋《いたばし》口が見えている。拍子抜けするほど容易な関所越えだったとはいえ、待ち時間が長かったためもあって、太陽はもう箱根山の背後へ隠れようとしていた。

十五

十一万三千余石の大名、大久保加賀守の城下町でもある小田原宿は、箱根の関所を越えてきた者、これからむかう者でごったがえしていた。さすがにこのあたりまでくると上方風の言葉は耳に入らない。忙しげで歯切れのよい江戸言葉がほとんどだ。米助の上方風とも公家風ともつかない話し方や一風変わったいでたち――平礼烏帽子に四布袴――ははるばる遠方からやって来た旅人以外の何者でもなかったが、実際はその反対で、米助はだれよりも地理に明るかった。

「ここは旅籠が山ほどおます。けど、どこもわさわさしてまっさかい落ちつきまへん。筋違橋《すじかいばし》からお城のほうへ曲がったとこに以前も世話になった先生の寓居《ぐうきょ》がおまっさかい、そちらへご案内いたしまひょ。ほれ、おひょう……」

玖左衛門と瑾次郎がなにもいわないうちに、おひょうは駆けだしている。寓居とやらの住人に知らせようというのだろう。

もし、京からの長い道中、一度ならず米助に助けられた事実がなかったら、瑾次郎はいざ知らず、玖左衛門が米助の誘いにのることはなかったはずだ。もちろん今でもまだ……というより、知れば知るほど米助とおひょうへの疑惑はふくらんでいたから、箱根の関所を越えた安堵がこれほど大きくなければ、もっと警戒していたにちがいない。

「よし。案内してくれ」

玖左衛門はあっさり了承した。追っ手の浪人どもを打ち負かし、最大の難所も越えて、ようやく肩の荷を下ろした。江戸が間近になって、心もうきたっている。

米助のいう「先生の寓居」とは、街道から小田原城へつづく道へ折れてしばらく行ったところを山側へ入る。竹藪にかこまれた一軒家で、簡素ながらも厳《いか》めしい冠木門《かぶきもん》のある武家屋敷だった。

「堅苦しいところはごめんだ。瑾次郎。やはりおれたちは旅籠にしよう」

玖左衛門は瑾次郎をうながして宿場へひきかえそうとした。が、体の向きを変えたときにはもう、武士の一団にとりかこまれていた。

「なんだ、おぬしら、何用だ？」

「米助。おまえはわれらを謀《たばか》ったのか」

玖左衛門と瑾次郎は同時に叫んだ。

「謀るやなんてとんでもおまへん。きちんとご説明を……」

米助がいい終わらぬうちに、武士の一人が進み出た。

「われらも事を荒立てとうはない。まずは中へ」

抜刀はしていない。が、柄《つか》に手をかけている。抗《あらが》ったところで多勢に無勢、逃れられるとはおもえない。

玖左衛門と瑾次郎は顔を見合わせた。

「どなたのご家来衆か、主の名をお教え願いたい」

「われら大久保家の郎党にござる」

「この屋敷はご老中の……」

「いかにも。なれど、ここには目下、さるお客人が滞在しておられる」

「わかった。厄介になろう。しかし明朝は夜明けと共に出立いたすゆえ、その旨、お客人とやらに伝えてくれ」

この期に及んでじたばたしても無駄だと玖左衛門は臍《ほぞ》を固めた。うながされるままに門をくぐる。瑾次郎の様子をうかがうと、瑾次郎も、眉をひそめながらも動揺を見せまいと平静をよそおっているのが見てとれた。

「今宵はこちらにておくつろぎを」

二人は青畳の清々《すがすが》しい小座敷へ案内された。床の間の花瓶はずんぐりとした土器《かわらけ》で、大ぶりの白い花をつけた山百合《やまゆり》が一本、無造作に挿してある。掛け軸はありふれた山水画で、たいして上手にも見えないからおそらく当主の手慰みかなにかだろう。

おひょうはとうに、米助もいつのまにか姿を消していた。

「あの二人、やはりおれたちを謀ったにちがいない」

「それにしても、まさか大久保加賀守さまの手の者だったとは……」

「いや。大久保家の者と決めつけるのは早計だぞ。そもそも大久保家にはわれらを捕える理由がない」

「だが加賀守さまはご老中、なにかおもうところがおありなのではないか。それとも福岡の本家からありもしないことを吹きこまれたとか……」

小声で話していると若党が迎えにきた。

「お客人が茶室にて一服さしあげたいと申しております。ご案内いたします」

強引に屋敷へ招き入れたのは、当然ながら魂胆があってのことにちがいない。このまま何事もなく明朝出立できるとはおもっていなかったから、二人は、それきたか、とばかり腰を上げた。敵か味方か。会って話を聞かなければわからない。

茶室は竹藪の一角にあった。茅葺の苔《こけ》むした庵《いおり》で、表から見るかぎり風雅を凝らしたというより打ち捨てられた廃屋といった趣である。目のとどくところに見張りがいるはずだと玖左衛門は周囲を見まわしたが、自分たちと若党の他に人影は見えなかった。生暖かい風が竹の葉を散らす音だけが聞こえている。

「ご無礼ながら、お腰のものを」

若党にうながされて、二人は一瞬ためらったものの脇差を手渡した。長刀は座敷の刀掛けに掛けたままだから、これで丸腰だ。

旅の途上で、よもや茶の湯に招かれるとはおもわなかった。正式な作法などすっ飛ばして二人はにじり口へ歩みよる。にじり口はその名のとおり人一人がかがんでとおるのがやっとだから、這い入るやいなや一太刀にされればそれで一巻の終わりだ。道中では不慮の死などめずらしくもない。たとえそうなっても「病死した旅人を当方で葬った」とでもとどければ、だれからも文句はいわれない。なにしろ、ここは大久保家の領地である。

「おれが先に入る。おぬしはここで待て」

玖左衛門は瑾次郎を押しのけてにじり口へ頭をさしいれようとした。異変を感じれば、瑾次郎を蹴《け》たててでもいち早く逃すつもりだ。自らが盾になって瑾次郎を守りぬく覚悟である。

「いや。おぬしこそ大事の身。おれが先だ」

玖左衛門に託した書状のことが頭にあるのか、瑾次郎も玖左衛門を押しのけようとした。二人はどちらも譲らない。と、茶室の中から豪快な笑い声が聞こえた。

「鬼でもおるとおもうてか。無粋者めらがッ。おぬしらの命をうばうなら、寝首をかくか毒をくらわすか、神聖な茶室を汚さずともいくらでも方法はある」

ほどなく二人は茶室で亭主に相対していた。外観にたがわず、質素一点張りの茶室である。亭主もそれに見合って髪をうなじでひとつに括《くく》り、麻でできた道服のようなものを着ている。

亭主は羽倉簡堂《はぐらかんどう》と名乗った。

「もしや……外記《げき》さまでは？」

おもわず瑾次郎はつぶやく。

「こやつを存じておるのか」

「父から聞いたような……もしや以前、豊後《ぶんご》におられたのでは？」

「さよう、外記のほうがとおりがよい。古処先生とは豊後におったころにお会いしたことがあってのう、われらが師であられた」

サクサクと茶筅《ちゃせん》をつかう軽快な音がして、まずは玖左衛門、つづいて瑾次郎の膝元へ素焼きの茶碗《ちゃわん》がおかれる。二人は神妙な顔で点《た》てられたばかりの茶を喫した。

「作法は存じておるようだの」

「ご無礼つかまつった。仔細《しさい》があって、危うき目におうたばかりゆえ……」

どのみち米助から報告をうけているはずだ。隠しても無駄だとおもったので、玖左衛門は正直に詫《わ》びた。

憶測は当たっていたようだ。外記は鼻を鳴らした。

「大久保と本多の因縁は知る人ぞ知る。だが二百年も昔の仇《かたき》を今になってとるほど暇人ではない。だいいち、わしは大久保家の家臣ではないぞ。単なる食客だ」

因縁というのは、玖左衛門の主君、遠江守の先祖の兄である本多正信《まさのぶ》が加賀守の先祖の大久保忠隣《ただちか》をこじつけの咎で失脚させた一件だが、これは江戸幕府開闢当時の出来事だった。何代も経てきた老中の大久保加賀守と若年寄の本多遠江守に確執はないはずだ。

「ご老中のことはともあれ、外記さまはなにゆえわれらを？」

瑾次郎は話をもどした。じれったくなったようだ。

「ご貴殿がわれらをお泊めくださるわけを、お聞かせ願いたい」

口調は丁寧だが、声には非難がこめられていた。相手の魂胆がわからなければ戦いようがない。

外記は瑾次郎へ視線を移した。柔和なまなざしが一変して、詮索する目になる。

「うむ。されば早速、本題に入るか。おぬしらにここへ来てもろうたのは、ご老中にかわって下知を申し渡すためだ」

「下知……」

「有り体にいえばご老中からの申し渡しだ。ただし大久保加賀守ではない。が、そうおもうてくれてもかまわぬ。いずれにせよ、逆らうことはできぬ。単なる伝達役のわしとしては、命令をとり消すわけにも変更するわけにもゆかぬ。つまり、われらは下知に従うしかない、ということだ」

「従わねば斬る、とでも……」

「そういうこともある」

やはりおもったとおりだった。瑾次郎はにわかに色めきたったが、玖左衛門は膝においていた片手をわずかにうかせて、瑾次郎に落ちつくよううながした。その上で、ひと膝すすめる。

「うかがおう」

「まずは石上玖左衛門、おぬしはこたびの一件から速やかに手を退《ひ》くように。江戸へ参って本多遠江守にもその旨を伝えよ」

「しかしなにゆえ……」

「遠江守は江戸でもなにやら嗅《か》ぎまわっておるそうな。だが大名家の内情を探るは若年寄の任にあらず。ご老中の役目に若年寄が口をはさむは迷惑千万。さよう、しかと伝えてもらいたい」

若年寄の家臣である玖左衛門については、少なくともこの場で斬り捨てるつもりはないらしい。もちろん、下命に従えば、ということだが……。

問題は瑾次郎だった。瑾次郎をどうする気か。それが心配で、玖左衛門は自分のことには頭が働かない。

「拙者はこれなる原瑾次郎を無事に江戸へつれて参るよう、主より命じられておる。ご貴殿は瑾次郎どのをいかがなさるおつもりか。それがわからねば、手を退けといわれても承引いたしかねる」

「玖左衛門、おれのことなら……」

「いや。おぬしはだまっておれ。外記さまとやら。拙者も武士の端くれゆえ、いったん請け負った役目を途中で放りだすわけにはいかぬ。それでもそうせよと仰せなれば、拙者にかわって瑾次郎どのを無事に江戸へ送りとどけるとの約定をいただきたい」

外記は考える目になった。

「今もいったが、わしはただの伝達役ゆえ、なんの約束もできぬ。が、原瑾次郎には江戸にて働いてもらわねばならぬ仕事がある。つまり、無事に江戸へ送りとどけるということなら、たしかに請け合おう」

「それがしに、なにをせよ、と仰せにございますか」

今度は瑾次郎が身を乗りだした。

「遠江守が首を突っこもうとしていたことを、おぬしに探らせようというのではないか。おぬしももとよりその気だろうが、ご老中は直《じか》にその成果を知りたがっておられる」

「ご老中が、秋月黒田家の、内情を……」

「実のところ、黒田本家については近年、いろいろと気がかりがあるらしい。わるい話ではなかろう。おぬしには新たな後ろ盾ができる」

外記は瑾次郎に、老中の密偵になれ、といっている。

外記がいう老中が大久保加賀守でないとしたら、いったいだれなのか。いずれにせよ、その老中が加賀守と昵懇《じっこん》であるのはたしかだろう。そして両者は、福岡黒田家に不穏なものを感じて目を光らせている。よもやとはおもうが、秋月黒田家の継嗣問題が本家を巻きこんだお家騒動とみなされれば、本家・秋月家ともに窮地に陥ることもありうる。

もっとも、それは瑾次郎が井伊掃部頭に嘆願しても同様だった。掃部頭が秋月黒田家のために動いてくれるとはかぎらないし、それどころか騒動を盾にとって無理難題をふっかけてくるかもしれない。さらにいえば、本多遠江守にしても、まだ秋月家の側につくと決めているわけではなかった。

事は急を要する。この場であれこれ悩んでいるひまはない。

「瑾次郎。選択の余地はなさそうだ。相模湾の藻屑となるか箱根山の塵芥《ちりあくた》と化すか、いずれにせよ、ここで斬られては無駄死にだぞ」

玖左衛門は瑾次郎に目くばせをした。

「おれは手を退く。向後、おぬしの家中の一件には一切かかわらぬ」

おもいは通じたようだ。瑾次郎は両手をついた。

「承知しました。これまでのご恩は忘れませぬ……といいたきところなれど、もとより他家を巻きこむつもりはございませなんだ。こたびのことはお忘れください」

瑾次郎は玖左衛門の目を見返した。その目はふところの書状を無事に江戸へはこんでくれといっている。江戸にありさえすればいかようにもなると考えているのだろう。

「されば外記さま、あとのことはおまかせいたす。ではごめん」

玖左衛門は腰を上げた。ぐずぐずしていて外記の気が変わり、捕らわれでもしたら一大事だ。ふところを探られないうちに逃げるにしかず。

「遠江守にしかと伝えよ。今後一切、大名家を嗅ぎまわることまかりならぬ。これは、ご老中からのご下命である」

外記のその言葉に追いたてられるように、玖左衛門は寓居をあとにした。宿場へもどり、その夜は本町《ほんちょう》の旅籠の大部屋へもぐりこむ。油紙で包んだ書状を胸に抱いて寝た。

十六

玖左衛門が出ていったあと、みちは外記から質問攻めにあった。

なぜ江戸へ行くのか。

だれの指示で動いているのか。

京ではなにをしていたのか。

内大臣の三条公修とはどんな話をしたのか。

江戸へ行ったらだれを頼り、どこに滞在して、なにをするつもりか……等々。

「なんと仰せられましても、これ以上はお答えできませぬ。なぜなら、拙者も知らされておらぬからにございます」

父古処の志を継いだ病身の兄から、江戸へ行くように命じられた。京で三条家へ立ちよったのは、継嗣問題が生じていることを知らせて力添えをたのむためで、これには三条家に嫁いでいる先代当主の後室の姪がひと肌脱いでくれた。おかげで内大臣から井伊掃部頭宛の紹介状をもらうことができたが、不運にも道中、盗まれてしまった……。

「その話は聞いておる。偽物とすりかえられておったとか。黒田本家が雇った浪人どもの仕業であろう」

みちははっとした。が、平静をよそおってうなずく。

書状を盗んだのは、やはりおひょうだったのだ。おそらく米助の指示によるものだろう。二人は書状が偽物だと気づいた。が、先手を打って偽物にすりかえておいたとはおもわず、自分たちより先にだれかが書状をすりかえたとおもいこんでいるらしい。

ひとつだけみちが安堵したのは、玖左衛門が持っているとはいまだ知られていない、ということだ。

「拙者も浪人どもの仕業だと考えております。内大臣さまの紹介状がのうては掃部頭さまに面会ができぬやもしれませぬ。それゆえ、八方ふさがりとなった場合を考え、遠江守さまにもお口添えをいただけぬものかと……」

「ふむ。だが井伊家以外にも伝手《つて》はあろう。そのためにはるばる江戸へ参るのだ」

「伝手はございませんが……江戸屋敷には父や兄も一時期、滞在しておりました。懇意にしておった者も一人ならずおるはず。まずは、家中でなにが起こっているか、それを探り出すことが肝要。殿のご健勝をたしかめた上で、次なる手《て》筈《はず》を考えようとおもうております」

「おぬしがもし、秋月におられる先代のご後室の意を汲んで動いておるなら、伝手は奥御殿であろうの。そのほうは美形ゆえ、いっそ女子に扮《ふん》して奥御殿へ入りこんでみてはどうだ。いや、女子にしてはちと背が高すぎるか」

全身を睨《ね》めまわされて、みちは心の臓がとびだしそうになった。女だてらに男のふりをしている。女にもどるならまだしも、女に扮している男のふりをするのはさぞや骨が折れるにちがいない。ともあれ、外記は自分を男だと信じているようだ。

それこそ望むところ――。

そうおもう一方で、玖左衛門はどうおもっていたのかとふっとおもった。舟の上で玖左衛門に抱きとめられたときの昂りは今も胸に刻まれている。

「今一度、念を押しておく。本多遠江守はこたびの一件から手を退かせる。よって会うても無駄だ。向後はすべて当方へ……いやいや、わしではない。何度も申すが、わしは代弁者にすぎぬ」

「なれば、どなたに、いかにして、お知らせいたせばよいのでしょうか」

大久保家の江戸上屋敷へ駆けこめとでもいうのか。いや、加賀守でもないとすると、どこへどうやって知らせればよいのか、さっぱりわからない。

外記はみちの疑念を一蹴《いっしゅう》した。

「おぬしがどこでなにをしておるか、さようなことは端《はな》から筒抜けだ。用があればこちらから繋《つな》ぎをつける。つまりはすべてお見とおし、勝手なまねをすれば命はない、さよう覚悟せよ」

外記は淡々とした口調で脅し文句を口にした。が、そこでふっと息をつき、表情をやわらげる。

「それにしても驚いたわ。かようなところで古処先生のご子息に会えるとは……これも先生のおひきあわせやもしれぬのう。瑾次郎と申したか。一筆認《したた》めてしんぜるゆえ、江戸へ参ったら五経《ごきょう》先生の山房を訪ねよ」

「五経先生……」

「知らぬのか。たしか肥後《ひご》の生まれと……ま、子供のころに江戸へ出てこられたそうゆえ知らぬのも無理はないの。うむ、江戸ではの、大儒と尊崇され、数多の門人が集う、当代一の儒学者だぞ」

おもいもよらぬ申し出だった。当代一の儒学者に会えると聞いて、みちは小躍りした。江戸へたどりついても、その足で秋月黒田家の上屋敷へ乗りこむわけにはいかない。家中がどうなっているか、皆目わからないのだ。本家派に見つかれば一巻の終わり。たとえ面会を求めるにしても、怪しまれぬよう周到な準備が必要である。むろん、本多家も今となっては頼れない。とりあえずは旅籠に落ちつくとして、どうしたものかと頭を悩ませていた矢先だった。

「ご配慮、かたじけのう存じます」

みちは五経先生への紹介状をありがたく拝領した。今は危急の秋《とき》、それどころではないが、この大事が落着したあかつきには、江戸の儒学がどの程度まで進んでいるか知りたいものだと目を輝かせる。

「されば今宵は旅の疲れを癒し、明朝、出立せよ。あ、いや、明日の出立は午《ひる》だった。それまでは、外出もまかりならぬ。よいの」

妙な命令である。なぜ、午まで待たねばならぬのか。

その答えは、翌日の午、ようやく出立を許可された際に判明した。

冠木門の前で、旅支度をした米助が待っていた。

「へへ、いろいろと算段がおましたんや。なんせ、宮仕えの身ぃやさかい……」

みちと米助は、大磯宿《おおいそしゅく》から平塚宿《ひらつかしゅく》へつづく街道を速足で歩いていた。できれば今日中に戸塚宿《とつかしゅく》まで行っておきたいが、出立時刻が遅かったのでせいぜい藤沢《ふじさわ》あたりまで行ければ御の字だろう。

みちは米助と距離をおいていた。はじめから怪しげな男だとおもっていたし、道案内を申し出た裏には魂胆があるのではないかと疑っていた。玖左衛門に忠告されてからは、ますます疑惑が深まってもいた。だから驚きはさほどなかったが、裏切られだまされた不快感はぬぐえない。京から小田原までの長い道中、当たり前の顔で苦楽を共にしたあとの手のひら返しは、やはり、なによりこたえていた。

米助もみちの反感がわかっているのだろう、はじめのうちは話しかけてこなかった。神妙な顔で出方をうかがっているようだったが、半日ほど経ったころから、はじめは恐る恐る、そのうちなにもなかったかのような顔で、気軽に声をかけてくるようになった。

「この山の先が平塚宿におます。ま、山っちゅうほどの山やおへんけど、高麗寺《こうらいじ》って寺に権現様のお社がおまして、そこの庵は大昔、虎御前《とらごぜん》って女人が尼さんになって棲《す》みついたんやそうで……。ほら、曾我十郎《そがじゅうろう》はんが討たれはったあとに……」

「ひょ、また舟渡しや。わてはこういう小っこい舟が大の苦手で……」

「いくらあと一里いうたかて、もう真っ暗や。戸塚までは無理どす。藤沢宿で旅籠をみつけたほうがええのんやおまへんか。こっちのが旅籠もたんとおまっさかい」

みちは勝手にしゃべらせておいた。ときおり相槌《あいづち》くらいは打つものの、自分から話しかけはしない。とはいえ、今宵の宿を藤沢にするか戸塚にするかという段になったときだけはだまっていられなかった。

「おれは夜明けになってもよい。戸塚宿まで行くぞ。おまえは勝手にしろ」

「せやけど、無理して行かはったかて宿がのうては目もあてられまへん。美味いもんを食うて湯につかってゆっくり休んで、ほんで明朝、早う出立したほうが利口どす」

みちはため息をついた。

「たしかに、おまえのいうとおりやもしれぬの。わかった。そうしよう。だが、旅籠はおれが決める。いきなり捕らわれるのはこりごりだ」

「もう、いいかげん、ご勘弁を」

二人は「ひたちや」という旅籠に泊まることにした。大部屋を衝立で仕切った、どこといってかわりばえのしない旅籠である。

みちは、米助が眠っているあいだに出立しようかとも考えた。が、すぐにその考えを捨てた。米助ならみちを逃すようなヘマはしないだろう。もししたとしても、別のだれかが追いかけてくる。勝手のわからぬ江戸で逃げおおせられるかといえば、その可能性はかぎりなく小さい。

それなら反対に米助を利用してやってはどうだろう――。

「おい。一献やろうではないか」

声をかける。

とっさに警戒の色を見せたものの、「酔わせて逃れようという肚《はら》はないゆえ安心しろ」と、みちがいうと、米助は徳利をかかえて衝立のこちら側へやってきた。

「大酒を呑んでもおまえは酔わぬ。酔ったふりをするだけだ。さようなことはとうにわかっている。おまえがただの仕丁でないことも……」

「へへへ。そういうことやったら、お相手さしてもらいまひょ」

「それにしても、玖左衛門を追い払うとはのう。そのことでは腹を立てている。が、おまえはおれの命を救うてくれた。それも一度ならず。明日は品川ゆえ、道中最後の晩くらい共に酌みかわそうではないか」

みちのその言葉に嘘はなかった。筑前国秋月を出たのは昨夏だ。秋には旅の途上で江戸に在住していた嗣子の訃報《ふほう》を耳にした。さらに今年三月、参勤交代で秋月黒田藩主の長韶が江戸へ到着したあたりから不穏な気配がたちこめた。長韶の安否は不明、継嗣問題もとどこおっているようで、みちに急遽《きゅうきょ》、密命が下った。男に変装して江戸へおもむき、秋月黒田家を意のままに動かそうとする本家派の陰謀を打ち砕くべく一石を投じる役目を担うことである。まずは京で三条家を訪ね、内大臣から井伊掃部頭宛の書状を入手。危うい目にあいながらも東海道をここまで歩きとおしてきた。やっとのことで江戸の入口が近づいてきたとなれば感無量だ。

「ところでおまえは、いつまでおれを見張る気だ？」

米助の湯呑《ゆのみ》へ何度か酒を注いでやったところで、みちはたずねた。

「そいつはまぁ、もうええ、いわれるまでやな」

「だれがいうのだ？　外記とかいう侍か」

「いや、あのお方は、わての主やおまへん」

「ならだれだ。おまえはだれの命で動いておるのだ」

まぁまぁまぁ……と、米助もみちの湯呑を酒で満たした。

「あのお方は、ご自身で仰せられたとおり、さるご老中の意をうけて旦はんに下知を伝えはっただけや。大久保加賀守はんも、わてのお殿はんも、そのご老中には頭が上がらしまへん」

加賀守が若くして出世したのは、幕閣で絶大な力をもつ老中にひきたててもらったからだという。そのおなじ昇進への道を、米助の主も追いかけていた。つまり、出世のために手柄を立てたくてうずうずしている米助の主にとって、大大名の福岡黒田家にかかわる秋月藩のお家騒動は恰好の手づるというわけだ。

ここまで聞いただけで、みちはもう米助がだれのために働いているか、いい当てることができた。玖左衛門も話していた。

絶大な権力をにぎる老中は――水野出羽守。

その出羽守にとりいって、加賀守同様の出世を狙っているのは――水野越前守。そう、京都所司代をつとめる浜松藩主だ。米助を三条家へ送りこみ、そこで黒田家の継嗣問題を嗅ぎつけた越前守は、米助に新たな役目を命じた。しかも、若年寄の本多遠江守が動きだしたと知って、邪魔者を取り除くことにした。手柄を独り占めするためだ。「本件はご老中の任にござる」と出羽守を焚《た》きつけたか。「井伊掃部頭さまが出張ると事がやっこしゅうなるのでは……」とでも囁《ささや》いて出羽守をあわてさせたか。

大老を出すほど由緒ある井伊家は、出羽守にとって目の上のたん瘤《こぶ》である。できればひっこんでいてほしいというのが本音だろう。

大方の動きはわかった。が、みちにとって、いちばんの気がかりは秋月黒田家の行く末である。本家に乗っとられるのはなんとしても防ぎたいが、かといって、老中からお家騒動だとみなされて本家と共倒れになるのでは本末転倒だ。このたびの継嗣問題があらわになったとき、出羽守がどう動くか、肝心のところがまったく見えない。

となれば、最悪の事態を防ぐためにも、本家派の意のままに嗣子を決められてしまう前に、秋月黒田家独自で嗣子を定めるしかない。継嗣問題が公になり、両家が窮地に立たされる前に、事を為《な》す必要がある。なにかの事情で藩主にそれができないなら、将軍家に直訴してでも……。

「米助。おれはおまえの主がだれか知っておるぞ。なんのためにおまえがおれにつきまとっているのかも。じゃまにはせぬゆえ、おまえはおまえの役目を果たすがよい」

「へ？　そいつは、どないなことでっしゃろ」

「休戦しようというのさ。手を携えて、秋月黒田家の真実を暴きだそうではないか」

みちの態度が一変したので、米助は疑わしげに首をかしげた。

「酔ったからいうのではない。あの浪人どものような敵に襲われたとき、独りではどうにもならぬ。玖左衛門どのがおらぬとなれば、おまえに助勢を請うしかなかろう」

「へい。そないなことやったら、むろん……」

「三条家で認めてもろうた書状を盗まれた。おれの一生の不覚だ。早速といってはなんだが、江戸へ参ったらまず身のおきどころを探さねばならぬ」

「へい。わても外記さまからうかごうてます。渋谷《しぶや》の羽沢《はねざわ》村へ行けと」

「うむ。ありがたく従うつもりだ」

「へい。それがようおます」

二人は酒を呑み干した。

今は米助を味方につけておくほうがよいと、みちは考えを改めていた。油断をさせるでなければ、玖左衛門と落ち合う算段さえままならない。

玖左衛門は無事、江戸への旅をつづけているのか。書状は無事か。

逢《あ》いたい、と、みちはおもった。小田原城下の武家屋敷から玖左衛門が独りで去っていったとき、みちはこれまで感じたことのない喪失感にとらわれた。今日一日、黙々と歩いていたときも、玖左衛門の面影ばかり追い求めていた。まるで、目の前を歩く見知らぬ男の背中という背中が皆、玖左衛門のそれであるかのように……。

一緒に旅をしてきた者が急にいなくなったので、それで物寂しさを感じるのだとはじめはおもおうとした。書状を託している以上、江戸で逢うことは必定。二度と逢えないわけではないのだと自らをなぐさめた。

そうしながらも、不安になった。これまでこんな気持ちになったことはなかった。だれかにそばにいてほしいと、切実に願ったことは……。

自分が女だと知ったら、玖左衛門はなんとおもうか――。

考えただけで動悸《どうき》がして、頰が熱くなる。みちは自分の動揺ぶりに困惑し、にわかに不安になって、おもわず衝立のむこう側をのぞいた。

米助は酔いつぶれて寝ていた。といっても、酔いつぶれたふりをしているだけかもしれない。本当に眠っているのかどうかもわからない。なにもかもがゆらいで、ゆがんで、あやふやになってゆく……。

「おれも寝ておかなければ」

みちも横になった。

久々に深酔いしたようだ。

明日は江戸、品川宿。昂る心をしずめて目を閉じる。

十七

小田原宿をあとにしたときから、玖左衛門はだれかにつけられていることに気づいていた。姿は見えない。物音も聞こえない。が、かすかな気配が感じられる。

ついてくるなら来い、死んでも書状は渡さぬぞ——。

声には出さないが、正体不明の追っ手に挑戦の言葉を投げつける。

瑾次郎をおいてきたことが気になって、昨夜は眠りが浅かった。瑾次郎はあのあとどうなったのか。無事に江戸へ出立しただろうか。武家屋敷へひきかえして見張っていることもできたが、屋敷のまわりをうろうろしていて、もし見つかれば今度こそただではすまない。いずれにしても独りで瑾次郎を助けだすことはまず不可能だし、瑾次郎自身も書状を危険にさらすことは望まないだろう。そうおもいなおして玖左衛門は先を急ぐことにした。

危害を加えられる心配はないはずだ。なぜなら、あの外記と名乗った侍が黒田本家ではなく老中の手先なら、瑾次郎を亡き者にしたところでなんの得もないからだ。そうはいっても……。

瑾次郎、おぬしは人が好《よ》すぎる。だれも信じてはならぬぞ――。

玖左衛門は瑾次郎の面影に語りかける。

瑾次郎はこれまで見てきた若侍のだれともちがっていた。見かけは颯爽たる若侍だが、ふと見せるまなざしや仕草にたおやかなやさしさが感じられる。女子のような恥じらいを見せるときもあって、こちらがどきりとすることも……。なぜか、放っておけない。女子……そう、もし瑾次郎が女だったら……。

いや、瑾次郎は男子だ。手をさしのべたくなり、支えてやりたくなるのは、自分が瑾次郎を弟のようにおもっているからだろう。共に旅をしていたこの何日か、玖左衛門はなによりも瑾次郎の気持ちにそおうと考えてきた。瑾次郎の爽快な笑顔が見たくて、はずむような声が聞きたくて、自分の分を忘れてしまったことさえあったほどだ。瑾次郎がどこかへつれ去られてしまったあのときの驚愕と焦燥は筆舌に尽くしがたいものだった。危難を乗り越えてようやく小田原宿までやってきたのに、獅子身中《しししんちゅう》の虫、米助にしてやられようとは……。

愚痴はやめろ、玖左衛門、役目を果たすのだ――。

己にいいきかせる。

玖左衛門はひと足先に江戸へおもむき、遠江守に仔細を知らせて、瑾次郎の力になってやってくれと嘆願しようと考えていた。老中から手を退けと命じられればたいがいの者は尻込みするはずだ。が、表向きはともあれ、あの遠江守が「されば承った」とあっさり手を退くとはおもえない。遠江守は反骨精神の塊である。こうと決めたらやりとおす男でもあった。妥協はしないし手もゆるめない。堅物といわれるゆえんだが、だからといって、薄情な人間ではなかった。秋月黒田家の内紛に首を突っこむことになったのも、古処への哀惜、白圭（瑛太郎）への憐憫《れんびん》、学問に勤《いそ》しむ者同士の同志愛があったからにちがいない。

おれも退かぬぞ。瑛太郎どのとの約束は、断固、守る――。

己との対話をくりかえしながら、玖左衛門は歩みを速める。

だれかがあとをつけてくる気配はまだつづいていた。

目の先に平塚から藤沢へむかう途中にある四谷《よつや》村が見えた。この村は大山道《おおやまみち》の起点でもあり、名物の牡丹餅《ぼたもち》を商う茶店が街道沿いに軒を並べている。玖左衛門はふとおもいついて、その中の一軒の縁台へひょいと腰を掛けた。

「おーい、牡丹餅をくれ。麦湯も」

「あいよ。ちょいとお待ちを」

見ないふりをしながら目の隅であたりの様子をうかがっていると、後ろからやってきた瞽女《ごぜ》が戸惑ったように立ち止まり、一軒手前の茶店の、やはり街道に面した縁台に腰を掛けるのが見えた。小柄な女で、裾からげをして足ごしらえは甲掛草鞋、片手に杖、片腕には袋に入った三味線らしきものを抱えている。頭に手拭を掛けたその上から菅笠を目深にかぶっているので顔はわからない。

瞽女も麦湯を注文したようだが、三味線や杖は脇へおいても菅笠はかぶったままだ。

玖左衛門は銅銭をおき、唐突に腰を上げた。

「あれ、餅が今……」

「あそこの子供に食わせてやれ」

街道をそのまま進むとおもわせ、身をひるがえして大山道へ曲がる。もし自分のあとをつけていたのがあの瞽女なら、玖左衛門が大山道へ曲がったのを見て狼狽するにちがいない。あわてて追いかけてくるはずだ。

玖左衛門の目論見《もくろみ》は当たった。

「おまえか。おひょう。いつから瞽女になったのだ？」

道端の物陰から現れた男にいきなり話しかけられて、おひょうは文字どおり跳びあがった。

「つけられているのは知っておったが、まさか、おまえだったとはの」

おひょうは――たしかにおひょうにはちがいなかったが――まるで別人のようだった。いかにも田舎娘といった垢抜《あかぬ》けなさはみじんもなく、ぐんと大人びて色香さえただよう。浅黒かったはずの肌が白くなって、固太りだったはずの体がほっそりしているせいだろう。寸分たがわず玖左衛門の視線をとらえている見えないはずの目までが、切れ長になったように見えた。

これは、もしや――。

「あたいでわるかったね。あんたのあとをつけたって、面白くもなんともないけど」

「だったら無駄に時を費やすことはない。おれにはかかわるな」

「そうしたいのはやまやまだけど、ご下命には逆らえない。あんたが本多の屋敷へ入るとこを見とどけないと」

玖左衛門は今や確信していた。

「菅笠と手拭を脱いで目元に黒子をつければ旅籠の女中か」

「へん、今ごろ気づいたのかい」

「おまえは、おまえらは、はじめから瑾次郎を探っていたんだな」

「いったろ。あたいも米助もご下命に従ってるって」

「そうか。ならやむをえぬ。旅は道づれだ」

江尻宿で殺気だった浪人どもを打ち負かすことができたのは、おひょうの働きによるところが大きい。艀をあやつり、浸水した舟で溺れるという芸当までしてみせるほど、おひょうは命知らずだった。瑾次郎を救いだすために命がけの働きをしたのだとおもえば、玖左衛門もおひょうを責める気にはなれなかった。玖左衛門が「秋月へ行け」という下命に逆らえなかったように、おひょうが米助——いや、おそらく水野越前守の——下命に従うのは当たり前だ。

それにしても、おひょうの変身ぶりはどうだろう。どこから見ても瞽女、首をまわし目を泳がせる仕草を遠目で見たら、目の不自由な女としか見えない。

「三味線も弾けるのか」

街道へもどり、江戸の方角へつれだって歩きながら、玖左衛門はたずねた。正体がばれた今はもう瞽女のふりをつづける必要がなくなったので、おひょうは歩きなれた人らしくすたすたとついてくる。

「おや、投げ銭でもくれるのかい。それなら弾いてやってもいいけど」

「今はやめておこう。それにしても、巧《うま》く化けたものだ」

「婆さんにも子供にも、なんにだって化ける。見破られたことは一度もない」

「化ける……そうか、男の船頭にも難なく化けた……」

「女はね、化けるのが得手なのさ」

いちばん変わったのは言葉づかいだろう。口が重かった女が饒舌《じょうぜつ》になったばかりか、いつのまにか伝法な東言葉《あずまことば》になっている。

その日は戸塚宿を越えて保土ヶ谷宿《ほどがやしゅく》まで歩きとおした。もとよりおひょうは疲れを知らない。二人は桔梗屋《ききょうや》という旅籠で旅装をといた。

「おい。おまえも呑まぬか」

夕餉をとる際、玖左衛門はおひょうに声をかけた。到着した時刻が遅かったので、賄場の脇の板間で冷たくなった飯に湯をかけて食べているのは二人きりだ。

おひょうが年季の入った密偵なら、深酔いしても秘密をもらしはしないはずだ。が、なにか手がかりくらいはつかめるかもしれない。

「ああ。明日は品川宿、いよいよお江戸だ。前祝いってわけだね」

おひょうは玖左衛門の誘いを待っていたかのように、かたわらに身を寄せた。湯上がりに香でも塗ったのか、おひょうの体はほんのりと甘い香りがしている。

「おまえは江戸にもくわしいようだが、住んでいたことがあるのか」

おひょうの手にした猪口に銚子の酒を注いでやりながら、玖左衛門はたずねた。

「まぁね。少しは知ってる」

おひょうは口をすぼめてクィッと呑み干した。

「米助の姪だというのは嘘だな」

「あたいは捨て子でね。あいつとは今回のことではじめて会ったんだ。けど、噂は聞いてた。あいつはおっかないやつだよ、見かけとはちがう……」

ためらいもせずに人を殺める。容赦なく止《とど》めを刺す。敵にまわせばあれほど恐ろしい男はいないといわれて、玖左衛門は、江尻宿の湊での光景——船着場まで泳いできた浪人をひきあげてやると見せて一撃で突き殺したときの米助——をおもいだしていた。

「瑾次郎が浪人どもにつれ去られたときだ。米助は崖から落ちたおまえを助けた」

「足手まといになりそうなら捨てていったサ。けど瑾次郎が襲われた。相手は強敵だ。あたいにはまだ使い途《みち》があるとおもいなおしたんだ」

玖左衛門は眉をひそめた。

「米助は今、どこにいる？」

「瑾次郎と一緒に江戸へむかってる」

訊くまでもないだろうと、おひょうは肩をすくめた。そう。おひょうが自分のあとをつけてきたのだから、米助が瑾次郎の見張り役をつとめるのは理に適《かな》っている。

「水野越前守……おまえらの主は、いったいなにを企んでおるのだ。よもや福岡・秋月ともども黒田家をとりつぶそうというのではなかろうの」

「知るもんか。あたいはあんたを見張る。米助は瑾次郎をあやつって秋月黒田家の内情を探らせる。知ってるのはそれだけだ」

おひょうのいうことは本当だろう。与えられた役目を全うすることで、おひょうも米助も、自分だって日々、生きのびている。

もう訊くことはなかった。これ以上、たずねたところで答えが返ってこないのはわかっている。玖左衛門はおひょうをおいて寝床のある座敷へもどろうとした。が、おひょうは玖左衛門の腕をぐいとつかんだ。

「話はまだ終わってない」

「おれは酔うた。そろそろ寝ておかぬと、明日のうちに品川へ入れぬぞ」

「だったらなおのこと、聞いといたほうがいいんじゃないかい」

「なんだ、話とは……」

「瑾次郎のことだ」

玖左衛門はうかせかけた腰を下ろした。

「手短にいえ。瑾次郎がどうしたと……」

「妙だとおもわぬのか」

「妙？」

「だれとも鉢合わせぬように、いつも、いちばん最後に冷めた湯につかる」

「たまたま遅くなっただけだろう」

「うっかり着替えてるとこへ入ろうとしたら、血相を変えて追いだされた。そういえば、人前では決して身づくろいをしない」

「母御にきびしゅう躾《しつ》けられたのだ」

「厠以外では用を足さぬぞ」

「それがどうしたッ」

玖左衛門は声を荒らげた。おひょうはなにがいいたいのか。

ふいに、おひょうは目を伏せた。あろうことか、世間並みの女たちが恋をしたときのように、悩ましげな吐息をもらした。

「あたいはこっそり見てたんだ。ずうっと、目を離さず」

「なにを見てただと？　おまえは、なにを、いいたい？」

おひょうは顔を上げ、濡れ濡れとした黒い眸で玖左衛門を見る。

「あんたは、瑾次郎を、男子だとおもってるのかい」

「なんだって？」

「あたいにとっちゃ都合がいいってなもんだけど。掟《おきて》に逆らえば首が飛ぶ。あいつが女子なら、その心配はないってことサ」

文政十一年五月十五日、午後のまだ早い時刻に、玖左衛門とおひょうは品川宿へ到着した。その足で神田橋御門《かんだばしごもん》にほど近い駿河国田中藩の本多家上屋敷へむかう。

一方のみちと米助は、同日夕刻、品川宿へ入った。亡父、つづいて兄が踏みしめた江戸の地に自分が立っているという事実に、みちは頰を上気させ、息をはずませる。

そのころ、はるか遠い九州、豊前国岩熊村の茅屋では、もはや半身を起こすことさえままならなくなった病身の瑛太郎が、苦しい息の下、指を折って数えながら妹の江戸到着を祈りつづけていた。

瑛太郎の枕辺には、李白の漢詩を書写した冊子がおかれている。江戸にあった日々、この冊子に恋文をはさんでやりとりしていた。離れ離れになってからは、ここから詩の一句を選び、ていねいに書き写して、互いに送り合った。生涯ただ一度の燃えるような恋は、今も瀕死の男の命の埋火《うずみび》となっている。

そして――。

芝新堀《しばしんぼり》にある秋月黒田家の江戸屋敷ではこのとき、またもやあらわになった惨劇に、家中の者たちが震撼《しんかん》していた。

第三章　〈江戸〉

一

雨上がりの庭に夏の陽射しが降り注いでいる。白い花をつけた立葵《たちあおい》のかたわらでは、露をおいたひと群れの紫陽花《あじさい》が瑞々《みずみず》しい輝きを放っていた。

あのときは初夏、まだ雨の季節を迎える前だったのに——。

兵庫宿のとある旅籠《はたご》の衝立《ついたて》を立てまわした薄暗い一角で、その夜更け、みちはじっと目を閉じていた。髪結いが月代《さかやき》を剃《そ》り落として銀杏髷《いちょうまげ》を結い、原古処《はらこしょ》の娘を弟の瑾次郎《きんじろう》に変身させてくれるのを待って……。

あれからひと月の余が経っている。

鏡台をひきよせ、鏡をのぞきこんだ。

曇りや雨の日が多かったので日焼けはさほどしていないが、東海道《とうかいどう》を歩きとおした肌は心なしかきめが粗くなったように見えた。女の柔肌には見えない。そもそも上背があるから男装が似合うといわれてきたし、男装のほうがのびやかな気分になれる。それでもこうして袈裟《けさ》を着て頭巾《ずきん》をすっぽりかぶってしまえば、だれが見ても立派な尼僧だ。

「上手《うま》いこと化けはったやおまへんか。ほんまもんの尼さんみたいや」

紫陽花の陰から、米助《よねすけ》がむくりと身を起こした。

「さようなところにおったか。油断のならぬやつめ」

「ここは五経《ごきよう》先生ゆかりのお寺、心配はおへんのやけどな。つい習い性で、追っ手に警戒してまいまんのや」

「追っ手などおらぬ。玄関から上がってこい」

「へへ、次からはそないしまひょ」

米助は濡《ぬ》れ縁にちょこんと腰をかけた。筒袖《つつそで》の布子に裁着袴《たつつけばかま》は相変わらずだが、今は烏帽子《えぼし》のかわりに投げ頭巾をかぶっている。広小路で猿回しや金輪遣いなど見せている軽業師のようだ。

ここは、浅草称念寺《あさくさしようねんじ》の敷地内に建てられた草庵《そうあん》である。

品川宿《しながわしゆく》へ到着した二人は、翌朝、渋谷《しぶや》の羽沢《はねざわ》村にある石経山房《せつけいさんぼう》という私塾へおもむいた。私塾を開いているのは五経先生と呼ばれる著名な儒者の松崎慊堂《まつざきこうどう》で、肥後国《ひごのくに》の生まれながら少年時代に江戸《えど》へ出て昌平黌《しようへいこう》で学問を積み、掛川《かけがわ》藩校の教授となったという。

隠居後は私塾を構え、諸藩の門弟たちに学問を教えていた。

「外記《げき》も儒者だ。羽倉簡堂《はぐらかんどう》の名は亡父から聞いている。今はなにをしておるのだ？」

「代官や」

「代官……」

「あちこち歴任してはるそうやけど、今は駿府《すんぷ》やおへんか」

あのときは駿府から小田原《おだわら》へお忍びで来ていた。そもそも米助の主《あるじ》の京都所司代・水《みず》野越前守忠邦《のえちぜんのかみただくに》の懐刀の一人だという。

「そうか。そういうことか……」

みちは深くうなずいた。自分は黒田《くろだ》家のことしか考えていなかった。秋月《あきづき》黒田家には、本家の福岡黒田家の支配から逃れるために、本家派に屈しない嗣子を迎えるべく画策している慈明院《じみょういん》や国家老の一派がいた。亡父や兄もその仲間で、みちは大役を託され、江戸までやってきた。が、それは領国内の、いわばお家の内紛だ。実際ははるかに大きな策謀が水面下で進行していたのだ。老中や若年寄、所司代や代官……各々の思惑がからみあって、黒田家という大名家の存続さえも危うくしかねない策謀が……。

ともあれ、外記こと羽倉簡堂の口添えがあったので、みちは五経先生に会うことができた。五経先生は外記より二十ほど年長であるらしい。還暦になるやならずの白髪まじりの老人で、みちの父古処や兄白圭《はくけい》とも会ったことがあるという。学問ひと筋の先生だから、外記の背後に水野越前守がいることなど、考えたこともないらしい。みちが父や兄から託された内密の役目を果たすために江戸へやってきたと打ち明けると、自らも若いころ身をおいていた浅草の称念寺へ仮寓《かぐう》するようにと紹介状を認《したた》めてくれた。諸藩の武士が出入りする私塾では身の安全が確保できない。

「秋月黒田さまのご家臣にも学問に熱心なお人がおられるが……」

近ごろはぱたりと姿を見せないという。

「そうそう、奥からもしばしばご使者が……」

秋月黒田家の正室、兼子《かねこ》は学問好きで、まわりにも才女がそろっていた。書物の問い合わせや漢詩の添削などやりとりがあると聞いて、みちは膝《ひざ》を乗りだした。

「たそさまというご老女さまをご存じでしょうか」

「たそ……おう、よう存じておる。才気煥発《かんぱつ》な、古参のご老女さまじゃ」

「拙者が真っ先に会わねばならぬのも、その、たそさまなのです。先生からたそさまに、拙者の到着をお知らせいただくわけには参りませんか」

初対面から無謀なたのみだとわかっていた。が、悠長にかまえているひまはない。はじめこそ逡巡《しゆんじゆん》を見せた五経先生だったが、外記の書状に古処の倅《せがれ》と書かれていたことが迷いを払拭《ふつしよく》したようだ。

「古処さまとは夜を徹して論議に花を咲かせたものじゃ。ご子息の白圭どのにも何度か会《お》うた。そういえば、白圭どのは、お忍びで来られたたそどのとここで会うたことがおありじゃった」

五経先生はたそに文をとどけて、みちが浅草の称念寺に滞在していることを知らせようと約束をしてくれた。

「ええと、瑾次郎どのじゃったの」

「いえ。霞窓《かそう》……霞窓尼が参っているとお伝えください」

ゆくゆくは娘を江戸へ遊学させたいと願い、その際はたそを頼れといっていた古処だから、当然、たそにはみちのことをたのんでいる。漢詩も見せているはずだ。最近は「采蘋《さいひん》」の号で知られるみちだが、亡父が江戸へ参勤したころは「霞窓」という号もっかっていた。万が一、本家派の目にとまったとき、慈明院采子《さいこ》ゆかりの采蘋より、霞窓のほうが怪しまれずにすみそうだ。

みちと米助は私塾の離れで旅の疲れを癒《いや》し、翌朝には浅草へむかった。

そんなわけで、他ならぬ五経先生の紹介状があったので、みちは称念寺の草庵へ仮寓させてもらうことができた。さらに、五経先生の文のおかげでたそからも返書がとどけられ、霞窓尼――みち――は、秋月黒田家の奥御殿を訪ねる算段がついたのだった。

「米助。ぬかりはないの」

「へい。尼さんやったら問題おへんそうで。五経先生の後押しもおまっさかい……」

うなずきながらも、米助は眉《まゆ》をひそめた。

「せやけど……お屋敷はなんやらとりこんではるそうどす。よほど用心してかからんと危のうおます」

「心配はいらぬ。おれが訪ねるのは奥御殿だ。よもや尼を斬り捨てる者はおるまい」

「けど男子《おのこ》はんやとばれたら……いくら上手く化けたかて、そないな物言いやったらすぐにばれてまうんやおまへんか。本性は隠しきれんもんどっさかい」

「わかった。心しよう」

みちはおもわず噴きだしそうになった。男だとばれるのではないかと米助は心配している。本当は女が女にもどるだけだと教えてやったら、どんな顔をするか。

みちは今日から数日を奥御殿ですごし、五経先生の門弟という触れ込みで、秋月黒田家の御女中たちに漢詩の手ほどきをすることになっていた。許可が下りるまで数日待たされたものの、最後には五経先生の威光が功を奏した。江戸でみちの顔を知る者はいない。秋月黒田の家中の様子を探るには絶好の機会である。

たそさま、ようやくお目にかかれますね――。

亡父や兄に絶賛された女性《にょしょう》とは、どのようなお人か。

「行くぞ」

みちは勢いよく腰を上げた。

「ほやからいうてまっしゃろ。尼さんらしゅうせなあきまへん」

「わかっておるわ……ではないか。はい、米助さん、参りますよ」

にっこりと微笑んでみせる。

「なんや、ま、女子《おなご》に見えんこともないけどな。付け焼刃やさかい、ぼろが出んようたのみまっせ。いくらわてでも、奥御殿まではお供でけしまへんよって」

案じ顔の米助にわざとあてつけるように、みちは袈裟を豪快に蹴立《けた》てて見せた。男のような足さばきで寺の裏木戸を出る。

二

本多遠江守《ほんだとおとうみのかみ》は、膝下《しっか》に並べた二通の書状をかわるがわる手にとって、今一度読み返していた。すでに何度か目をとおしているので文面は一字一句、覚えているのだが、さてこれをどうしたものかとおもいあぐね、そのたびについ読み返してしまう。

書状はいずれも数日前、玖左衛門《きゅうざえもん》が旅の報告と共にとどけてきたものだ。原古処の次男で白圭の弟でもある瑾次郎からあずかってきたという。

一通は秋月黒田家先代の後室の慈明院が姪《めい》の舅《しゅうと》にあたる内大臣・三条公修《さんじょうきんおさ》へ宛てた書状で、助力を嘆願する後室自身の文に、手蹟《しゅせき》はかわるものの秋月家の継嗣問題の経緯を説明する文面がそえられていた。

今一通は、内大臣から井伊掃部頭《いいかもんのかみ》への紹介状である。「この書状を持参した者に面会して話を聞き、力になってやってほしい」との文面で、具体的なことは書かれていない。

二通の書状を原瑾次郎ではなく玖左衛門が持参した理由については、玖左衛門が委細漏らさず、しかも順を追って説明したので、遠江守自身も大坂《おおさか》から秋月へ、秋月から京へ、さらには小田原へ、共に旅をしてきたような錯覚にとらわれていた。

「ようやった。古処どののご子息がご無事と聞き、安堵《あんど》したぞ」

「されど、ご下命に反し、こちらへ伴うこと叶《かな》わず……」

「そのほうのせいではない。長旅、大儀。まずは休め」

遠江守が玖左衛門をねぎらったのはいうまでもない。

玖左衛門はそのあと、老中からの下知を伝えた。

「ご老中とな……」遠江守が首をかしげた。「出羽《でわ》さまか」

「はあ。拙者も水野出羽守さまではないかと拝察いたしまする」

「そのほうが会うたのは外記と申したの。さすればまちがいない。駿府の代官、羽倉簡堂だ」

「駿府の代官……」

目をしばたたいている玖左衛門に、遠江守は儒者である外記のもうひとつの顔を教えた。

「つまり、こういうことだ。出羽さまはご老中の筆頭。政を牛耳っておられるのはそのほうも存じておろう。京都所司代の越前守は、同族水野のよしみもあって、なんとか出羽さまにとりいって老中の座に駆けのぼろうと必死のかまえ、わざわざ浜松《はままつ》へ領地替えまでしてみせた。その越前守が目をつけておるのが福岡黒田家だ。ご当主の備前守《びぜんのかみ》はお若いながら学問好きで知られ、将軍家の御覚《おぼ》えもめでたい。蘭学《らんがく》や本草学にも詳しく、長崎警備をきっかけにあのシーボルトとも親交があるらしい。越前守は大の異国嫌いゆえ、なにかと気に障ることがあるのだろう」

越前守が老中の出羽守に耳打ちをして許可を得、心利いたる外記に小田原城下で待ち伏せをさせた。そうにちがいないと遠江守の怜悧《れいり》な頭は即座に答えを出していた。越前守は獲物を狙う鷹《たか》のように黒田家の落ち度を暴き、老中に昇る足がかりを作ろうとしている。学問に熱中している福岡黒田家の若殿は、おそらくこの件には関知していないはずだ。が、それをよいことに、本家と秋月黒田家の佞臣《ねいしん》どもが秋月黒田家の嗣子に自分たちの都合のよい者をすえようと画策し、それに反発する一派と今まさに戦の火蓋《ひぶた》を切ろうとしている。

大筋は見えてきた。では、どうするか。老中からは速やかに手を退《ひ》くようにとの下知を伝えられたそうだが――。

遠江守は読み終えた二通の書状を膝下に並べ、じっと見つめた。

早々に決めなければならない。玖左衛門も待ちわびているはずだ。書状をたたんでふところへしまい、近習《きんじゅ》の若侍を呼びつける。

「御目付の桜井勝四郎《さくらいかつしろう》どのに使いをやり、できるだけ早《はよ》う参るようにと伝えよ。待て。石上《いしがみ》玖左衛門も同席させる。その旨、石上にも伝えておけ」

若侍は退出した。

遠江守はふっと片頰をゆるめる。

先日、長旅を終えたばかりの足でここへ報告に来たとき、玖左衛門は息を継ぐひまさえ惜しむような勢いでまくしたてたものだった。手を退いてはなりませぬ、黒田本家の横暴を見すごしてはなりませぬ、どうか古処さまのご子息をお助けくださいますよう……と。

考えておく、と遠江守は返した。が、玖左衛門は納得しなかった。

「本家の手の者はいまだ瑾次郎どのをつけ狙《ねろ》うておりましょう。しかも瑾次郎どののそばには越前守さまの密偵がはりついている。こやつがまた残虐非道な輩《やから》にて……となれば瑾次郎どのの身になにが降りかかるか、このまま見捨ててはおけませぬ」

「しかし、それだけで、秋月黒田家に肩入れするわけにはゆかぬぞ」

「それだけ？　書状をお読みいただいたはず。書状の真偽なれば、古処さまのご子息が命がけではこんで参ったことからも……」

「まあ、待て。旅の苦難を共にした原瑾次郎に同情する気持ちはわかるが……」

遠江守は次なる言葉を呑《の》みこんだ。玖左衛門のあまりに必死なまなざしに、返す言葉を失ったのである。

といって、即答はできなかった。事は重大である。いずれにしても表向きは手を退いたように見せなければならない。玖左衛門があの勢いで動きまわれば、あっというまに禿鷹《はげたか》のごとき越前守の餌食《えじき》になってしまう。

先日は「勝手に動くことまかりならぬ」と念を押し、沙汰《さた》を待てと命じた。書状はあずかる。原瑾次郎のものだからとりにくれば返してやると約束してやった。が、玖左衛門はまだ不服そうな顔をしていたので、「善処しよう、しばし待て」ともう一度いって、ようやく退出させた。

それにしても――。

遠江守はあのときの玖左衛門の顔をおもいだしていた。まるで、己の命より大切なものを守らんとする漢《おとこ》のように、決然とした貌《かお》をしていた。

遠江守は苦笑する。

あの熱の入れようは武士にあるまじきものではないか。遠江守は、武士とは冷静沈着であるべきだと常日頃から考えていた。玖左衛門は古処の倅によほど惚《ほ》れこんでしまったようだ。女子でもあるまいに……。

ふっと若き日の恋が脳裏をよぎった。遠江守は生母を知らない。生まれたときにはすでに離縁していたので、物心がつくころには母とひきはなされ、父の屋敷へひきとられていたからだ。だからかもしれない。母のように慕い焦がれ、恋心を抱いた侍女がいた。あのときの燃えるようなおもい……。当然ながら恋が実ることはなかった。しかるべき家から正室を迎え、以後、遠江守はひたすら政に邁進《まいしん》した……。

「まあ、よい。乗りかかった舟だ」

越前守の謀《はかりごと》を知りつつ尻尾《しっぽ》を巻いて逃げだすのは、なんといってもしゃくだった。

それに遠江守は、強き者より弱き者の肩をもつことを旨としていた。藩内でも、金銭の乏しい者たちにいかに学問をさせるかに腐心して、内証の苦しいなか、奨学金を出すような制度まで設けている。

玖左衛門にも、今一度、働き場を与えてやるか――。

神田橋御門にほど近い田中藩本多家の上屋敷の小書院で、遠江守は晩夏の庭をながめながら策を練りはじめた。

玖左衛門は頭を抱えていた。江戸屋敷の長屋からまだ一歩も出ていない。じっとしていろと命じられているからだ。

こうしているあいだにも、瑾次郎に魔の手が忍びよっているのではないか。遠江守を説得して助力をとりつけてやると豪語したのに、なにもできないまま一日また一日とすぎてゆくのは忸怩《じくじ》たるおもいだ。

これでは瑛太郎《えいたろう》どのに文も書けぬ——。

はるかな地で吉報を待ちわびている瑛太郎や二人の母をおもうと焦燥にかられる。江戸へ無事に着いたことだけでも知らせてやりたいが、それをたしかめるすべさえ今はなかった。小田原城下で別れるとき、互いに目と目で再会を誓い合った。瑾次郎のほうから書状をうけとりにくるのを待つよりない。

瑾次郎、おぬしはどこでどうしておるのだ——。

語りかけるたびに、おひょうから聞いた話が頭をよぎる。そのたびに玖左衛門の胸はざわめいた。おひょうは、瑾次郎が男子とはおもえぬ、といったのだ。女子が男子のふりをしているのではないか、と。

「馬鹿なッ」

玖左衛門は笑おうとした。が、よくよく考えれば、まったくありえない話とはいえなかった。藩の命運を左右する大任を帯びて、京では内大臣、江戸では井伊掃部頭、場合によっては将軍家へも直訴しなければならない。そんな重き役目を女の身で果たせようか。女では関所越えひとつとっても厄介なのだ。だから古処の娘は男に化けて……。

いや、それはない。古処の娘はあの場にいた――。

瑛太郎の寓居を訪ねたとき、奥の間から咳《せ》きこむ声が聞こえていた。瑛太郎も母親も、病んでいるのは瑛太郎の妹だといった。もっとも玖左衛門は顔を見ていないから、もしや、ということも……。

馬鹿馬鹿しい。気でもふれたか――。

玖左衛門はこぶしで頭を叩《たた》いた。長い道中を共にすごした。何度も酒を酌みかわした。あの呑みっぷりからしても女であるはずがない。若竹のような体つき、颯爽《さっそう》とした歩き方、豪快な笑い声……男でなくてなんだというのか。

「おひょうめ、いいかげんなことをいいやがって」

おひょうとは本多家上屋敷の門前で別れた。もう会うこともなかろう、達者に暮らせと、別れ際に玖左衛門はいった。が、おひょうは不敵な笑みをうかべただけだった。あの女がきびすを返して浜松へ帰るとはおもえないから、どこかで様子をうかがっているはずだ。遠江守が秋月黒田家にまだかかわるつもりなら、即刻、越前守に知らせ、妨害の一手を講じてくるにちがいない。

なんにせよ、今の自分はどうすることもできなかった。動くなと厳命されている。

ため息をついてどたりと仰向《あおむ》けになった。頭のうしろで両手を組んで天井をにらみつける。と、そのとき、

「おい、石上。剣術の稽古《けいこ》に行かぬか」

同輩が顔をのぞかせた。

「いや。今日はやめておく」

「こもってばかりおると黴《かび》が生えるぞ」

なにも知らない同輩にはただの怠け者に見えるのだろう。

「放っといてくれ」

玖左衛門は背中をむけた。

出て行ったかとおもったところが、

「石上玖左衛門」

またもや名を呼ばれた。

「うるさいッ」

「うるさいとはなんだ」

あッと玖左衛門は跳ね起きた。仏頂面で敷居際に膝をついているのは、遠江守の近習の若侍である。

「そこもととは存じませず……」

玖左衛門は居住まいを正し、頭を下げた。

「殿からの伝言だ。心して聞け」

「ははあ」

「八ツ刻《どき》（午後二時頃）に小書院へ参るように。御目付の桜井勝四郎さまも同席される」

「畏《かしこ》まってござる」

そのひとことで、もうごろごろしてはいられなかった。若侍を送りだした玖左衛門は、さっきとは別人のようにひきしまった顔になっている。

そうか、お心をお決めくださったか——。

御目付を呼びつけたということは、秋月黒田家の継嗣問題から手を退くつもりはないと宣言したようなものだろう。かかわる気がないなら、玖左衛門にひとこと、そういえばすむのだから。

瑾次郎。わが殿がお力をお貸しくださるぞ——。

遠江守の許しさえ得られれば、おもう存分働ける。こうしてはいられぬと玖左衛門は腰を上げた。八ツ刻まではまだ時間がある。鈍った体を鍛えておかねばならない。

よし。剣術の稽古だ——。

太刀をつかんで、玖左衛門は長屋を飛びだした。

三

秋月黒田家の上屋敷は三田《みた》の、新堀川《しんほりかわ》に架かる中《なか》ノ橋《はし》を渡った南岸にある。前後を大名屋敷、左右を寺社と川縁《かわべり》にへばりつくように並ぶ町家にかこまれた屋敷は、少なくとも表から見るかぎりは、ひっそりと静まり返って平穏そのものに見えた。

みちと米助は、久留米《くるめ》有馬《ありま》家の表御門がある東側へまわった。秋月黒田家ではそちらが裏御門で、奥御殿なら裏御門から入ったほうが近いはずだ。久留米有馬と秋月黒田の両家上屋敷が隣接していることは、亡父や兄から聞かされていた。

「有馬さまのお屋敷はそれは豪壮でのう、能舞台はむろん、御鷹場まで設《しつら》えておられる。贅沢《ぜいたく》なものじゃよ」

「なんと国許の水天宮《すいてんぐう》まで勧請《かんじょう》された。町民も参詣《さんけい》が許されるというのでたいそうな人気での、おれもよう参詣させてもろうたわ」

隣家となれば――おなじ九州の大名家というよしみもあって――家臣同士の交流もおのずとさかんになる。亡父から遊歴を命じられた際、女の独り旅はまかりならぬと秋月黒田家の許可が得られず、みちは久留米有馬家の家臣、豊島《とよしま》左善《さぜん》の養女という体裁で旅に出た。父や兄が江戸で隣家の家臣と親交を結んでいたおかげである。継嗣問題は家中の秘事、みだりに他家へもらすわけにはいかないが、このたびの一件が落着したら、みちは養家を紹介してくれた高木宗右衛門に挨拶《あいさつ》するつもりでいた。

久留米有馬家の表御門のかたわらには、屋敷内の水天宮とは別に神明《しんめい》と平川稲荷《ひらかわいなり》を祀《まつ》る社がある。二人はまず双方に手を合わせた。

「何日か滞在することになるやもしれまへん。なにがあるかわかりまへんさかい、わての助けが要るときはここへ……」

米助は楠《くすのき》の大木のうしろにしゃがんで、指で十文字を刻むまねをした。

「わかった。が、急を知らせる必要が生じたとして、奥御殿だぞ、助けようにもおぬしでは入れまい」

「わてをだれやとおもうてまんのや。どこへかて忍びこめますがな。お端下《はした》の侍女にでも化けて」

「ハハハ、飯炊き婆さんになら化けられるやもしれぬが……」

米助はむっとした顔。

「おまはんこそ、もうちっと女子らしゅうせな、色に出にけりや」

「心配無用。見ろ。どこからどう見ても尼僧だぞ」

「おとなしゅうしてはったら、ま……ともかく大口開けて笑《わろ》うたらあきまへん」

米助の案じ顔がおかしくて、みちはわざとまた大笑いをしてみせる。一変、しとやかに辞儀をして、

「ほな、ここで」

と、きびすを返した。社の石段を慎重に下りる。下りきったときにはもう、米助のことは頭から消えていた。いよいよ秋月黒田家の奥御殿へ足を踏み入れるのだとおもうと、さすがに四肢がこわばって、心の臓が喉元《のどもと》までせり上がってくるようだ。同時に、胸が

高鳴っていた。たそにようやく会える。その瞬間が目の前に迫っている。

裏御門には槍《やり》を手にした門番が立っていた。道をはさんで向かいの有馬家の表御門のほうをながめている。みちは石経山房の五経先生こと松崎慊堂の門弟の霞窓尼と名乗り、奥御殿の老女へのとりつぎをたのんだ。

尼姿に安堵したのか、門番は扉を開いた。

「御玄関に表使《おもてづかい》の知世《ともよ》さまがおられる。御対面所へ案内してもらうがよい」

「ありがとう存じます」

みちは膝を折って辞儀をした。ここからはもう男ではなく女だ。だれにどう疑われようと、正真正銘の女だからびくつくことはない。

玄関へ入るや、御女中に迎えられた。

「お待ち申しておりました。五経先生ご推挙の霞窓尼さまでございますね。博学な尼御前さまがいらしてくださるとうかごうております」

「博学とはごたいそうな……漢詩の添削など少々……」

「遊歴の旅をされ、行く先々で漢詩を教えておられるとか。ゆるりとご滞在なされて、皆々にもご講義を賜りたいとご老女さまが仰せにございます」

「それは……いかようにも。皆さまのお役に立てるとあれば光栄の至り」

「ではこちらへ。ほんに助かりました。かようなときなればこそ、皆々の動揺をしずめ、心をひとつにしなければなりませぬゆえ……」

みちをうながしながら、知世は言葉をにごした。

かようなときとはなにか。おもわず訊《き》き返しそうになったものの、玄関先でたずねるようなことではない。警戒心を抱かれてもまずいとおもいなおし、みちは気づかぬふりをする。

知世は玄関脇に並ぶ対面所の小座敷をとおりすぎて廊下を渡り、奥まった座敷へみちを案内した。広さは八畳ほどだが、床の間の設えが見事で、丹精された坪庭ものぞめる。

米助もとりこんでいるといっていたが、足音だったり衣《きぬ》ずれの音だったり、はたまたヒソヒソ声だったり、どこからか女たちのざわめきがかすかに聞こえていた。

「こちらにて、しばらくお待ちくださいまし」

知世が出てゆくや、みちは耳をそばだてる。一見したところは静謐《せいひつ》なたたずまいだった。が、中へ入ると不穏な気配が感じられる。いったいなにが起こっているのか。

藩主の長詔《ながつぐ》が参勤交代でこの屋敷へ入ったのは三月の半ばだった。それから二月の余。長詔が江戸到着後、即座に継嗣願いを公儀へ提出したとしても、許可が下りるには時がかかる。ましてや、長詔は体調がおもわしくないのか公の場へはめったに顔を出していないようだから、嗣子の一件はまだ宙にういているとみたほうがよい。奥御殿のざわついた気配も、嗣子が決まらないことからくる不安の顕《あらわ》れにもおもえる。

考えこんでいたので、人の気配に気づかなかった。

「ご老女さまがお越しにございます」

みちははっと顔を上げた。

その女人は、小さな白い顔をしていた。体つきも小柄で、片外しにたっぷりと結い上げたつややかな黒髪にともすれば押しつぶされ、かき消されてしまいそうにも見えた。年齢は四十を超えたか超えないか、いずれにしろ若くはない。それでいて、座敷へ一歩、足を踏み入れただけで、大気がゆれ、さざめき、床の間に飾られた白磁の壺《つぼ》も、そこに生けられた白百合《しらゆり》も、坪庭の緑までもが活《い》き活《い》きと輝きを増したように見えた。これまではただの絵としか見えなかった掛け軸の――明らかに狩野派《かのうは》らしい筆づかいの――鳳《ほう》凰《おう》が翼をひろげてまさに飛びたとうとしているようにも……。

「たそさま、に、あられますね」

亡父が江戸ではじめてたそに出会ったときの驚きを今、自分も共有しているのだとみちはおもった。兄から聞いたところによると、父はたそとの会見の興奮さめやらず、秋月の門弟たちに次のような文を送ってきたという。

奥にたそと申す御側居申し候。才女に御座候。歌に読書も達者に仕《つかまつ》り候。詩を遣わし申し候ところ返歌仕り候。

その後、江戸へ参勤した兄も、たそと交流があったようだ。先日、五経先生も話していた。みち自身が兄の口からたその名を聞いたのはほんの数えるほどだが、今にしておもえば、その名を口にするときは兄の鋭い双眸《そうぼう》がやわらぎ、つやめいていたような気がする。

父からは、みちもたその話を何度となく聞かされた。たそさまは学芸のすべてに秀でておられるが、それだけではない、内に光り輝くものがある。それがなにか言葉では説明できないが、常ならぬ女子であることだけはまちがいない……と。江戸へ行け。会って、学べ。たそさまのようになれと父はいった。

「たそさま。わたくしは父から……」

「お待ちなされ」

袖を払って円座につくや、たそは知世に目くばせをした。知世はうなずいて襖《ふすま》を閉める。立ち去る気配はないから見張りをさせようというのか。

「もそっと近《ちこ》う。今は、奥御殿といえども安泰ならず」

手招きをされて、みちはたその息がかかるほど近くへ膝を寄せる。

「ようお越しくださいました。間に合わぬのではないかとはらはらしておりました」

「わたくしが江戸へ参ったわけを、ご存じなのですね」

「むろんです。霞窓尼どのとうかごうたとき、すぐにわかりました。霞窓という号をお持ちなのはただお一人、古処さまのご息女。それにね、このような危うい役目を買って出てくださる女子がいるとすれば、それは古処さまのお身内しか考えられませぬ」

「わたくしがなにを為《な》そうとしているか、それもご存じなのですか」

「いいえ、そこまでは……。なれど、女子のそなたをわざわざ江戸へさしむけられたということは、よほどの策がおありなのでしょう。こうして奥でわたくしに会うだけでも命がけなのですから」

遊歴の漢詩人ということで奥御殿へ入りこんだのは、もちろん、ただたそに会って昔話に興ずるためではない。

「慈明院さまは……お国許《くにもと》では皆、気を揉《も》んでおられます。お殿さまはご息災か。事は首尾よう進んでいるのか。もしや忌々《ゆゆ》しき事態が生じておるなら、なんとか手立てを図らねばと……」

「ご推察のとおりです。奥方さまやわたくしが国許へ文を送ってもとどかぬようじゃ。さればと密書をとどけさせようとしたところが、この使者も災難にあい……」

玖左衛門が話していた李白《りはく》の書付けのことだろう。非業の死を遂げた武士が脚絆《きゃはん》の裏に隠していたという……。

「奥方さまは川越松平《かわごえまつだいら》家の姫さまです。川越松平はそもそも由緒ある越前の松平家でしたが姫路《ひめじ》から川越へ転封させられ……それはともあれ、慈明院さまのご実家の土佐《とさ》の山内《やまうち》さまと川越の松平さま、それにこの秋月は幾重にも縁がつながっています。幸い松平さまのお屋敷はいくらも離れておりませぬゆえ、仲介の労をとっていただこうと考えて、侍女に文をとどけさせたところが……」

辻斬《つじぎ》りにあって殺《あや》められたと聞いて、みちは息を呑んだ。

「さように恐ろしいことが……」

「それはばかりではありませぬ。この屋敷内では今、忌々しきことが起こっています」

たそはツツと膝を寄せ、みちの手に手をおいた。

「一昨日《おととい》、奥方さまが、毒を盛られました」

「毒ッ」

「しッ。お命に別状はありませんでした。が、目の前でお毒見役の侍女がむごたらしゅう息絶え……」

驚きの声をもらしただけで絶句しているみちに、たそは事の次第を教えた。

「お気の毒に。身代わりになられたのですね。ご自身の代わりに侍女が亡くなるとは、奥方さまのご心痛はいかばかりか……」

「いいえ。そうではないのです。潮汁《うしおじる》に毒を入れたのは、その侍女でした」

「なんですってッ」

「毒見をしたときは毒など入っていなかったそうです。素早く入れたのでしょう、奥方さまに供する前に。侍女の袂《たもと》の中に粉薬のついた油紙がのこっていました」

みちはけげんな顔になる。

「なにゆえ、さようなことを……」

「むろん、命じられたのです。で、やむなく従わざるをえなかった。でもいざとなって恐ろしゅうなったのでしょう。奥方さまを裏切ることができず、とっさに頭が混乱してしまったのです。で、うばいとって、自分で飲んでしまった」

では、正室の兼子を毒殺しようとしただれかは、目的を果たせなかったことになる。地団太を踏んでいるのではないかとみちはおもったが、たそは首を横にふった。

「それこそが、謀だったのやもしれませぬ」

主に毒を盛れば、その場で打ち首にされてもおかしくはない。もし命令に逆らって約束を果たさなければ、それはそれで侍女はなぶり殺しにされるかもしれない。いずれにせよ口封じされるのは明らかだ。進退きわまった侍女は自ら命を絶った。

「奥方さまは気丈な女人です。なれど、ご自身ならまだしも、侍女が巻きこまれて命を落としたことに驚き嘆かれておられます。以来、お悩みもいっそう深く、鬱々《うつうつ》とひきこもってしまわれ……。奥御殿の女たちは皆、戦々恐々としてなにも手につかぬありさまなのです。これでもう、だれもあの者たちのすることに逆らえない……」

「あの者たち……あの者たちとはだれですか」

「お殿さまのまわりにいる者たちです」

「お殿さまは、どうしておられるのですか」

「囚《とら》われの身じゃ」

みちは目をしばたたいた。聞きまちがいではないか。ここは秋月黒田家の上屋敷で、当主は黒田長韶である。その長韶が、自分の屋敷で囚われの身になっているというのか。そんな馬鹿げた話は聞いたことがない。

あっけにとられているみちを見て、たそは説明を加えた。慈明院の甥《おい》に当たる――つまり川越松平家と縁つづきの――土佐山内家の男子を婿養子に迎えて家督を継がせるべく、秋月ではひそかに計画が進行していた。ところがそれを知った本家派は、由緒ある松平家や大国の山内家がしゃしゃり出てくれば支藩の秋月家をおもうように動かせなくなるのではないかと危ぶんで、断固、阻止しようと考えた。そこで本家である福岡黒田家と日頃からよしみを通じている江戸家老の一党が、参勤交代で江戸へおもむいたばかりの長韶に膝詰め談判、反対派を排除して周囲をかためてしまったという。

「奥方さまでさえ、お会いになれぬのです。ご様子がわからぬのではどうすることもできませぬ」

継嗣を定める前に当主が死ねば、お家は改易。それでは元も子もないから、少なくとも継嗣が定まるまでは長韶に無事でいてもらわなければならない。危害を加えられる心配だけはなかったが……。

一方、長韶のほうも、下手に公儀へ訴え出ればお家騒動とみなされ、これも改易となりかねない。家をつぶすわけにはいかないから身動きがとれないのだろう。江戸家老たちの推挙する者を嗣子と認めて許可を願い出れば、それで一件落着ではあったが――。

「お殿さまは頑固であらせられます。いえ、身の危険を感じておられるのやもしれませぬ。継嗣さえ定まれば、お殿さまはもう用無しですから」

昨年、江戸にいた嗣子が十五歳で逝去した。気骨のある若者だったという。秋月では、長韶や慈明院をはじめ、急な死をいぶかる者たちがいた。

「何度も懇請いたしました。お殿さまに会わせてくださいと。なれど無視され……わたくしどもが気を揉んでいるうちにも、忌々しき出来事が次々と……」

国許へ異変を知らせようとした武士が何者かに斬り殺された。奥方の訴状を川越松平家の下屋敷へとどけようとした御女中も辻斬りにあって果てた。そしてまたもや、先日は奥方自身が毒殺されかけて……。

「そなたも、くれぐれも用心してください」

ここはたその私室、心利いた侍女が襖のむこうで見張りをしているからいいようなものの、だれが聞き耳を立てているか。

「そなたは五経先生お墨付きの、女たちに漢詩を教えにいらした尼御前さまです。これについては前々から先生にお願いしていたことでもあり、女たちの動揺をしずめるためにもちょうどよき折ゆえ、だれも疑いはしないでしょう」

「なにもかも五経先生のおかげです。わたくしはいかにしてたそさまにお会いできるかと……お会いできたとして、なんと申し上げればわたくしの話を聞いていただけるかと頭を悩ませておりました」

「ほんに、妙案でしたね。いきなりわたくしを訪ねてくれれば、すぐに目をつけられる。ここではだれが味方でだれが敵か、それさえわかりませぬ」

たそはふれていたみちの手をぎゅっとにぎった。

「教えてください。そなたが託された策とは……」

みちもたその目を見返す。

「国許からのご書状を安全な場所へあずけております。お殿さまのお許しを得て、掃部頭さまから公方《くぼう》さまへお渡しいただきます」

たそは案じ顔になった。

「危うい賭《か》けですね」

「このまま負けを認めるよりはましです」

「わかっています。座して死を待つよりは討って出たほうがよい。ただし、霞窓尼どの、先ほども申したようにお殿さまは捕らわれの身、お許しを得ることはできませぬ」

みちはうなずいた。

「井伊掃部頭さまへは、わたくしが直談判《じかだんぱん》に参ります。そのために内大臣さまから紹介状をいただいております」

たそはまだ不安を隠せぬようだった。

「もし、話を聞いてくださったとして、掃部頭さまはどう出られるか……。とはいえ、それも慈明院さまのお考えなら、やってみるしかありませんね。霞窓尼どの。自在に動けるのはそなたしかおりませぬ。よろしゅうたのみます」

はい、と答えようとして、みちは米助の顔をおもいだした。

「たそさま。ひとつお願いがございます。ここにおりますあいだに、だれにも気づかれず、ひそかに外出する手立てはありませんか」

米助の目を盗んで、本多遠江守の屋敷へ行かなければならない。玖左衛門にあずけた書状を返してもらうためだ。玖左衛門には事情も話しておきたい。

「隣家に水天宮があります。わたくしは知世を代参に行かせています」

あッとみちは目をみはった。

「隣家とは久留米有馬家ですね」

「さようです。実は、例の侍女の災難があってからは、松平さまのお屋敷へ知らせをやるのもままなりませぬ。それで一計を案じ、なんとか繋《つな》ぎをつけられぬものかと……」

小者を忍ばせ、文のやりとりは危ういので、とりあえずは口頭で川越松平家への伝言をとどけさせてみた。数回試して支障がなさそうなので、国許とのやりとりに活用しようと考えていたところだという。

「まさに、妙案にございますね」

秋月黒田家と久留米有馬家は、隣家としての家臣同士の付き合いはあるものの、特別な縁はない。しかも有馬家の当主は遊興三昧《ざんまい》が祟《たた》って財政難にあえいでいるとの噂で、老中や井伊家、越前松平家のような重鎮に物を申せる立場にはなかった。要するに、注目に値しないとおもわれている。

みちはひと膝下がって両手をついた。

「たそさま。わたくしもどうか代参にお加えください」

みちは奥御殿にひと間を与えられ、漢詩人の霞窓尼として女たちに漢詩の手ほどきをすることになった。

「人生命に達すればあに愁うる暇《いとま》あらんや……人生、これが運命とおもえば愁えている暇はないと李白も詠んでおります。共に学びましょう。ひたすら己を磨くことが、今は肝要にございますよ」

本家派の息のかかった者がまぎれこんでいるかもしれない。よけいなことはいえない。が、慈明院や奥方、たそと志を同じくする者なら、「李白」というひとことでなにかを感じるはずである。

「霞窓尼先生は漢詩の添削もしてくださいます。皆々も心して励むよう」

もちろん李白だけでなく、杜甫《とほ》や陶淵明《とうえんめい》、白居易《はくきょい》など著名な漢詩人の作を朗じて漢詩の面白さを説く。古処に随行して、諸国各地で漢詩を講じてきたみちは、たちどころに女たちの人気を得た。

「さすがは古処さまの娘御、白圭さまの……」

古処の身内であることは秘しているから、たそとも父や兄の話はできない。が、たそは瑛太郎の病状が気にかかっているようだった。

「わたくしが出立するときは、なんとかもちこたえておりました。わたくしがたそさまとお会いしたとわかれば、どんなに安堵するか」

暗黙の了解でちらりともらすたびに、たそは遠い目をしてはるか秋月の方角をながめやる。そのまなざしはなぜか、あまりに切なく、痛々しく、みちの胸をえぐる。

数日が経っても正室の兼子には会えなかった。侍女の死がいまだこたえているらしい。が、霞窓尼の噂は耳にしているようで、皆には――お端下にまで――霞窓尼の講義を聴かせてやるようにとたそに伝えたという。

「道理で今日は敷居の外まで人があふれておりました」

「ええ。あの者たちはお端下の侍女で……」といいながら、知世は庭へ目をやった。

「さっきいなかったのは、そう、植木屋と立ち話をしている、あそこのお端下だけではないかしら。あの侍女は昨日、ご奉公に上がったばかりですから」

たその視線を追いかけて、みちも庭の隅にいる侍女を見た。と、二人の話が聞こえていたかのように侍女がふりむいた。

その顔を見たとたん、みちは凍りついた。

黒衿《くろえり》をかけた矢羽根模様の単衣《ひとえ》に黒繻子《くろじゅす》の帯、島田髷《しまだ》を結った姿は、どこにでもいるありふれた侍女だったが――おひょうだ。

植木屋は、と見るともういない。

みちは動揺を押し隠した。こうなったらぐずぐずしてはいられない。明朝には必ず水天宮へ代参に行こうと決意を固めながら……。

四

「ご老中のご下命に背くのはいかがなものかと……」

御目付の桜井勝四郎は四角いあごを左右に動かした。強面《こわもて》に見えるが、存外、気が小さいようだ。抗議の声をあげようとした玖左衛門を片手で制して、遠江守は勝四郎へ思慮深いまなざしをむける。

「われらが手を退けばどうなるとおもう？」

桜井は眉《まゆ》をひそめた。

「近日中に秋月黒田家からご公儀へ、継嗣の許可願いが出されましょうな。おそらくそこには本家派の息のかかった嗣子の名が記されておるはず。許可が下りれば、いくらも経たぬうちにご当主は発病、あるいは落馬ということも……」

「そうはなるまい。越前さまが目をつけておる」

「なるほど。両者を焚《た》きつけ、騒ぎを大きくしたところで明るみに出せば漁夫の利を得られる。さすれば小大名だけでなく大大名も叩ける、と、さようなわけで……」

「越前さまにとっては秋月黒田家などどうでもよいのだ。ここで叩いておきたいのは本家の黒田家、それに加えて、小藩ながらもその由緒から隠然たる力をもつ……」

「越前松平にございますな。越前は越前でもこちらは川越藩。旧領の姫路へ国替えをしとうて根まわしに躍起とうかごうております。将軍家の二十四男を嗣子にいただき、着々と足場をかためんとして……」

「それ、そこだ。越前松平嫌いは水野出羽さまとておなじ。松平と井伊が結束すれば、水野老中なんぞはじきとばされる」

玖左衛門は、一歩下がった位置で、若年寄と御目付の会話を聞いていた。口をはさみたいところだが、家臣の、それもとるに足らぬ一藩士の身では、同席を許されただけでも幸運とわきまえなければならない。

それでも、遠江守が秋月黒田家の継嗣問題から手を退く気がないとわかったので胸をなでおろしていた。これで瑾次郎を孤立無援にしないですむ。

「石上玖左衛門」

突然、名を呼ばれて、玖左衛門は目を泳がせた。

「桜井どのにも話してやれ。小田原で外記に脅された話を……」

「外記といわれますと代官の……」

桜井が首をかしげる。

「さよう。羽倉簡堂だ。外記は、原瑾次郎に一人、これなる玖左衛門にも一人、見張りをつけたそうじゃ」

「あ、外記さまがつけたというより、二人は水野越前守さまの手の者かと……。一人は京からずっと、今一人は浜松宿よりわれらに加わりましたゆえ……」

玖左衛門は桜井にも、東海道で遭遇した出来事をかいつまんで教えた。

「今ごろ瑾次郎と米助は秋月黒田家の内情を探っておりましょう。どのような手をつかうかはわかりませんが、秋月から持参した書状は先代ご後室の御手蹟になるもの。となれば、奥のどなたかと会う算段をしているものと……」

「瑾次郎が女子なれば、易々ともぐりこめたやもしれぬがのう」

「女子……」

玖左衛門はひくりと喉を鳴らした。遠江守の軽口にまで反応してしまう自分に苦笑する。

と、そのとき、遠江守が膝を叩いた。

「そうじゃ、おもいだしたぞ」

桜井と玖左衛門は同時に身を乗りだした。

「先日、久留米有馬家を訪ねたときのことだ。秋月黒田家の御女中を見かけた」

久留米有馬家の上屋敷は広大で、敷地の一隅に水天宮が勧請されている。縁日には江戸庶民にも開放するし、伝手《つて》を頼ってたのみこめば特別に参拝が許される場合もあるらしい。遠江守が訪ねたときは、ちょうど秋月黒田家の御女中が参拝に来ていた。

「たそどのと申すご老女の代参だと話しておった」

久留米有馬家と秋月黒田家はとなり合わせである。そもそも遠江守がその日、久留米有馬家を訪ねたのも、秋月黒田家の当主・長韶に会うためだった。長韶はめったに人前に姿をあらわさないが、この日は久留米有馬家の観能の来客名簿に長留の名が記されているると聞いたからだ。

「いらしたのですかッ、秋月の殿さまが」

玖左衛門はおもわず大声を出していた。

「いや。お見えにはならなんだ。落胆して帰りかけたとき、秋月黒田家の御女中と出会《でお》うたのじゃ。で、単なる偶然ではないような気がした」

女は逃げるように帰ってしまったので話はできなかったが、久留米有馬家の者にたずねたところ、しばしば参拝に訪れているという。

三人は顔を見合わせた。

「その女子にたずねれば、なにか手がかりがつかめるやもしれませぬ」

桜井は目を輝かせたが、遠江守は腕組みをしている。

「そう上手くはゆくまい。怪しまれればそこで終《しま》いじゃ」

「しかし、なにゆえひんぱんに訪れるのか。あ、いや、近場に水天宮があれば、むろん女子なら毎日でも拝みとうなるやもしれませんが……」

「待て待て。ふむ、水天宮は安産・子授けの神様か」

「それに縁結び……おっと、嗣子を定めんとする家なれば、ぜひとも願掛けをしとうなるのではございませぬか」

玖左衛門の慧眼《けいがん》にうなずいて見せながらも、遠江守はなおも思案している。

「他にも、わけがあると、わしはみた」

そのわけはいわず、遠江守は桜井に目をむけた。

「おぬしの差し金と知れぬよう、久留米有馬家の屋敷を見張ってくれ。とりわけ水天宮に出入りする者を調べるのだ」

桜井が「承知」とうなずくと、今度は玖左衛門に視線を移した。

「そのほうは古処どの白圭どのと面識がある。有馬さまの家臣に一人、気心の知れた者がおっての、共に漢詩を嗜《たしな》む仲間で、古処どの白圭どののこともご存じだ。おそらく隣家の噂も多少は耳に入っていよう。ひきあわせてやるゆえ手がかりをつかめ」

いきなり秋月黒田家へ乗りこんでも警戒されるだけだ。その上、越前守の目も光っている。だが、久留米有馬家を手づるにすれば道が拓《ひら》けるかもしれない。

水天宮で出会った御女中がもし本家派の家臣ではなく正室やたその意をうけた者であるなら、ゆくゆくは瑾次郎の役にも立つ。いずれにせよ、本多家の長屋にこもっていては瑾次郎に会う算段もつかない。

「なにとぞ、よろしゅう」

玖左衛門は声をはずませた。

遠江守は眸《ひとみ》を躍らせる。

「よし。これより離藩を申しつける」

「えッ」

「いっそ、久留米有馬家にくれてやろう」

「そ、そんな殺生な……」

ハハハと遠江守は笑った。

「わが家臣では動けまい。が、久留米藩士ならば自在に動ける。存分に働け。なに、心配はいらぬ。この一件が落着したらとりもどしてやろう。それまではわしへの繋ぎはこの桜井どのをとおすよう。桜井どのも、たのむぞ」

桜井は「ははあ」と両手をつく。一拍遅れて、玖左衛門も平伏した。

たしかに遠江守のいうとおりだ。他に手がないならやるしかない。

瑾次郎。これで心おきのう、おぬしを助けてやれるぞ――。

半身を起こすや、玖左衛門はこぶしをぐいとにぎりしめた。

五

久留米有馬家の江戸上屋敷は二万五千坪の敷地を有する。御三家の尾張《おわり》や水戸《みと》、前田《まえだ》家や井伊家には及ばぬものの、御鷹場や泉水式の庭園、樹木の生い茂る高台、能舞台や水天宮、火の見櫓《やぐら》まである広壮な屋敷だ。

水天宮は久留米の総本宮の分社として藩主が十年前に勧請したもので、縁日の五日は「安産・子授け」を祈願する江戸庶民にも広く門戸を開いている。もちろん近隣の大名家や旗本家からたのまれれば、縁日以外の参拝を許可することもあった。そのために有馬家では、水天宮の周辺に郎党を配置して警備にあたらせると同時に、参詣人の応対にあたる役目を家臣に任じている。

本多遠江守の漢詩同好の友、高木宗右衛門《たかぎそうえもん》もその一人だった。

「そろそろおとなり、秋月黒田家の御女中がみえるころだ。玖左衛門、明日よりそのほうに立ち会いを命じる」

「は。ご配慮、かたじけのう存じまする」

「おぬしはわしの家臣だ。それを忘れるな」

「畏まってございまする」

遠江守の口利きで、玖左衛門は高木家のあずかりとなった。高木家は有馬藩邸内に役宅があり、玖左衛門は裏長屋に空き部屋を与えられた。秋月黒田家でなにが起こっているか探る好機である。と、同時に、江戸へ入った瑾次郎は必ず秋月黒田家の御女中のだれかと連絡をとりあうはずで、瑾次郎の居所を知る手がかりともなりうる。それにはまず、たそという御女中、もしくはたその代参でやってきた御女中が、水天宮でだれと、どうやって落ち合っているのか、それを見きわめる必要があった。

玖左衛門は水天宮へ通じる御門の脇の詰所で待機することにした。そこからなら鳥居をくぐって社殿へおもむく女たちの姿が一望できる。唐破風造りの社殿の周囲で警備についている郎党の中には遠江守の意をうけた御目付・桜井勝四郎の手下もまぎれこんでいるから、万が一にも見落とす心配はないはずである。

　翌朝、女たちはまだ太陽が昇りきらぬ払暁にやってきた。被衣《かずき》で顔を隠した長身の御女中と、いでたちはおなじだが小柄な御女中、こちらは何度も来ているのか、門番と顔見知りのようでひと言ふた言、立ち話をしている。三人目は部屋子か侍女だろう。まだ幼さののこるその娘が詰所へ小走りに駆けてきて「本日もよろしゅう」と頭を下げた。三度に一度は一朱金を紙につつんでおいてゆくというから、この水天宮参拝がたそという御女中にとって欠かせないものであることはまちがいない。

　玖左衛門は女たちが社殿で参拝をすませるのを物陰から見守った。そこまでは特に変わったことはなかった。が、三人が合掌をほどいたとき、社人《しゃにん》と見える男がすっと近づいてきた。白い浄衣《じょうえ》をまとって頭巾で顔を隠している。女たちはこの男としばらく立ち話をしたあと、お布施らしき包みを手渡した。

　やはり、おもったとおりだ――。

　玖左衛門は眸を凝らした。早速にも社人の素性をたしかめ、この男がもしや――いや、十中八九当たっているとおもうが――江戸上屋敷の奥御殿と国許の秋月黒田家とのあいだの繋ぎ役なら、その仕組みと首謀者を探り出さなければならない。敵対するためではなく、協力をし合うために。

　とはいえ、ここで警戒させては、すべてが水の泡になりかねなかった。玖左衛門は社人が立ち去り、女たちが帰路につくまで慎重に待った。

「ご隣家の御女中衆、お待ちあれ。皆さまがたの篤《あつ》き信心にはわが殿も感心しておられる。労をねぎろうて一服さしあげとうござるが、詰所へお立ちより願えぬか」

この水天宮が希少な密会場所であるなら、それを手放すより、多少鬱陶しくとも人のよさそうな詰所の役人の四方山《よもやま》話につきあったほうがよいとおもうのではないか。玖左衛門はそう考えたのだ。

いい終わる前に、息を呑む気配がした。長身の女だ。装束だけ見れば隣家の御女中にまちがいなかったが……。

「もしや、石上玖左衛門さまではございませぬか」

女は一歩進み出て被衣を脱いだ。下から現れたのは尼頭巾をかぶった頭、と、見慣れた顔……。

「あッ、そなたはッ」

「かような恰好《かっこう》をしておりますが、霞窓尼にございます。以前、五経先生のところでご一緒いたしました」

その眸が調子を合わせるようにと懇願している。

玖左衛門もたちどころに状況を察知した。

「おう、あのときの尼どのか。ええと……」

「霞窓尼」

「そうそう、霞窓尼どの、先生はいかがしておられる？」

「ご壮健にございます。石上さまは近ごろお顔をお見せにならぬゆえ、案じておられましたよ」

「御用繁多での」

ちっとも忙しそうでないのがおかしい。

「そうとなれば先生の近況もうかがいたい。しばしお時間を……」

「承知いたしました。すぐに参りますのであちらで」

先に詰所へ行っているように、というのは、席をはずしてくれということだろう。玖左衛門が詰所へ歩きだすや、瑾次郎は待つまでもなく追いかけてきた。

「たそさまに伝言をたのみました。どのみちわたくし、お屋敷にもどるつもりはありませんでしたし」

驚きました、と瑾次郎は息をはずませている。

「今から本多さまのお屋敷へうかがうところでした。ここでお会いしようとは……」

「驚いたのはこっちだ。そのいでたち……どこから見ても御女中だぞ」

「これにはいろいろとわけがあるのです。玖左衛門さまこそ、なにゆえここに？　わたくしは本多さまのお屋敷におられるものとばかり……」

「いろいろと事情があっての。とにかく、会えてよかった」

「はい。ここなら敵方の目も米助の目もとどきません」

「米助ッ。米助とまだ一緒におるのか」

「米助だけではありません。秋月黒田家の奥御殿には、おひょうも入りこんでいます」

「おひょうッ。あやつ、今度は奥御殿か……」

「二人に見張られていては本多さまのお屋敷へ参れません。それで、こうして代参に加えていただいたようなわけで……」

あずけていた書状をうけとらなければ、井伊家を訪ねることはできない。そこで、たそと策を練り、奥方に漢詩を講じているふりをして、こっそり水天宮への代参に加わった。いかにおひょうといえども、奥方の御座所《おましどころ》に近づくことはできない。まんまとだまされてくれた、というわけだ。

瑾次郎の――といっても今は大名家の御女中としか見えない女の――話を、玖左衛門は信じがたいといった顔で聞いている。

「やはり、たそどのという御老女が、こたびの一件の要《かなめ》か」

「はい。今、奥御殿では大変なことが……。いえ、お話しすることは山ほどございます。なれどここでは……」

「いかにも。そうだ。裏長屋におれの住まいがある。そのわけも話さねばならぬが……そこならだれにも聞かれずにすむ。共に来てくれ」

「お住まいへ女子をつれ帰って、見咎《みとが》められはいたしませんか」

「そのほうが瑾次郎なら問題はあるまい。頭巾をとれば侍髷が出てくる、というなら」

見咎められたところでいっときの仮住まい。久留米有馬家の者たちになんとおもわれようが、実のところ、玖左衛門は気にもならなかった。そんなことより、目の前で微笑んでいるすらりとした美女は、はたして何者なのか。目鼻立ちは瑾次郎、だが瑾次郎とは別人のようにもおもえる。玖左衛門は頭がくらくらしてきた。

「そなたはいったい、男子か、女子か……」

「どちらでも、お好きなほうに」

「わかった。では霞窓尼どの、寓居へ案内しよう」

玖左衛門は詰所の武士に断りを入れ、二人は長屋へむかった。

瑾次郎が無事でいてくれた喜び、安堵、おもいがけない姿を目にした驚きと困惑……様々なおもいが入り乱れて玖左衛門の胸はざわめいている。おひょうがいったように瑾次郎が女だったら、自分はこれまでのように冷静でいられようか——。

六

聞き覚えのある声、悠然と近づいてくる姿……その武士の顔を見た瞬間、みちは息が止まりそうになった。ここは久留米有馬家である。本多家の家臣である玖左衛門が、なぜ、ここにいるのか。理由はともあれ、まさにこれから会いに行こうとしていた相手を目前にした驚きと同時に、大海に放りだされた人が舟を見つけたときのようなうれしさがこみあげる。

みちは玖左衛門に頭巾をかぶった頭を見せ、尼だと教えた。女たちを屋敷へ帰し、ふたたび被衣をかぶって玖左衛門のあとを追いかける。誘われるがままに玖左衛門の住まいへついてゆくことにしたのは、一刻も早く余人のいないところで話がしたかったからだ。

玖左衛門の住まいは裏長屋にあった。六畳の座敷に板間がついただけで、食事は賄い場でとるとか、台所もない簡素な家だ。長持がひと棹《さお》おかれている以外は、木賃宿かと見まごうほど物がない。が、清潔で居心地はよさそうだ。座敷の奥の襖を開ければ陽光を浴びた坪庭がのぞめるし、吹き流れる風も、わずかながら涼やかさが感じられる。いつのまにか、夏も終わりに近づいているのだ。

「なにゆえ有馬家にいるのですか。いや、玖左衛門、これはどういうことだ?」

座敷でむきあうなり、みちはたずねた。被衣をはずせば尼頭巾に御女中の装束、ちぐはぐながら今さら女言葉は気恥ずかしい。といって男言葉もしっくりとはいかず……。

「もしや、こたびのことでお咎めをうけたのではあるまいの」

小田原宿で、玖左衛門は老中の命を伝えられた。秋月黒田家の一件にはかかわるなとの下知だった。それを知らされた遠江守は、保身のためにあわてて玖左衛門を召し放ったのかとみちは考えたのだが——。

「いや、わが殿はさような腰抜けにあらず」玖左衛門は毅然《きぜん》とした態度で答えた。「むしろ手を退けと命じられたことに不審感をつのらせ、発奮されて、拙者を有馬家へ遣わされたのだ」

みちはぱっと目を輝かせる。

「なれば、これからも、力になってくれるのだな。頼りにしてよいのだな」

「むろんだ。おれの仕事はおぬしを……尼どのを守ることだ」

熱のこもった視線をむけられて、みちは目を伏せる。勢いにまかせて話をつづけようとした玖左衛門も寸前でおもいとどまったようで、

「瑾次郎から霞窓尼になったわけを教えてくれ」

と、表情をひきしめた。

みちは小田原宿を出てからここへ至るまでのいきさつを語った。

「上屋敷には不穏な気配がただよっている。殿さまの安否はいまだ不明だし、奥御殿でも忌々しき出来事がつづいているとやら。たそさまは頭を痛めておられる」

このままではだれもが怯《おび》えて尻込《しりご》みをするばかり、そうこうしているうちに黒田本家と結んだ一派は勝手に事を進め、自分たちに都合のよい嗣子を幕府に願い出てしまうにちがいない。許可が下りれば一巻の終わりだ。もはや手の打ちようがなくなり、用無しになった長韶は命さえ危うい。

「いよいよ、一刻の猶予もなし、ということか」

「なればこそ御女中に化けて抜け出したのだ。書状は無事だろうな。すぐにも井伊家へ談判に行かねばならぬ」

「おれにもおひょうがつきまとっていた。それで、わが殿に託した。いや、心配はいらぬ。殿はいつでもそなたに返すと仰せゆえ……」

「さればただちに」

「待て」と、玖左衛門は片手をあげた。「おれがなぜここにいるとおもう？　本多の屋敷は見張られている」

みちはうなずく。

「わかっている。だが書状をとりに行かねば」

「わかっておるなら待て。打つ手がある」

「打つ手？」

「水天宮を警備する郎党の中に、御目付の家来がまぎれこんでいる。殿の指図によるものだ」

その御目付をとおして遠江守に知らせ、書状をとどける算段をしてもらえばよい。そこは深謀遠慮の人である、迅速かつ確実な方法を考えてくれるにちがいない。

「よし、まかせよう。御目付のご家来に早速、伝言をたのんでくれ」

「承知。だがその前に、今ひとつ訊きたい。本殿で立ち話をしていた社人は何者だ？」

「さすが玖左衛門だな」みちは苦笑した。「あれは、たそさまが雇うた小者。川越藩、もと越前の松平家との繫ぎをつける役目だ」

「やはりおもったとおりか。継嗣の一件には奥方さまのご実家がからんでいるというわけか。裏で糸をひいているのは、川越の松平と土佐の山内……」

「いかにも。両家とわが秋月黒田家は幾重にも婚姻を結んでいる。奥方の兼子さまと先代の母者は越前……今の川越松平家ご出身、慈明院さまは山内家の姫さまなれど、叔母《おば》上《うえ》が松平に嫁いでいる」

「なるほど、川越松平家が仲介役か」

「松平家へ出入りしていた侍女が殺《あや》められた。それゆえ水天宮詣《もう》でを利用することになった。苦肉の策だが、これとていつまでつづけられるか……」

急いでくれと催促されて玖左衛門は腰をあげる。

「おぬしはここに隠れていろ。表へ出てはならぬぞ」

「ここは安全だといったではないか」

「用心に越したことはなかろう。御女中は三人で出かけ、二人しか帰らなかった。おかしいと気づく者がおるやもしれぬ」

いずれにしろ、霞窓尼がいないことはやがて知れるはずで、そのとき隣家の久留米有馬家に疑惑の目を向ける者が出ないともかぎらない。

それでもまだ不服そうな顔をしていたからか。玖左衛門は両手を伸ばして、みちの左右の腕をつかんだ。

「焦って墓穴を掘っては元も子もない。瑾次郎。霞窓尼。いや、名なんぞどうでもよい。おれはおぬしに、志を貫いてほしいのだ。この戦、なんとしても勝たねばならぬ。勝利をおさめたそのときこそ……」

「玖左衛門……」

今度はみちも目を伏せなかった。おれも……わたくしも……実のところどちらの言葉で答えたいとおもっているのか自分でもわからなかったが、玖左衛門に感謝している。信頼し、敬愛している。いや、好いて、いる、これまでに感じたことがないほど強く。

「待っている。書状をたのむぞ」

「承知した。おっと、忘れるところだった」

玖左衛門は手を離し、長持のところへ行って中から小袖と袴をとりだした。

「その恰好では見つけてくれというようなものだ」

着替えておけとみちの足下へ投げ、飛びだしてゆく。

みちは、自分で自分の体を抱くように、玖左衛門の手のひらの感触がまだのこったままの二の腕を、交差させた左右の手でつかんだ。そうしてしばらく目を閉じていた。今ごろになって動悸《どうき》がするのは、これまで常に男であろうと自分を律してきたそのことに、少しずつ居心地のわるさを感じはじめているからだろう。

見かけがどうあろうと自分の心は女で、その心はまっすぐに玖左衛門へむいている。

御女中の着物を脱いで、玖左衛門の小袖と袴に着替えた。それだけで胸がときめく。頭巾も脱いだ。剃りたての青々とした月代とはいかないから無精な浪人者といった体だが、ここではそのほうが目立たない。

脱いだものを長持へ隠して、ごろりと横になった。

そうだ。ようやくここまできた。あと一歩だ。勝利をおさめたそのときこそ――。

玖左衛門に女であることを打ち明けようと、みちは心を決めた。

七

詰所へもどったがだれもいない。いぶかしくおもい、門番にたずねようとしたものの、ここにも人はいなかった。

「そろって持ち場を離れるとは、まったくもってけしからぬ」

玖左衛門が眉をひそめたときだ。水天宮の方角からわらわらと人が駆けてきた。

「おーい。どうした？　なにかあったのか」

「あったなんてもんじゃゃ……」

門番の一人が息をあえがせる。その男の口から「人が死んでる」と知らされた瞬間、玖左衛門は、秋月黒田家の御女中たちと立ち話をしていた社人をおもいうかべていた。

もちろん、なんの根拠もなかったが……。

「もしや、社人ではッ」

おもわずたずねている。

「早耳にござるのう。どこで聞かれた？」

「いや、社人ではないぞ。見かけは社人だが、宮司は知らぬといっていた」

「身許が知れぬゆえ大騒ぎになっての……」

番兵たちは興奮の体で口々にいいたてる。

「どうして死んだのだ？」

「背後からばっさり」

抵抗した気配はないという。そう、辻斬りさながらに……。

訊くまでもなかった。はじめは赤羽橋《あかばねばし》と金杉橋《かなすぎばし》のあいだの掘割の明地《あきち》で、旅装の武士が斬り殺された。次は芝高輪《しばたかなわ》の寺町の路地で、秋月黒田家の御女中が辻斬りにあった。この御女中はすぐそばにある川越松平家の屋敷へ出入りしていた。川越藩へ転封される以前のこの家は姫路藩主で、秋月黒田家と縁の深い越前松平である。そしてあの社人――社人に化けていた男――は、松平家との繋ぎ役に雇われた小者だった。三人がおなじ下手人に、同様の目的で殺められたのはまちがいなさそうだ。

玖左衛門は、社人が斬殺されたという水天宮の裏手の雑木林へ急いだ。水天宮の表側の道は往来も多く、騒ぎを起こせばすぐに人が駆けつける。その点、裏手なら、水天宮を警備している者たちの目もとどきにくい。とはいえ、そんなところへ他家の家来が入りこんでいたのも驚きだが、それを嗅《か》ぎつけて殺戮《さつりく》に及んだ輩がいたということも驚きだった。その輩は、今このときも、屋敷内を徘徊《はいかい》しているかもしれない……。

死体はまだ身許が判明しないため、莚《むしろ》をかけられ、その場におかれていた。端をめくって検分する。顔は知らないが、体つきはたしかにさっきの男だった。秋月黒田家の内紛にかかわったがために、いや、本人がかかわりたくてかかわったわけではないだろうが、上役の命令を拒めなかったために、無辜《むこ》の若者の命が失われた。そのことに、玖左衛門は胸を衝《つ》かれた。旅装の武士も御女中も同様だ。いつまでこんな争いがつづくのか。

見ておれ。逃しはせぬぞ——。

玖左衛門は怒りをみなぎらせる。

桜井勝四郎のもとへ知らせに走ろうとしていた家来を、寸前でつかまえることができたのは好運だった。桜井から遠江守へ伝言をとどけてもらうようたのみこむ。「白圭、有馬にて待つ」と、それだけで、遠江守はすべてを理解するはずである。

「急いでくれ。ここも危うなった」

今となっては、秋月黒田家の内情など悠長に探っているいとまはない。風雲急を告げている。ここへきて本家派が焦りはじめたのは、いよいよ継嗣を定める期限が近づいてきたこともあろうが、老中の水野と次期老中を狙う水野、二人の水野が動いていることに気づいたせいもあるのではないか。一刻も早く書状を持参して井伊家へ嘆願におもむく——それしか敵をだしぬく一手はなさそうだ。

ざわついている人垣から抜けだして、玖左衛門は裏長屋へ急いだ。

足下まで危険が迫っていることを、瑾次郎にも知らせなければならない。裏長屋は安全か。高木宗右衛門に事情を話して、母屋へ匿《かくま》ってもらうほうがよいかもしれない。社人の素性がばれているなら、たその代参に来ていた女たちの目的も知られていたとみるべきだろう。

瑾次郎ッ、表へ出るなよ――。

にわかに不安がこみあげる。

「おい。待て。どうした、血相を変えて？」

長屋の入口で初老の武士に呼び止められた。宿直明けで帰ってきたところらしい。

「ようは知らぬが、水天宮で人が倒れておったとか」

「ふうん。いつまでも蒸し蒸しと鬱陶しいからのう」

まだ話したそうな男をふりきってわが家へ駆けこむ。

「瑾次郎。伝言はとどけたぞ。瑾次郎？　瑾次郎ッ」

ひと間きりの座敷だから一瞥《いちべつ》すればわかる。

瑾次郎はいなかった。

玖左衛門が出ていってしばらくしたときだ。

足音がした。

この屋敷もほとんどの大名家と同様、二階建て瓦葺《かわらぶき》屋根に海鼠壁《なまこかべ》の表長屋がぐるりと周囲をとりまいている。広壮な敷地内には、その他にも大小の役宅や裏長屋が点在していて、玖左衛門の住まいは、奥まった場所にある裏長屋のひとつだった。ということは、足音の主は屋敷の外からではなく、屋敷内から現れたことになる。

だれだろう、と、みちは身構えた。とっさに危険を察知したのは直感としかいいようがない。

御女中のいでたちで水天宮へ参拝したので、懐剣しか持参していなかった。懐剣を胸元へさしこみ、裸足《はだし》で庭へ駆け下りる。坪庭に隠れるところはなかったが、幸い垣根は低く、みちは女にしては上背があった。垣根に跳びつき、よじのぼったとき、家の中から「あそこだッ。逃がすな」と叫ぶ声がした。追っ手は一人ではないらしい。

垣根の外へ跳び下りた。

右も左もわからぬ見ず知らずの大名家である。どこへ逃げればよいのか。

水天宮へ逃げて玖左衛門に助勢を請うという考えは端《はな》からなかった。玖左衛門まで目をつけられれば厄介なことになる。万にひとつ、二人そろって害されでもすれば、もはや勝ち目はないに等しい。

一瞬、往生した。四方を見まわし、樹木が生い茂った高台の方角を目指すことにした。屋敷内のだれかを頼っても、怪しまれればかえって面倒なことになる。ひとまずは身を隠したほうがよい。となれば雑木林がいちばんだ。

一目散に駆け去る若侍を見たら、なんとおもうか。といっても、ここにはおそらく千か二千か、数多《あまた》の家臣が暮らしているはずで、皆が皆、顔見知りとはかぎらない。無作法な追いかけっこを目にしても、喧嘩《けんか》でもはじまったかと苦笑するだけだろう。

だれにも呼び止められなかった。雑木林へ飛びこみ、高台へ駆けあがる。小さな高台なので、身を隠すところはなさそうだ。登りきって見渡すと、その先に御鷹場か、まばらな雑木や藪《やぶ》、背丈の高い草が茂る、だだっ広い原野が見えた。さらにそのむこうは門長屋につづいている。

玖左衛門を名乗って門を出て、一気に本多屋敷へ逃げこもうとみちは考えた。秋月黒田家の屋敷へもどればおひょうが待ちかまえているし、称念寺へ帰れば米助の監視から逃れられない。しかも、敵は有馬家にまで入りこんでいるらしい。どこにいても敵の目にさらされるなら、いっそこの機を逃さず、いちかばちかやってみることだ。

みちは耳を澄ました。ふりむいて周囲に目を凝らしたが、追っ手の姿は見えなかった。高台から駆け下りる。雑木や藪陰をひろいながら原野を踏破することにした。幸い人影はない。

追っ手が来ないうちに――。

藪に跳びこみ、息を詰めて次の雑木まで駆け、また次の藪陰へ……。

と、そのときだった。ヒューッと甲高い笛の音が聞こえた。驚いてあたりを見まわすと、前方に犬をつれた人影が見えた。いや、前方だけではない。左右の雑木や藪陰から、菅笠《すげがさ》をかぶり裾まくりをした布子に股引《ももひき》という餌差《えさし》のいでたちで、長い棒を手にした男たちが近づいてくる。はっと背後を見ると、武士が二人、腰に落とした太刀の柄《つか》に手をかけて、こちらへ来るのが見えた。京から江戸へおもむく道中でも何度か襲撃をうけたが、あのときの浪人衆とはちがって、いっぱしの武士のようだ。

顔が見える位置まで来ると、二人は歩みを止めた。片一方が抜刀しかけた手首をもう一方が軽く抑える。

「おぬしが原瑾次郎か。お母上によう似ておるの」

みちは目をしばたたいた。声をかけてきた男の顔に見覚えがあったからだ。

「おぬしは秋月の……」

「桑山《くわやま》八郎太《はちろうた》だ。古処先生に教えを請うたことがある。が、袂を分かった。世の中は理想どおりにはゆかぬ。先生は潔白すぎた。力ある者に従い、まずは生き延びるべし」

「長いものに巻かれろと申すか」

「いかにも。よけいな口出しをするなら、先生のお子とて容赦はせぬ」

どうやって入りこんだのか。秋月黒田家の逆臣が逃げこんだので捕らえたいと懇請したのだろう。隣家のよしみで許可が下りた。だとしても、餌差のほかに有馬家の郎党がいないのはどういうわけか。

桑山はみちの疑問を察したようだ。

「当家は今、取り込み中らしい。水天宮で死人が出たとか」

みちははっと息を呑んだ。もしや、玖左衛門が斬られたのでは……悲鳴をあげ、駆けだしそうになった。が、その前に桑山がつづけた。

「おもうたとおり、またもや松平か。あれだけ警告してやっても懲りぬとはの」

では、災難に見舞われたのは社人に化けていた小者か。小者を殺め、次はみちを仕留めにきた。みちが玖左衛門の長屋にいることを知っていたなら、玖左衛門の正体も見破っているにちがいない。玖左衛門は無事か。とたんに動悸が速まる。

「さて。こうしてもおれぬ」

桑山は冷徹な目でみちを見つめた。

「国家老と通じておる女たちの名を教えよ。われらと共に屋敷へもどり、企《たくら》みの全容を話すなら、命だけは助けてやろう」

たそさまを、慈明院さま奥方さまを、安否のわからぬ殿さまを、裏切れというのか。それは亡父の古処を、兄の瑛太郎を裏切るということだ。病の床から亡父の遺志を継いでくれと懇請した兄、その兄の期待に背くということだ。

それだけはできない。

「いやだ。おれを殺せ。しかしいっておくが、これ以上、騒ぎを起こせば公儀が動く。御老中はもう目をつけている。黒田は本家ともども、とりつぶされるぞ」

桑山はひるんだ。一瞬の間《ま》があった。

と、そのとき、犬が吠《ほ》えた。

「桑山どの……いつまでしゃべっておるのだ」

「しかし……」

「こやつのいうことなど聞き流せ。いかようにも言い訳できる」

「うむ。こうなったらひとつもふたつもおなじか。よしッ」

桑山はうなずいた。

もう一人の武士が抜刀する。

逃げようにも餌差と犬がまわりをとりかこんでいた。みちは深く息を吸いこみ、懐剣をひきだす。鞘《さや》を捨て、身構えた。


座敷のそこここに土が落ちていた。もとより調度は長持しかない家だから物が荒らされた形跡はなかったが、坪庭のひとところが踏みしだかれ、だれかが垣根を越えて逃げたとわかる。屋敷に不案内な瑾次郎なら、どこへ逃げるか。

「若侍が逃げてゆくのを見なんだか。あるいは追いかけてゆく輩を？」

長屋には先刻の初老の武士しかいなかったので、この武士に訊いてみた。武士は首を横にふったものの――。

「火の見櫓へ上ってみたらどうじゃ」

久留米有馬家の敷地内にある火の見櫓は、水天宮に勝るとも劣らず江戸庶民の注目をあつめていた。増上寺《ぞうじょうじ》の火消し役を仰せつかった有馬家の殿さまが屋敷内で火の番ができるように築造したもので、高さはお江戸一の三丈（約九メートル）ほど。江戸中が見渡せる。櫓へ上れば、たしかに屋敷内のどこでなにが起こっているか、一目瞭然《りょうぜん》だろう。

玖左衛門は火の見櫓へ飛んでいった。

「急用だ。上るぞ」

止められはしなかったが、櫓番はけげんな顔をした。

「またか。上ったり下りたり、忙《せわ》しないのう」

「なんだと？　だれか、上ったのか」

「そうか。別人か。よう見なんだゆえ……」

今しがた、火の見櫓へ上らせてくれとたのまれた。見たことのない武士だったが、有馬家の家臣が同行していたので上らせてやった。血相を変えて下りてくるや、二人は一目散に駆け去ったという。

玖左衛門の胸はざわめいた。二人とは何者か。いったいなにを見つけたのか。

段梯子《だんばしご》を上る足がふるえていた。屋根の上、半鐘のあるところまで上って四方を見渡す。増上寺はむろん、江戸市中がはるか先まで見渡せたが、そんなところへ目をやっているひまはなかった。眸を凝らして有馬家江戸上屋敷の敷地内をながめる。大名屋敷は御殿の他に蔵や役所、学問所や武道場などある上に、能舞台や水天宮、広大な庭園もあるので、そのどこかに潜んでいるはずの若侍一人を見つけるのは容易ではない。

水天宮の周辺に人が集まっているのは別として――。

「お、あれは……」

原野の趣を再現しているのか。一角に御鷹場があった。喧嘩か、果し合いか。人が入り乱れている。犬が吠えたて、餌差が駆けまわっていた。

「瑾次郎ッ」

玖左衛門は転げるように段梯子を下りる。

「いったい何事が……」

櫓番を押しのけ、玖左衛門は御鷹場へむかって全速力で駆けた。

みちが覚悟をしたときだ。土埃《つちぼこり》を蹴立てて男が駆けてきた。

「ひけッ。刀をひけッ。殿の命が聞けぬかッ」

見るからに威圧感のある巨体もさることながら、熊の咆哮《ほうこう》のような大音声に犬さえも尻尾を丸める。といっても、みちを追いつめ、今しも仕留めの一撃を加えようとしていた敵の手を止めさせたのは「殿」のひとことだった。

「逃げ込んだ逆臣を捕える旨、許可を得ておる」

「だれがなんと申したか知らぬが、当家にて斬り合いなどもってのほか。早々に刀を納めよ。さもなくば大目付にひき渡す。おぬしらの家に災いがふりかかってもよいのか」

大男は恫喝《どうかつ》するように男たちを睨《ね》めつけ、当惑顔でかたわらに突っ立っている有馬家の武士に目くばせをした。気圧《けお》されたように武士もうなずく。

桑山は舌打ちをした。「ひけ」と相方に命じ、大男に一礼する。

「お騒がせいたした。されば、この者を捕縛して連れ帰る」

九死に一生を得たみちは、いまだ懐剣を突きだしていた。捕縛されるくらいなら死んだほうがましだとおもったからこそ、斬り合ったのである。捕らわれてなるものかと懐剣をにぎる手に力をこめる。

男は、真偽を糺《ただ》すかのように、みちの目を見つめた。ふっとその視線がやわらぎ、労《いた》わりとも憐《あわ》れみともとれる色がにじんだような……。視線を桑山に返したときはふたたび威圧的な目になっている。

「よかろう。だがおぬしらに渡すわけにはゆかぬ。門前を血で汚されては、水神も嘆かれよう」

「さようなことはせぬ」

「いや、当家の神聖なる御鷹場で刀を抜くとは無礼千万。信用ならぬ。この者はわれらが責任をもって隣家へ送りとどけるゆえ、ご家中で始末するがよい」

「しかし……」

「文句がおありか」

「い、いや、なれど……」

「おい。そのほう、懐剣をよこせ。抗《あらが》っても無駄だぞ。大人しゅう縛につけ。石上玖左衛門に送らせるゆえ、申し開きは主君の御前でいたすがよい」

今、なんといったか——みちは一瞬、わが耳を疑った。「石上玖左衛門」と聞こえたような……。そう、たしかにいった。どういうことだろう。

玖左衛門は今、本多家ではなく有馬家の家臣になっている。だからここで名が出てもまちがいとはいえなかったが……あえて名を出したのにはなにかわけがあるはずだ。玖左衛門と自分のかかわりを、この男は知っているのか。

「さあ」と、男は片手を突きだした。

みちは悔しそうにくちびるをゆがめ、懐剣を地面に叩きつけた。餌差の一人が懐剣を拾って男に手渡す。同時に数人がみちをとりかこんで、両腕を背中でねじあげた。

「さてと。ご当主にあずかり物をおとどけする。さよう、お伝えあれ」

「そのことなら、殿を煩わせるまでもない、ご家老に……」

「ご家老とは、吉田縫殿助《よしだぬいのすけ》さまか」

「さよう」

「承知した。さればここはおひきとりを」

二人が退散するのを待って、みちは男に問いかけようとした。が、開けかけた口からもれたのは安堵の声だ。むこうから玖左衛門が駆けてくる。

男も気づいた。ふりむきざまに「おうッ」と親しげな声を発するや、玖左衛門に駆けよる。二人は感極まったように肩を叩き合った。

「勝馬《かつま》ッ。おぬし、なにゆえ江戸に……」

「今しがた着いたばかりだ。おぬしがここにおると聞いたゆえ……」

「おかげで助かった。おぬしが駆けつけてくれなんだら、瑾次郎はどうなったか」

「瑾次郎……うむ、そうか、瑾次郎か……。まあ、まずは話をせねばの。そのために、はるばる京から駆けつけたのだ」

勝馬と呼ばれた男は、なにがなにやら皆目わからぬといった顔で二人をながめている武士に目をむけ、どこか人目につかぬ場所はないかとたずねた。

「あそこの雑木の陰にある鳥見小屋なれば、だれも近づかぬかと……。なれど渡辺《わたなべ》さま、その者はどうなさるおつもりで？　ご隣家へおつれする約束にござるぞ」

「心配ご無用。ご当家には迷惑をかけぬゆえ、われらにおまかせあれ」

勝馬はみちのところへやってきて、餌差たちを追い払った。玖左衛門も駆けよって、心配そうにみちの顔をのぞきこむ。

「怪我はないか」

「ああ。また助けてもろうたの」

「こたびはこいつの手柄だ。同輩の渡辺勝馬」

「名乗りはあとでよい。行こう」

まかせよとはいったものの、策があるようにはみえなかった。秋月黒田家から逆臣を返せと催促があるのは必定で、それまでに手筈《てはず》を考えておかなければならない。

三人は鳥見小屋へ急いだ。江戸へ着いたばかりだといいながら、勝馬は疲れた様子もなく、わが庭のごとく大股《おおまた》で歩いてゆく。

鳥見小屋とは、土間に三畳ほどの板間があるだけの茅葺《かやぶき》の小屋だった。鷹狩の前、鳥見番は獲物の数が足りるかどうか調べ、足りなければ調達して野に放たなければならない。交替で鳥を観察するために設けられた小屋だろう。普段は使用されていないようで、行燈《あんどん》すらおかれていない殺風景な小屋である。

板間で三人が車座になったところで、勝馬がいきなり両手をついた。さっきまでの悠然とした顔が一変して、苦渋に満ちた色がうかんでいる。

「原みちどの。拙者は、お母上からの御文をおとどけに参った」

ふところから封書をひきだし、勝馬はみちの膝元へ押しやった。

みちは茫然《ぼうぜん》と文を見つめる。一瞬、頭の中が真っ白になった。なぜ勝馬は、自分がみちだと知っているのか。なぜ母の文が勝馬の手にあるのか。しかも、わざわざ京からとどけにくるとは……。

けれど、そんなことはまだ小さなことだった。みちを不安の淵《ふち》へ突き落としたのは、母がわざわざ文をよこしたという、その事実だ。母は賢く、忍耐強く、己の分をわきまえていて、たとえわが子であってもよけいな口出しはしない。その母が、どうして文など書いてきたのか。

「宛先がわからぬゆえ、玖左衛門、おぬしのもとへ送ってきた。多少とも事情を知っておるのはおれだけだ。それゆえ他人に託すよりは……と江戸まではこんできた。洛中《らくちゅう》ではずれで別れたあとどうなったか、気にもなっておったしの」

玖左衛門は身動《みじろ》ぎひとつしなかった。勝馬の話は耳に入っているのだろうが、みちの膝元の封書に視線を落としたまま、まるで凍りついてしまったかのようだ。

「読まぬのか」

勝馬にうながされて、みちはぴくりと身をふるわせる。同時に、玖左衛門がはじかれたように顔を上げた。

「勝馬。おれたちは出ていよう」

みちがなにもいわないうちに玖左衛門は立ち上がり、勝馬の肩を叩いた。二人はそろって表へ出てゆく。

小屋の中には、みちと母の文だけがとりのこされた。みちはのろのろと文を拾い上げ、胸に押しあてる。ここになにが書かれているか、今はもう、わかっていた。そのこと以外に、母が自分に文を書いてくる理由がない。

「兄さま……」

つぶやいたとたん、鳩尾《みぞおち》のあたりから熱いかたまりがこみあげてきた。いやだ、断じてそんなことは……。自分がここにいるのは亡父の、そして兄の志を遂げるためだ。兄の悲願をなんとしても叶えたいとおもったからこそ、男のふりをして闘ってきた。すべて、病身の兄に喜んでもらうため、兄に安堵してもらうためではないか。その兄がいなくなったら、わたくしはいったいなんのために……。

読みたくない、読むまいとおもった。母にはわるいが、このまま燃やしてしまおうか、ともおもった。おもいとは裏腹に、封書を開いている。

いつもながらの端正な母の文字だった。六月五日の早朝だったと記されていた。

——最期までそなたのことを案じておりました。

そう、母は書いていた。自分が病身であるばかりに妹に大役を担わせてしまった、本当なら詩作に励んで、漢詩人としての道を邁進すべきところを、お家の内紛に巻きこんで、命まで危険にさらしている……そのことを何度も詫《わ》びていたという。

「兄さま、さような弱気、兄さまらしゅうありませぬ」

まちがいは決して許さない。眼光鋭く、病床にあっても世の不正に腹を立て、佞臣を除くために精一杯の力をふりしぼってきた兄……。そんな兄も、体力の衰えとともに気力が萎《な》えていったのだろうか。

けれど、母は気丈だった。こたびのことは、みち自身が納得してひきうけたこと、あの子はわたくしの娘だから心配はいらない、きっと最後までやり遂げる……と、いまわの際にいったところ、兄はそのとおりだというようにうなずき、穏やかに、口許に微笑みさえうかべて旅立ったという。母はまた、このことで帰ってくる必要はない、弟の瑾次郎の看病も自分独りで十分だから、秋月黒田家のため、それが無事すんだら、今度は自らのために、心ゆくまで勉学に励むように……と書きそえていた。

「母上……ああ、母さま……」

幼いころのように母の膝にすがって泣きたい。母の手で背中をなでてもらいたい。やさしい指で振り分け髪をかきあげて、「良い子、泣かないで」と耳許で囁《ささや》いてほしい。わたくしには母が必要だと、みちはおもった。

それと同時に、母の細い体を抱きしめてやりたい、ともおもった。一字の乱れもなく文を書いてきた母だが、どんなおもいでこの文を書いたか……。家は落ちぶれ、夫ばかりか嫡男にも先立たれ、娘ははるか遠く、今一人の息子も病に臥《ふ》せっている。たった独り、頼りとする者もなく、どんなに心細いおもいをしているか。

なにもかも放りだして、母のもとへ帰りたかった。が、それをして母が喜ぶか。兄が喜ぶか。父が、喜ぼうか……。

「ああ、わたくしはどうしたら……」

涙がとめどなくあふれる。いつから泣いていたのか。いや、涙が出たから泣いていたわけではないだろう。膝下に文がおかれ、母の文字を見た瞬間から、わたくしの心は泣いていたのだとみちはおもった。泣いて泣いて泣いて……もう二度と泣き止む日は来ないような気がする。

両手で顔をおおった。肩をふるわせ、身を揉んでむせび泣く。と、その肩が力強い手につかまれた。有無をいわさず抱きよせられる。

玖左衛門の胸で、みちは子供のように泣きじゃくった。

勝馬をうながして表へ出たとき、玖左衛門にはもう、勝馬が持参した文に記されている知らせがなんなのか察しがついていた。

「せめて、あとひと月、半月でもよい、永らえてくれたなら……」

雑木のひとつに背中をあずけ、晩夏の空をながめながら、玖左衛門は嘆息した。

勝馬は小枝を拾い上げてぽきっと折る。

「半月ひと月で嗣子が定まるとはおもえぬが……」

「なれど、われらの意がとおるかとおらぬかはわかる。この件でわれらができることは限られておるゆえの」

本家派の江戸家老たちが、藩主を意のままにあやつって——脅すか理詰めで談判するか強引に口を封じてしまうかはともあれ——自分たちに都合のよい嗣子を幕府へ願い出てしまえば、その時点でこちらは敗北を喫する。瑛太郎は落胆するだろうが、それでも、勝敗を知らぬまま死んでゆくよりはましだろう。瑛太郎の意気に燃える双眸をおもいだして、玖左衛門は暗然となる。

勝馬は別のことを考えていたようだ。

「おぬし、相当に深入りしておるのう。さっき、われら、というたぞ」

「京から旅をしてきたのだ。それも容易な旅ではない。他人事《ひとごと》でないのは当然だろう」

「みちどのがいたからか」

「みち……瑾次郎だ。おれはずっとそうおもってきた」

本当だろうか。玖左衛門は勝馬が「みち」といったあのとき驚かなかった自分を知っている。いつからとはっきりはいえないが、女かもしれないとおもったことが一度ならずあった。だが、そもそも、それがなんだというのか。見かけが女であれ男であれ、玖左衛門はもはや気にもならない。自分が己の命を危険にさらしてでも助けたいと願うのは、今このとき、小屋の中で独り悲嘆に暮れているであろうその人だ。その人を抱きしめたい。おれがついているといってやりたい。自分が心底、大切におもっているのは、瑾次郎でも霞窓尼でもみちでもない「その人」なのだから。

「みちどのは自分と弟、両方の通行手形をもっているらしい。お母上は、みちどのがどちらでいるかわからぬゆえ、確実に知らせがとどくようにと考えあぐねたのだ。それで、おぬしにとりつぎをたのむ文の中で、みちと瑾次郎というふたつの名が記してあった」

文は秋月黒田家へとどけるわけにはいかないから、本多家の京屋敷へ送ってきた。玖左衛門の手に渡れば知らせてもらえると、信じていたにちがいない。

「これからどうする?」

玖左衛門が沈黙しているので、勝馬が訊いてきた。

「瑾次郎……みちどのがどうしたいかにもよるが……。おれとしては、このままひきさがるのは不本意だ。ようやっとここまで来た、最後まで闘って、秋月黒田家を乗っとろうとするやつらにひと泡吹かせてやりたい」

「他家のごたごたに、これ以上、首を突っこむのはどんなものかのう」

「わが殿も承知の上だ」

玖左衛門は勝馬に、二通の書状の話をした。若年寄の遠江守では老中を説き伏せるほどの力はないが、もし、万にひとつ、老中のだれよりも将軍家に信頼されていて、将軍家を動かす力のある者が味方についてくれたなら……。

「井伊掃部頭か」

「幸い遠縁でもある」

「なるほど、やってみる価値はある、か」

「勝馬。おぬしも手を貸してくれ」

玖左衛門は、すでに御目付の桜井の家来に伝言を託したことを教えた。桜井は遠江守に伝えてくれるはずだ。遠江守はどうやって書状を返してくるか。

「おれなら顔を知られていない。本多家へもどり、殿に会《お》うて書状をうけとる。ここへ持ってきてやろう」

「ここは危うい」

「うむ。では、いずこへ？」

玖左衛門は思案した。

「井伊家へ行ってくれ」

「なんとッ」

「若年寄の使者なれば門内へ入れる。そこで落ち合おう」

江戸へ到着したばかりの勝馬なら、本多家の屋敷から井伊家の屋敷へむかったところであとをつけられる心配はなさそうだ。

「とはいえ用心は怠るなよ。さっきのやつらはおぬしを見ている。おぬしは図体《ずうたい》がでかいし、人目をひくからな」

「おぬしらはどうするのだ？」

「これから考える。が、井伊家へ行く。必ず行く。行ってみせる」

二人は目を合わせた。無事に井伊家へたどりつけるか。江戸市中の、たかが三田から桜田御門の屋敷までがはるかな道におもえる。しかも、掃部頭が書状を読んでくれる保証はなかった。さらに、将軍家へ進言をしてもらわなければならない。

「最後にして、最大の賭けだな」

「ま、やらぬより、やってみるさ」

勝馬はもう駆けだしていた。

玖左衛門は小屋へもどる。一歩足を踏み入れて、胸を衝かれた。瑾次郎が、いや、男装をしたみちが、両手で顔をおおって泣いている。苦し気に咳きこみながらも、藩内の理不尽を訴えとっさに瑛太郎の顔がうかんだ。苦し気に咳きこみながらも、藩内の理不尽を訴えた

瑛太郎……弟を助けてくれとすがるような目をむけてきた瑛太郎……。

おぬしは、もう、いないのか——。

みちの痛みが、そのまま自分の胸に突き刺さってくるような……。ぐりぐりと胸がえぐられる。もちろん、兄を喪ったみちの悲嘆や苦悶は自分の悲しみの比ではないだろうが、苦しみ悶えるみちの姿を見ていると、それが他人事ではなく、自らの体の奥底からあふれだしてくるもののようにおもえた。

瑛太郎の存在がどんなに大きかったか、だか

らこそ、自分たち二人は結ばれているのだ……と。

瑛太郎どの。案ずるな。なにがあっても約束は守る――。

玖左衛門は板間へ上がり、みちの前に座った。肩に手をおき、抱きよせる。

みちは抗わなかった。

肩をふるわせ嗚咽《おえつ》しながら熱い体をあずけてくる女を、玖左衛門は、だまってただ抱きしめる。

八

みちは、たった今、自分の身に起こったことがまだ信じられずにいた。

久留米有馬家の敷地内にある御鷹場の片隅、鳥見小屋で独り、玖左衛門がもどってくるのを待っている。

十五のとき、父が二度目に江戸へ出立する直前に縁談があった。相手は福岡藩の医師の香江春蔵《こうのえしゅんぞう》という人で、会ったことはなかったが、「俗人の家からは娶《めと》らず、古処さまの娘御なれば……」といっているという話を聞き、胸をときめかせた。敬愛する貝原益軒《かいばらえきけん》と妻女の東軒《とうけん》のような夫婦《めおと》になれるかもしれないとおもったからだ。妻が夫に仕えるにも才が必要不可欠、才あってこその内助の功だと東軒の姿から学んだみちは、常々、妻の才を尊重してくれる夫をもちたいと願っていたのだ。

ところが、秋月黒田家の政変が尾を引いて古処の失脚が明らかになるや、縁談も立ち消えになった。傷心のみちを父はなぐさめた。江戸にはたそさまのような女性《にょしょう》がいる、学問に励め――と。その言葉に従い、みちは漢詩人としての才を磨いた。遊歴の途上、意気投合して淡い恋心を抱いた人もいたが、そうした恋が実ることはなかった。

男勝りの自分は、女であって女ではない。もう恋はしないだろう。だれかを思慕したとしても、それを口に出したりはすまい。そう心に決めた。だから男のふりをするのは水を得た魚のように感じられたし、男として遇されるのは愉《たの》しくてしかたがなかった。

それなのに――。

玖左衛門の胸に抱かれて泣いたとき、そうではなかったことに気づいた。自分が求めていたのは、自分が女であることをおもいださせてくれる男だ。女でいたいとおもわせてくれる男に出会ってしまった。今はもう、この気持ちをごまかすことはできない……。

玖左衛門もおなじおもいだといってくれた。「瑾次郎でもみちでも、自分の気持ちは変わらない。今、ここにいる、そなたが好きだ」と。

ああ、こんなことが起こるなんて……。しかも、兄の死を知らされたばかりだというのに――。

みちは兄の幻に話しかける。

「玖左衛門さまをわたくしのもとへ遣わしてくださったのは、兄さまでしたね。そもそも玖左衛門さまは、兄さまを敬愛しておられた。それゆえ、はるばる秋月まで兄さまに会いに行ってくださったのです。そう、事のはじまりは紙切れに記された文字、兄さまの号である白圭……」

　玖左衛門の話によれば、辻斬りに遭ったかとおもわれた身許不明の武士の脚絆、その二重に縫い合わせた布のあいだから紙切れが出てきた。そこには李白の漢詩にそえて「白圭」と記されていたという。

　差出人がたそであることは、おそらくまちがいないだろう。たそと瑛太郎は、五経先生の山房で偶然出会ったのではない。江戸と秋月にいながら文をやりとりしていたのだ。それも、李白の漢詩におもいを託して……。いったいいつ、二人は親しくなったのか。

　みちは父から何度もたその名を聞いていた。兄からはほんの数えるほど、それもおざなりな称賛だったから、兄がたそに特別な気持ちを抱いているとはおもいもしなかった。けれど、父が隠居をした翌年に家督を継いだ兄は、四年後、江戸留守居詰に任じられて、一年余り江戸屋敷に滞在していた。おなじ上屋敷内にいて、父があれだけ褒めちぎったたそに関心を抱かなかったとはおもえない。

　二人はこのとき親交を深めたのだろう。

　みちは今になっておもいだしたことがあった。京へ出かける前、別れがたくてずるずると兄のもとですごしていたときのことだ。兄の文机《ふづくえ》に書きかけの文がおかれていた。ひょいとのぞくと李白の詩が……。

洪《おお》いなる波は浩蕩《こうとう》として旧国に迷う
路《みち》は遠くして東に帰ること安《いず》くんぞ得可《うべ》けんや

——はてしなく高い波があがっている。どちらに行ったらよいかわからず、この旧国で迷い歩いている。東へ帰りたいが、遠すぎて今は帰れない。

このときみちは「兄さまッ」と得意げにまちがいを正した。「ほら、ここ。東ではなく西です」と。兄は「ああ、そうか」と笑っただけだったが、あれは本当にまちがいだったのか。いや、兄ともあろう者がまちがえるはずがない。どうして今まで気づかなかったのか。東は江戸、あれは「江戸へ帰りたいが帰れない」という意味だったのだ。だとすればあの文もたそへ送るための……。

兄が江戸にいたのは二十四、五のときだった。たそは三つ四つ年上か。だとすれば、お役目上のかかわり以上のものを、二人が育《はぐく》んでいたとしてもふしぎはない。

「兄さま。今ならわかります。わたくしにも兄さまのお心が……」

兄は生涯、妻を娶らなかった。家が落ちぶれたことや不治の病に罹《かか》ってしまったせいもあったかもしれないが、江戸から帰って発病するまでのあいだにひとつふたつはもちかけられたはずの縁談に、兄が関心を示したという話は聞かない。

兄は、たそを想いつづけていたのではないか。江戸へ参勤して再会する日を心待ちにしていた。ところが、願いは叶わなかった。

たそも兄を想いつづけていたはずだ。兄の不運を知りながらも、文のやりとりをつづけていたのだから。兄の死を知らせたら、たそはさぞや悲嘆にくれるにちがいない。

「みちどの……」

おもいをめぐらせていたので、玖左衛門に名を呼ばれるまで気づかなかった。

「準備ができたぞ。仕度をしてくれ」

「まあ、ずいぶん早いこと」

「急がねば意味がない。高木さまがご家老を説得してくださったのだ。隣家の異変は有馬家でも話題になっておったようでの、困ったときは相身互い。ただし、結果がどうなっても有馬家は一切関知せず、と約束させられた」

「わかりました」と腰を上げながらも、みちはまだ半信半疑といった顔。「眉寿姫《びじゅひめ》さまの名代なれば、まことに会っていただけましょうか」

「井伊家先代の直中《なおなか》さまは内大臣と親しゅうしておられたそうだ。今の藩主の掃部頭さまも、実万《さねつむ》さまとはご昵懇《じっこん》の由。となれば、実万さまの奥方であられる眉寿姫さまの名代を粗略に扱われるはずがない」

つまり、こういうことだ。井伊家は朝廷との絆《きずな》を強めるために、先々代が蜂須賀《はちすか》家の姫を養女にもらいうけて公家の三条家へ嫁がせた。今の内大臣はその息子なので、みちは今回、内大臣の息子、実万の妻である眉寿姫の伝手を頼って、内大臣に井伊掃部頭への書状を認めてもらった。

　とはいえ、いくら書状があっても、下級武士としか見えない男二人が大大名である井伊家の当主にいきなり面会を申し出たところで、怪しまれるだけだろう。いたずらに待たされるか、のらりくらりとたらいまわしにされるか。だが、事は急を要する。そこで玖左衛門がひねりだした奇策が、みちを眉寿姫の名代に仕立てることだった。代々親交のある公家の――それも内大臣家の――姫の名代が内大臣の書状を持参の上、至急の面会を申し出ているとなれば、掃部頭とて無視はできない。それにもうひとつ、公家の行列なら敵方の目もくらませるわけで……。

「男子の真似なら自在ですが、わたくし、公家の女に化けるのは……」

「御前に出てしまえば、あとはこっちのものだ。内大臣の書状がある」

「さようですね。自信はありませんがやってみましょう」

　有馬家を味方につけたのは好都合だった。能舞台まで誂《あつら》えるほどの傾奇者《かぶきもの》の殿さまをいただく大名家なので、華美な衣装や輿《こし》も容易に調達できる。

　四半刻もしないうちに、久留米有馬家の裏御門から、公家の仕丁らしく水干に烏帽子といった公家風のいでたちをした玖左衛門と高木家の郎党二人、一行にかこまれ力者《ろくしゃ》に担がれた由緒ありげな張輿が出てきた。輿はよく見れば作り物めいているものの、遠目なら公卿《くぎょう》のお忍び用に見える。かといってこの程度の行列なら珍しくもないから、往来の人々もさほど関心は抱かないはずだ。

　一行は一《いち》ノ橋《はし》を渡って鳥居坂《とりいざか》から霊南坂《れいなんざか》をとおり、赤坂御門《あかさかごもん》から永田町《ながたちょう》をぬけて桜田門外にある井伊家へむかった。うっかり近道を行くと福岡黒田家の上屋敷に出てしまうので、用心のためにぐるりとまわりこむ。

あと少しで裏御門、というところで、一行は動きを止めた。止めざるをえなかった。奴姿《やっこすがた》の小柄な男が駆けてきて、両腕をひろげ、行く手をふさいだからだ。

玖左衛門は押しのけようと駆けよった。驚いて棒立ちになる。

「米助ッ。おぬし……」

「へへ。下手な変装やなぁ。わてに相談してくれはったら、もう少しましな恰好させてやったんやけど」

「うるさいッ。どけッ」

「へえへえ。わてかて、こないなとこで一戦交えるつもりはあらしまへん。輿の中にいやはるお姫はんに、ちょいとばかしお教えしたいことがおましてな」

玖左衛門が肩を怒らせるのを見て、みちは簾《すだれ》を大きく開けた。相手が米助なら、今さらとりつくろうこともない。

「なんですか。おいいなさい」

米助はヒョーッというように奇声をもらした。

「尼さんも似合ってはったけど、お姫はんもなかなかのもんや。被衣の下のおすべらかしの髪、どないしてくっつけはったんどすか」

「さようなことより、早う用件をいいなさい」

「へい。ほんなら……」と、米助はぐいと身を寄せた。「御門は入らんほうがええのんやおまへんか。入らはったら、また一人、死人が出るかもしれまへん」

「どういうことですか」

「御女中はんが、捕らわれてもうた」

「御女中？　まさか……」

「大当たり。たぞ、はんや」

みちは凍りついた。

「だれが、さような、ことをッ」

「ほんなん、お姫はんちのご家老さまに決まってますがな」

「だったらおれたちにはどうにもできまい」

玖左衛門はけげんな顔だ。

米助はヒヒヒと笑った。

「おまはんのお殿はんではな、助けられしまへん。せやけど、わてのお殿はんやったら、御女中一人、どうとでもでける」

そのかわり、井伊家ではなく水野家へおもむいて、秋月黒田家の継嗣騒動の顚末《てんまつ》を詳しく話せ、というのが、米助の提案だった。若年寄の本多遠江守には大名家へ命令を下す権限はないが、米助の主である水野越前守にはその力がある。なぜなら、背後についている老中の水野出羽守であれば、大名家の内政にも干渉できるからだ。

米助は、たその命とひきかえに、みちに自藩の内紛を密告するよううながしている。みちが継嗣問題の顚末を語れば、お家騒動とみなされて、秋月黒田家はおとりつぶしになるかもしれない。そうなれば本家の福岡黒田家も無傷ではいられないだろう。たそさま、どうしたら――。

たその命か、それともお家の存続か……そう、米助は迫っている。

みちは苦境に立たされた。目の前に井伊家の御門があるというのに、今こそ本家派の陰謀をくつがえす絶好の機会がめぐってきたというのに、断念しなければならぬとは……。それでも、たそを見殺しにすることはできなかった。とりわけ、兄瑛太郎のたそへの想いに気づいた今は……。

みちは玖左衛門の顔を見た。玖左衛門の顔にも苦渋の色がうかんでいる。

「やむをえません。越前守さまにおすがりしましょう」

「いや、待て。こいつの策略やもしれぬぞ。たそどののこととて真《まこと》かどうか。仮に真だとしても、やつらがせっかくの手駒をそうそう簡単に始末するとはおもえぬ。われらが井伊家を味方につけたとなればなおのこと、早まった真似はできぬはずだ」

最初は辻斬りに見せかけた。みちを咎人《とがにん》として成敗しようとしたのも、あくまで屋敷の外でのことだ。奥方の信頼篤い御女中を定かな理由もなく捕らえ、その上、吟味もそこそこに成敗などしようものなら、家中は大騒動となり、収拾がつかなくなる。

玖左衛門の言葉にうなずきはしたものの――。

「だとしても、万が一ということも……たそさまのお命には代えられません」

みちが悔しさをにじませていうと、玖左衛門はきびしい目になった。

「瑛太郎どのやたそどのは、それを望まれようか」

はっとしたそのとき、裏御門が開き、ぞろぞろと人が出てきた。

「おーい。なにをぐずぐずしておる。話はついたぞ。掃部頭さまがお待ちかねだ」

勝馬だった。それでは、ひと足先にやってきて、ただ待っていただけではなかったのだ。早々と面会をとりつけるとは、いったいどんな手をつかったのか。

争っているひまはなかった。井伊家の郎党がどっとばかりに輿をとりかこみ、わさわさと門内へはこびこむ。虚を衝かれてはじきとばされた米助は、地団太を踏んだもののの多勢に無勢、退散するしかなかった。井伊家の門前で暴れれば、即座に斬り捨てられる。

「畜生。覚えてやがれッ」

捨て台詞《ぜりふ》だけは勇ましい。

みちは困惑していた。が、こうなったら肚《はら》をくくるしかなさそうだ。なんとしても掃部頭を味方につけること、それが、たそのためにもなると信じるしかない。

玄関の車寄せで輿は下ろされ、打掛姿のみちは輿から降りた。

「玖左衛門さまのおっしゃるとおりです。兄さまとたそさまの御為にも、掃部頭さまを説得してみせます」

みちは戦場へ出陣する武士の目になっている。

九

井伊掃部頭がどのような人物か、みちは知らない。とはいえ、世間に流布されている、とおりいっぺんの略歴だけは頭に入れていた。

掃部頭直亮《なおあき》は井伊家十三代直中の三男で、文化《ぶんか》九年に家督を継いだ。十二年には将軍家斉の名代として日光東照宮《にっこうとうしょうぐう》へ参拝している。これは将軍家の覚えがいかにめでたいかという証《あかし》でもあった。実際、将軍に面とむかって意見ができるのは、老中筆頭の水野出羽守をさしおいて、今や働き盛りの掃部頭だともいわれている。掃部頭の正室は紀州徳《きしゅうとく》川《がわ》家の流れをくむ松平頼起《よりおき》の娘だが、いまだ子がなく、側室もいなかった。そのため多数の兄弟の中から、弟の十一男を養嗣子に定めている。人となりは不明だが、学問には熱心で、蘭学にも関心を示しているとやら。その点は黒田本家の若き藩主とも似ていて、おそらく蘭学を目の敵にしている水野越前守とは相いれない考えの持ち主だろう。

これだけでも、いくつか留意すべき点が見えていた。

一　掃部頭は名門ならではの威厳に満ちた人物にちがいない。こちらはあくまで頭《こうべ》を低くして心からの敬意をもって接すること。

一　嫡子不在のお家の悲運を訴えて、同病相憐れむの共感を得ること。

一　福岡黒田家の若殿には意趣がないこと、敵は一部の佞臣だと断言すること。

──なにより、老中の水野出羽守の威を借りて、水野越前守がすでに動きはじめている事実を教え、掃部頭の危機感をつのらせること。

そしてもうひとつ。交渉相手は女より男。掃部頭は女の色香には関心がないらしい。

みちは留意点を頭に叩きこんだ。

掃部頭は、三十代半ばの、きりりとまなじりのつりあがった美男子だった。将軍の寵《ちょう》臣《しん》だけあって自信たっぷり、それでいてどこかピリピリして見えるのは、その自信が生来のものではなく、後年に身につけたものだからだろう。つまり、存外、気が小さいようだ。弱い犬ほど吠えるというし……。

「若年寄から、内大臣家の御使者が京よりおみえになると急な知らせがあった。とはいえこれは……いやはや、女性とはおもわなんだわ」

これが勅使なら自分が下座で平伏するところだ。が、相手は女。どう応対すればよいか、掃部頭は狼狽《ろうばい》している。

「お目どおりが叶い、恐悦至極に存じまする。まずは、この書状をご高覧願わしゅう」

みちは玖左衛門に合図をして、内大臣の書状を掃部頭へ差しだすよううながした。

公家女らしからぬ言葉づかいもさることながら、一読した掃部頭は心底わけがわからぬといった顔で首をかしげた。

「ここには、そのほうの話を聞くように、とある。して、そのほうは……」

「秋月黒田家の家臣、原瑛太郎の弟の原瑾次郎にございます」

掃部頭は目を丸くした。無理もない。目の前にいるのは、大柄ではあるものの、薄物の被衣に打掛姿の公家女なのだ。

「かようないでたちをしておりますのは、眉寿姫さまの名代ならお会いいただけるかと浅はかなる知恵を働かせましたがため……いえ、それだけではございません。ご老中の手の者にそれがし、命を狙われております」

「なんと？　老中に命を？　なにをいうておるか、さっぱりわからぬ」

「されば、御前でのご無礼をお許し願い奉ります」

みちは打掛を脱いだ。薄物の被衣とそこに貼りつけてある黒髪を同時に剝《は》ぎとる。これには掃部頭だけでなく、勝馬も息を呑んだ。中途半端に月代が伸びかけているものの、みちの頭はまごうことなき侍髷だ。

「それがし、京ではのうて、秋月から参上つかまつりました。掃部頭さまにお聞きいただきたいのはわが藩、秋月黒田家にかかわる大事にございます」

「秋月黒田家の家臣が、なにゆえ内大臣のご書状を……」

「わが殿は昨年、ご嫡子を急な病で喪い、継嗣の御事がいまだとどこおっております。お家の存続にもかかわる忌々《ゆゆ》しき事態にて……」

「ふむ。さもあろう」

「国許におわします先代のご後室・慈明院さまはたいそう胸を痛められ、なんとしても井伊掃部頭さまにご相談をいたすように、との仰せ。なんとなれば掃部頭さまは将軍家のみならず朝廷にも大いなるお力をおもちの、幕閣でも並ぶ者なきお方。幸い、慈明院さまの姪御の眉寿姫さまは内大臣・三条公修さまのご子息のご妻女さまにおわします。三条家と申さば、井伊さまとの御縁も浅からず。そこで、不肖それがしがご下命を賜り、眉寿姫さまのお口添えにて内大臣さまと面談、ご書状をいただいたのち、掃部頭さまのお力におすがりすべく、江戸へ馳《は》せ参じました次第にて……」

もちろん、青天の霹靂《へきれき》のような話を滔々《とうとう》と語られても、即座に理解しろというのはどだい無理な話だ。掃部頭は目を泳がせている。

「されば、こちらを……」

みちはもう一通の、慈明院からの書状を手渡した。

掃部頭は一度、二度と熟読する。

「秋月黒田家のご当主は甲斐守《かいのかみ》であろう。一国の大事なれば、なにゆえ甲斐守ご自身が相談に来ぬのだ。江戸にはご家老もおられよう」

「それが叶いますれば、かような厚かましきことはいたしません。しかしながら、目下、殿のご消息がご不明ゆえ」

「なんだとッ」

「殿は嗣子ともなる姫さまの婿どのを、秋月黒田家とも三条家とも縁浅からぬ土佐の山内家よりお迎えになられるお心積もりにございました。ところがこの春、江戸へ参府されたとたんにご消息が途絶え……」

「待て待て、不穏なことを申すでない。将軍家の御前にて、参府の挨拶をなされたはず。公の場でもお見かけいたした。現に当家へもご丁寧な……あ、いや、当家へ挨拶に参られたのは江戸家老であったの……」

消息不明というのは、居所がわからぬ、という意味ではない。長韶は体の不調を訴えながらも、どうしても参列しなければならない場には参列している。けれど、それはあくまでかたちばかり。上屋敷でどのような毎日をすごし、なにを考えているのか、それはまったくわからない。周囲を江戸家老とその側近にかためられているからだ。

「つまり、甲斐守の身に異変があったということか。しかも、それが、江戸家老の奸計《かんけい》によるものだと……」

掃部頭はまだ疑わしげな顔をしている。

「にわかには信じがたきことにございましょう。そのご書状にも認めてございますが、今一度、わが秋月黒田家の内情をお聞きいただきたく……」

みちは掃部頭に、文化八年、家老二名が讒言《ざんげん》により免職となった「織部《おりべ》崩《くず》れ」と呼ばれる政変からはじまって今日に至るまで、秋月黒田家がどれほど本家の圧力に耐え忍んできたかを訴えた。むろん、本家は本家で支藩の財政をたてなおそうと尽力を惜しまなかった。すべてが秋月黒田家にとって害になったわけではない。問題は本家の後ろ盾を得た一部の佞臣が暴走したことで、本家の若殿はこの件には関知していない。ただし、継嗣問題となると、このまま勝手を許すわけにもいかず……。

「なにより慈明院さまが憂えておられますのは、本家派の謀略とそこから逃れようとするわれらの攻防をご老中に嗅ぎつけられたことにございます。その裏ではあの、水野越前守が暗躍しておる由、これを機に、わが秋月のみならず黒田の本家にまで打撃を与えんと企んでおるとやら……」

水野越前守の名が出たとたん、掃部頭の顔色が変わった。やはり、おもったとおりだ。掃部頭の耳にも水野越前守の好ましからざる噂がとどいているのだろう。

「越前守がご老中にとりいり、さらなる出世を狙っておるのは知れたこと」

掃部頭は苦々しげに吐き捨てた。そもそも老中筆頭の水野出羽守は将軍に重用されていた。だが、六十代の半ばになっているので、少壮の掃部頭にとって代わられつつある。それで不安になったのか、同族の水野家の越前守を贔屓《ひいき》しはじめた。越前守は京都所司代だが、その出世は目覚ましい。このぶんでいけば、ゆくゆくは老中に昇進するというのが大方の評判だ。掃部頭とほとんど年齢がちがわないこともあって、掃部頭が目の敵にするのも当然だった。

みちが越前守を敵と名指ししたことは、正鵠《せいこく》を射たことになる。

「して、余に、なにをせよと申すのじゃ」

みちはここぞとばかり身を乗りだした。

「わが秋月黒田家には、越前守が老中に讒言するような内輪揉めは存在しないと……それを証《あか》しなければなりません。そのためにも、掃部頭さまより公方さまへ進言していただき、速やかに継嗣の一件を……」

「土佐山内にふさわしき男子がおると申すか」

「眉寿姫さまの御弟君、勘解由《かげゆ》さまにございます。もし勘解由さまが秋月黒田家の継嗣になりますれば、ゆくゆくは井伊家の御為にもなるのではないかと……」

掃部頭の眉がひくひくとうごめいた。

「その者が藩主となれば、本家が口出ししてくるのを防げる、というわけだの」

「頭を押さえつけられ、士気の停滞甚だしき家臣たちも快哉《かいさい》を叫びましょう」

掃部頭はうなずいた。

「しかし、それにはまず、甲斐守の意向をたしかめる必要がある」

むろんいうまでもないことだ。が、同時に、いちばんの難題でもあった。なにしろ長韶は消息不明なのだから。掃部頭がたとえ直々に面談する場を設けたとしても、長韶がその意に沿えるか、本心を吐露できる状態であるかどうかすらわからない。

「いかがいたすつもりじゃ」

これこそ、おもいあぐねてきたことだった。

「されば妙案がひとつ。掃部頭さまのお力におすがりして、将軍家のご威光の一条なりとお借りしたく……」

妙案を聞くや、掃部頭は顔をひきつらせた。が、次の瞬間には頬をゆるめている。

「おぬし、ようもさような荒技をひねりだしたものよのう」

「虎穴《こけつ》に入らずんば虎児を得ず、と申します」

「なるほど。難に臨んではいやしくも免れんとするなかれ、か」

掃部頭は機嫌よく笑った。

異を唱えなかったところをみると、第一の関門は無事、通過したようだ。

「まっこと、おぬしというやつは……」

御広間から伺候の間へもどるなり、玖左衛門はみちに、半ば呆《あき》れ半ば感心した目をむけてきた。

「被衣を剝ぎとったときはどうなるかと肝が冷えたわ」

「しかしあれで掃部頭の目の色が変わった。みちどのの機転が功を奏したのだ。だがみちどの、用心せぬと、伽《とぎ》の相手を所望されるやもしれぬぞ」

勝馬も話に加わる。

「おやめください。ここでは瑾次郎ということになっております。馬鹿馬鹿しい、男子に伽などと……」

「それゆえにこそ、気をつけろ、といっておるのだ」

「いいかげんにしてください。さようなことより、首尾ようゆくかどうか……」

みちは不安を隠せなかった。われながら妙案だとはおもうものの、いちかばちかの大勝負であることもまちがいない。しかも機会は一度きり。

「上手くゆくさ」勝馬は自信たっぷりだった。「掃部頭のたのみだ。公方さまも断るはずがない。別段、厄介なことでもなし」

「もし、ご当主がまことに重き病で、口も利けなんだら、いかがする？」

「その場で言質をとります。そのためについてゆくのですから」

「うむ。こればかりはみちどのにまかせるしかあるまい。古処どののご息女、あ、いや、ご令息なればこそ、ご当主もお心を開かれよう。われらにはできぬ芸当だ」

「勝馬。その間に、おれたちには別の仕事があるぞ。どさくさにまぎれて、たそどのという御女中を助けだす」

「おう。郎党どもの首をひねりあげても居所を見つけだしてやる」

「たのみます。なんとしても、たそさまを……」

みちが進言して掃部頭が採用した策を実行に移すまで、三人は井伊家の上屋敷にとどまることにした。井伊家が後ろ盾についたとなれば、米助も手を出せない。万が一、本家派の耳に入ったとしても、辻斬りに見せかけて邪魔者を排除する、などという荒っぽい手はもうつかえないはずだ。それでも用心に越したことはなかった。予想外の出来事に、これまで何度も見舞われている。

「いよいよ大詰めだの」

玖左衛門が感慨をこめていうのを聞いて、みちもふーっと大きく息を吐きだした。

「兄さまがわたくしをここへ導いてくださったのです。首尾ようゆくと信じましょう」

三人は段取りを打ち合わせた。

あとは、今日か明日か明後日《あさって》か、掃部頭の呼び出しを待つばかりだ。

十

今回は久留米有馬家から借りた作り物の輿ではなく、本物の武家用の男乗物だった。乗物にゆられている人もみちではない。

みちは月代を剃り上げた凜々《りり》しい若党姿で、乗物のかたわらを歩いていた。どこから見ても男だ。これなら秋月黒田家の女たちに見られても、尼姿の霞窓尼と同一人物だと気づく者はいないはずである。

われながらふしぎだったが、これまではなんの照れもなく嬉々《きき》として男装をしていたのに、今はなぜか気恥ずかしくてたまらなかった。銀杏髷に袴姿がしっくりこない。もっともそれをいうなら、昨夕、井伊家の小姓に髷をととのえてもらっているときは心底いたたまれなかった。玖左衛門はあえて見ないようにしているようだったが、無神経な勝馬はじろじろながめて「ほう」だの「おうおう」だのとしきりに感心してみせるので、なおのこと恥ずかしかった。

男装を疎んじる気持ちが芽生えたのは、玖左衛門の前では女でいたいとおもいはじめたからだろう。

男になるのはこれが最後――。

みちは心に決めていた。

むろん、今はお家の大事だ。そんなことに頭を悩ませているときではない。左右を見ると、玖左衛門と勝馬も井伊家の郎党数人にまじって乗物を護衛していた。これから秋月黒田家の上屋敷で起こるはずの騒動が頭にあるからか、二人とも緊張の面持ちである。

では、乗物の中にはだれがいるのか。

できることなら掃部頭その人に乗っていてほしいところだ。が、いくら賛同を得たからといって、大大名を文字どおり担ぎだして、これっぽっちの護衛をつけただけの乗物で小大名の屋敷へ伴うなど、天地がひっくり返ってもできるはずがなかった。

乗物には御典医が乗っている。束髪、僧侶《そうりょ》に似た十徳姿、御典医の中でも将軍の脈をとる高位の医師だ。しかも将軍家から特別に遣わされたとなれば、秋月黒田家は三拝九拝して迎えるしかなかった。江戸家老といえども追い返せない。医師ならば……御典医ならば……それも将軍のはからいならば……当主・長韶の脈をとらせるほかはない。嗣子不在のまま当主が逝去すればお家はおとりつぶし、その災難から逃れるためには、いかなる状態であろうと長韶が生きながらえていることを示さなければならないからだ。

これこそ、みちの妙案だった。

公家一行をよそおって歩いた道を、今度は武家の行列を仕立てて井伊家から秋月黒田家へ。久留米有馬家と秋月黒田家はとなり同士だから、溜池《ためいけ》をまわりこみ、霊南坂から鳥居坂を下るのは往路とおなじだ。

みちは、米助が後をつけているのではないかと警戒していた。あのままあっさり退散するとはおもえない。屋敷を見張っていたはずだ、と。だが、それらしい気配はなかった。では、もう出る幕はないと悟って、この一件から手を退くことにしたのか。逃げ足の速いやつだから、今ごろはおひょうと二人、東海道を西へ急いでいるかもしれない。

秋月黒田家の上屋敷へ到着すると、一行は表御門で堂々と名乗りをあげた。

「公方さまがお遣わしくださった御典医にござるぞ。粗相なきよう、速やかにご当主、黒田甲斐守さまの御許へ案内いたせ」

なんの前触れもなく御典医の一行が現れたのだ。秋月黒田家にしてみれば太陽が西から昇ったようなもの。門番が泡をくって知らせに走った。驚愕《きょうがく》、動転、困惑、いかにすればこの難局を乗り越えられるか、喧々囂々《けんけんごうごう》といい合う重臣たちの焦燥ぶりが目に見えるようだ。今さら居留守はつかえないし、流行病《はやりやまい》だの熟睡中だのと言い訳をしたところで、相手が医師ではどうにもならない。

「いつまで待たせるおつもりかッ」

「将軍家の御医師に無礼なるぞッ」

玖左衛門と勝馬が大声でがなりたてると、用人らしき武士が青い顔で飛んできた。

「ご無礼の段、なにとぞご寛恕《かんじょ》のほどを……」

額に冷や汗をにじませながら謝る姿からも、この突然の訪問がいかに家中を動揺させているかがよくわかる。

用人に案内されて、みちは御典医ともう一人、掃部頭の名代として同行した井伊家の家臣と共に屋敷内へ入った。他の者たちは車寄せで待つ。といっても玖左衛門と勝馬には別の役目があった。屋敷内がざわついて、人があたふたと行き交っているのを見れば、二人がたその居所をつきとめるのもそれほどむずかしくはなさそうだ。

みち、御典医、井伊家の家臣の三人は、御客の間ではなく、藩主の私の場である御座《ござ》の間へとおされた。これだけでも異例だが、それ以上に異様だったのは、座敷の襖障子の外にずらりと郎党が居並んでいて、それこそ蟻の這《は》い出る隙もなかったことだ。これでは幽閉されているのとおなじではないか。

御座の間には、長韶の他に二人の家臣がいた。一人は年恰好からして江戸家老の吉田《よしだ》縫殿助《ぬいのすけ》だろう。もう一人の顔は秋月で何度か目にしていた。このたびの参勤交代を指揮した次席家老の伊藤吉右衛門《いとうきちえもん》である。

長韶は背をむけていた。庭に面した襖障子を開け放ち、縁側に並べた盆栽の剪定《せんてい》をしているようだが、その庭のそこここにも郎党がうずくまっている。つまり、長韶は、一挙手一投足を、四方から監視されているのだ。公の場へ出て行くことはあっても、一国の藩主がとなりに座った大名にいきなり助けを求めるわけにはいかない。結局、なにもできないまま、無為に時がすぎてしまったのだろう。

本家派が当主を幽閉するという大胆不敵な行動に出たのは、継嗣の一件で、当主を意のままに操るためだ。それがおもうように進まないのは、長韶がまだ、本家派に屈していない証だった。心もち丸くしぼんで老人のそれのように見える長韶の背中に、みちはおもわず手を合わせそうになる。

「殿。上さまが、殿の御病の噂をお耳にされ、御見舞いにと、御医師をお遣わしくださったそうにございます」

縫殿助に目くばせをした上で、伊藤が言上した。

縫殿助は三十代半ばの最年少の家老で、古参の家老である父の体調が優れないこともあって、今や江戸屋敷を差配している。といっても実権をほしいままにしているのは父の斎之助《さいのすけ》で、その父のさらに背後には黒田本家の佞臣どもがうごめき、秋月黒田家を意のままに操ろうと策謀していた。

長韶はこちらへ顔をむけた。藩主だからむろん、みちも何度か仰ぎ見ている。まだ四十そこそこのはずだが、その顔は眼窩《がんか》が落ちくぼみ、眼光には精彩がなく、肌の色も土《つち》塊《くれ》のようで、十も二十も年老いて見えた。

なんと、おいたわしい――。

みちは胸を衝かれた。同時に腹の底から怒りがこみあげる。

「殿さま。突然押しかけましたこと、幾重にもお詫び申し上げます」みちは両手をついた。「なれど、公方さまが、殿さまのご容態をたしかめて参るようにと仰せられ……御自らの御典医をお遣わしくださいました」

「上さまが……なにゆえ……」

長韶は目をしばたたいた。疑問を抱くのは当然だろう。格別に目をかけられているわけでもない、取るに足らない小国の大名である。しかも大病に罹っていると公表したわけでもないのに、どこからどう噂がもれ、そのいったいなにが将軍の心を動かしたのか。長韶はもとより、縫殿助も伊藤も首をかしげている。

そのことも、みちは想定していた。

「恐れながら……」と、声をはりあげる。「殿さまの御身を案じられたお国許のご後室さまが、遠縁の井伊掃部頭さまに、御願い奉りましたゆえにございます」

京で、旅の途上で、なにがあったか。江戸家老たちはとうに知らせをうけているはずだ。自分たちをじゃまだてしようとしている国許の家臣たちの束ね役が慈明院采子であることも。もはや隠しだてする必要はないと、みちは判断した。

一方、国許との音信を断たれている長韶は、まだ事態が呑みこめないようで、目を白黒させている。

「そのほうは……」

いいかけたところで、縫殿助が素早くさえぎった。

「殿は、御病にて、お言葉が上手く発せられぬ。話があればわれらが……」

またもや縫殿助の顔色をうかがった上で、伊藤もみちのほうへ膝をむける。

「ええ、と……殿がお訊きになられたのは……そのほうも、井伊家のご家臣か、と」

「いえ。それがしは原瑾次郎。亡き古処の倅にございまする」

長韶は「あッ」と驚きの声をもらした。同時に縫殿助の顔がひきつる。

伊藤はひとつ空咳《からぜき》をした。

「古処の……原どののご子息とな。しかし、ご子息は不治の病だと……」

「兄瑛太郎は先日、国許にて永眠いたしました」

長韶は息を呑んだ。その顔に深い悲しみの色がひろがる。

「白圭が……死んだか」

「殿はそなたの父や兄の漢詩をよう詠じておられる。お悲しみもひとしおにあられよう。伊藤。そのほう、国許へ使者を遣わして……」

「ご家老。お人払いをして、殿さまに、兄の思い出話をさせていただくわけには参りませぬか」

「それは、ならぬ。お床にこそついておられぬが、殿のご体調は決しておもわしゅうないのだ。そもそも、突然、押しかけられてさようなことを……あ、いや、上さま掃部頭さまのお心づかいには伏して……伏して御礼申し上げるが、これ以上、ご無理をされるとお疲れが……」

これも、想定済みだった。

「ご無礼をいたしました。ご事情はお察しいたしましてございます。さすれば、公方さま掃部頭さまのお心を無にせぬよう、せめて……」

みちが御典医を見ると、御典医はうなずいた。

「せっかく参ったゆえ、お脈をとらせていただこう」

御典医は膝行《しっこう》して長韶に近寄る。

止める間はなかった。縫殿助と伊藤は顔を見合わせ、ごくりと唾《つば》を呑みこむ。耳許でよけいなことを吹きこまれては一大事。耳を澄まし目を凝らして、いざというときには身をもって防ごうというのだろう。

御典医は長韶の手をとり、しばらくそのままじっと目を閉じて脈をとるのに専心した。一切、言葉は発しない。長韶は、というと、頬を上気させて、御典医の手を凝視している。その姿は将軍家の御典医に脈診をされて恐懼《きょうく》しているようにも見えたが……。

脈診が終わるや、御典医はするすると元の席へもどった。一礼する。

縫殿助と伊藤は安堵の息をもらした。

「おわるいところはございません。お声がお出にならぬのは、お気鬱の御病のせいかと……。なれば、屋敷へこもっておられるより、お出かけになられたほうが治りが早うございましょう。そうじゃ。井伊家へお出まし遊ばされ、御礼かたがた、掃部頭さまにお顔を見せてさしあげてはいかが……」

井伊家の家臣も「さよう、さよう」と笑顔を見せる。

「ご家老。ぜひともご一緒におこしくだされ。お迎えの乗物をご用意いたそう」

将軍家に御典医の診察を願い出てくれた掃部頭である、礼に来いといわれれば行かないわけにはいかない。家老も一緒に、といわれたので多少は安心したのか、縫殿助はしぶしぶながらうなずいた。

伊藤はまだ不安顔だ。

「殿のご容態が落ち着きませぬとご迷惑を……」

「いや。内々のことゆえ、遠慮はご無用」

「なれど、殿はお声が……」

「お手前がたがついておられるではないか。今後のことをおもえば、お手前がたにとっても良き折とおもうがのう」

それはもちろん、二人にとってもわるい話ではなかった。みちは、数名にしぼられているという本家派の嗣子候補がだれなのか知らない。が、奥御殿で耳にした噂の中には、縫殿助の父親が息子に長詔の娘を娶《めあわ》せてお家を乗っとろうとしている……などという不穏な流言まで入りまじっていた。となれば、井伊家も味方につけておく必要がある。

伊藤は縫殿助を見てうなずいた。

「畏まってござる。さすれば、掃部頭さまにはよしなに」

伊藤も同意したので、話はあれよあれよという間に決まった。

挨拶をして御座の間を退出する際、みちは素早くふりむいて長詔を見た。目が合った瞬間、長詔のまなざしがふっとやわらいだように見えた。くちびるの端が小刻みにふるえているのは、もしや、笑いをこらえているのか。

三人は乗物の待つ車寄せへもどった。

乗物へ乗りこもうとする御典医の手をとり、みちはふところからとりだした絹布をにぎらせる。内側を水で湿らせた布だ。

「お脈をとっただけで病を追い払うとは、さすが名医どの、このご恩は忘れませぬ」

「悪知恵の働く弟子さえおれば、だれでも名医になれるわ」

御典医は絹布で手のひらをこすりながら苦笑する。手のひらには、小さな墨文字がびっしりと記されていた。

十一

「おれは奥御殿へ行ってみる。だれか、知っている者がおるやもしれぬ」

「うむ。ならおれは表方をぐるりとまわってみよう。おぬしとちがってこのおれでは、女人方を怖がらせるだけだしの」

「用心を怠るなよ」

「おぬしこそ。とって食われるな」

玖左衛門は苦笑して、奥御殿とは反対の方角へ歩み去る勝馬を見送った。自身は奥御殿へむかう。大奥や大大名家の奥ほど厳重な仕切りではないものの、やはり男がぶらりと入りこめる場所ではない。いったん裏御門へ出て、まずはたそへの面会を申し入れることにした。

「拙者は久留米有馬家の用人にござる。水天宮詣でのことで少々お話が……」

隣人をよそおったのが功を奏したようだ。玖左衛門は対面所の小座敷へとおされた。

ほどなく御女中がやってきた。同時にはっと目をみはったのは、水天宮で出会ってから、まだ丸一日しか経っていなかったからだ。

玖左衛門があらためて挨拶をすると、御女中も知世と名乗った。

「霞窓尼さまは……」

膝を乗りだし、小声でたずねてくる。

「ご無事だ。それより、たそさまはいずこじゃ」

「ここにはおられませぬ」

「いずこにおられる？」

知世はさらに膝を寄せ、声をひそめた。

「川越松平さまのお屋敷へお出かけになられました」

「なんとッ」

「霞窓尼さまの御身を案じておられましたところへお迎えが参りまして……」

人に知られぬように、というので、水天宮に参詣したとき随行していた侍女を一人だけ伴って、お忍びで出かけて行ったという。

「松平家の迎えとは、どのような男だった？」

「小柄なお人で、奴姿をした、なにやらおかしげな物言いの……」

米助かッ——。

玖左衛門はおもわず叫びそうになった。米助はたそが本家派に捕らわれているといった。あれはやはり、みちを井伊家へ行かせないための出まかせだったのか。あのあと、そのおもいつきを自ら実行に移すことにしたのだろう。しかし、米助がたそをおびきだしたところで、いったいなんの役に立つのか。

越前守の前で、秋月黒田家の継嗣騒動を語らせるか。

たそは脅されても主家を売るような真似などすまい。

では、たそを亡き者にして、なおいっそう家中の争いを煽《あお》り立てるか。

米助ならなんでも躊躇《ちゅうちょ》なくやってのけるだろう。だが、たそは一介の御女中ではなかった。慈明院にも当主の正室にも仕え、大名家の奥方たちにも広く知られる才女である。いくらなんでも越前守がそこまで非道な手をつかうとはおもえない。

「で、用件はたずねなかったのか」

「至急ということだけ、いつも水天宮へ遣いに参る者の名を申しておりましたので」

「あの社人か、浄衣をまとった……」

「はい。ご存じでしたか、あの者を」

玖左衛門は眉をひそめた。知世はまだ知らないようだが、社人は命をうばわれた。うばったのはおそらく本家派のやつらだろう。となると、たそをおびきだしたのも……。

いや、米助か本家派か、今はまだわからない。

知世も不安になってきたようだ。

「大和守さまのお屋敷へ出かけた御女中が、辻斬りにおうております。それゆえ、たそさまをお止めしたのですが……」

この奥御殿でも毒殺騒ぎがあった。危難は迫っている。今はどこも安全ではないと、たそは聞く耳をもたなかったという。

「まずいことになったの」玖左衛門は顔をしかめた。「大和守の屋敷へ行ってみる」

幸い川越松平の屋敷は細坂と寺町を越えた先で、さほど離れてはいない。

玖左衛門は知世に警戒するよう念を押し、裏御門へもどった。

飛びだそうとしたときだ。勝馬に「おーい」と声をかけられた。

「おう、勝馬か。よいところで会うた。すぐもどるゆえ、あとをたのむ」

「待て待て。たそどのなら居所がわかったぞ」

「なんだとッ」

「今しがた、ご家老、というてもご老体の吉田斎之助どののほうだが、ご家老に会いに来られたそうな」

玖左衛門は一瞬、聞きまちがえたかとおもった。

「たそどのは、松平家へ出かけたと聞いたが……」

「いや。至急の用事があると、奥より訪ねてこられたそうでの。速やかにおとおししたそうだ。人払いをして、だれも近づくな、と」

「たしかに、たそどのか」

「顔をじろじろ見たわけではなかろうが、とりついだ者と案内をした者、少なくとも二人は見ている」

しかし……と、玖左衛門は眉をひそめた。たその訪問を家老に知らせ、家老のもとへ案内したのは、吉田家の家来である。隔離されたも同然の奥御殿の御女中で、下女も口も利けないほど高位の女の顔の真偽を、奥をのぞいたこともない家来が判断できようか。めったにない出来事に驚いて、ほとんど顔など見られぬのではないか。

「しまったッ」

玖左衛門は血相を変えた。

「勝馬ッ。ご家老のところへ案内してくれ。急げッ」

なんだ、どうした、と訊いてくる勝馬に、答えているひまはなかった。玖左衛門にはもうからくりが見えている。事は一刻を争う。

古参の家老、吉田斎之助の役宅は西側の、重臣の家が立ち並ぶ一角にあった。もとより小大名の屋敷内だから、長屋の中の二軒をつなげたような簡素な家である。

「今は来客中にござる」

「だれも近寄るなと命じられておる」

「あ、なにをするッ。無礼者ッ。もどれッ」

家来たちに行く手を阻まれたが、玖左衛門は押しのけ突き倒し、土足のまま駆け上がった。友の決死の形相を見てとった勝馬も、阿修羅《あしゅら》のごとく家来どもをなぎ倒す。

「しッ。気づかれてはまずい」

といっても、広くもない屋敷だ。騒ぎは奥の間にもとどいているにちがいない。

玖左衛門が座敷に飛びこんだのと、「だれぞ、助けてくれーッ」と悲鳴があがったのはほぼ同時だった。御女中が、家老とおもわれる初老の男の上にのしかかり、二人は激しく揉みあっていた。敷居際に懐剣がころがっているのは、さすがに老いたりといえども武士、女にいきなり襲いかかられたとき、懐剣をもぎとって投げ飛ばしたのだろう。

家老の左手は血だらけだ。

「よせッ。おひょうッ」

玖左衛門は叫んだ。

おひょうはふりむいた。双眸がきらめく。

玖左衛門は「終わった」とおもった。おひょうはもう逃げられない。勝馬や家老の家来たちがどっと駆けこんでこようとしていた。だから、先に懐剣を拾い上げたのは、それが目の前にあったからばかりでなく、おひょうに先を越されるのを阻止するためでもあった。

それが、ほんのわずか、後手になってしまった。おひょうの正体をおもいだしてさえいれば……。しくじったとき、忍びの者たちがどうやって自らの口封じをするか、知らないわけではなかったのに……。

玖左衛門はおひょうがなにかを口に入れるのを見た。

次の瞬間、おひょうは口から泡を吹き、家老の腹の上で一、二度空を掻《か》くような仕草をするや崩れ落ちた。あとは、もう、ぴくりとも動かない。

十二

「おひょうがッ」

これほど驚いたことがこれまでにあったか。おもってもみなかった展開を知らされて、みちは玖左衛門の顔を茫然と見返した。

「おひょうが、ご家老を、手にかけようとしてしくじり、毒を、呑んだ、と？」

「米助がたそどのをおびきだしたのは、おひょうにたそどのの身代わりをさせるためだったのだ。御典医が来ている最中に騒ぎが起こる。ご家老が御女中に殺められたとなったら、家中で忌々しき事態が起きているのは明々白々。ごまかしがきかなくなる」

「ご老中の出羽守さまが詮議《せんぎ》に乗りだす、というわけですね」

「そういうことだ」

そんなことをして、おひょうは逃げおおせるとおもっていたのだろうか。少なくとも、それが容易でないことはわかっていたはずだ。それでもあえて事に及んだ。自らの命などどうでもよかったのかもしれない。だとしたら、なにをおもって死んでいったのか。仕留めきれなかったと悔やんだか。騒ぎを起こしただけで満足したか。いずれにせよ、命を棄《す》てさせて役目を全うさせるとは、なんと非情な主だろう。

「あとはどうなるのですか。おひょうの遺骸《いがい》は……」

「人の目にふれぬよう早々にはこびだされ、ひそかに葬られる。人の口に立てる戸はないが、とりあえずは箝口令《かんこうれい》を敷いてやりすごすのではないか。もっともおれたちの口封じまではできぬゆえ、頭を抱えているはずだ」

「たそさまの行方は……」

「大和守の屋敷へ遣いをやった。勝馬は殿に知らせるといって飛びだした。御目付の桜井さまがすぐにも探索を開始する」

米助はどこかへ身をひそめて、おひょうを待っているにちがいない。いつまで待ってもあらわれなければ、しくじったと気づくだろう。そのあと米助がどういう行動に出るのか、そこまではわからない。

「たそさまの御身が案じられます」

「されどこればかりは桜井さまにおまかせするしかあるまい。江戸に不慣れなわれらではにっちもさっちもゆかぬ」

玖左衛門がいうとおりだった。どこをどう捜せばよいかもわからない。それより今できることは、いったん井伊家へもどり、掃部頭に状況を知らせた上で、本家派の者たちが新たな手をおもいつかないうちに長韶を井伊家へつれてゆくことだ。この機に、一気に継嗣問題に決着をつけてしまわなければならない。

「ひきあげましょう」

みちは乗物の中で待っていた御典医にも事情を説明した。一行は秋月黒田家の屋敷をあとにする。三度《みたび》、おなじ道をたどって、桜田御門外の井伊家上屋敷へ。

秋月黒田家はまだ騒然としているにちがいない。前触れもなく御典医が訪ねてきた。とりつくろう間もなく藩主の脈診をさせてしまった。それだけでも動転しているのに、同刻、筆頭家老が襲われた。幸い一命はとりとめたものの、御女中を騙《かた》った女が自裁してしまったので、だれが、なんのために家老の命をうばおうとしたのか、それすらわからない。しかも真っ先にその場へ駆けつけたのが御典医の乗物に随行してきた井伊家の家来——とおもわれる二人——だったから、このあとどうなるか、戦々恐々としている家中の者たちの顔が目にうかぶようだ。

今こそ好機——。

井伊家へもどるや、みちは早速、掃部頭に、秋月黒田家での出来事を伝えた。御典医も口をそろえる。

「あれは病ではございません。まわりの家臣たちが目を光らせているので身動きがおできにならぬご様子にて……」

「このままでは、わが殿が本家派の軍門に降《くだ》るは時間の問題。そうなれば漁夫の利を得るのはご老中の出羽守さまと、越前守さまにございます」

みちは掃部頭の泣きどころを心得ていた。

案の定、掃部頭は不愉快そうに眉をひそめた。

「して、次は余になにをせよと……」

「恐れながら、なにもご存じなきふりをしていただき、不意打ちを……」

みちは次の一手を説明した。すると掃部頭の目の色が変わった。出羽守と越前守、二人の水野をだしぬくと聞いて俄然《がぜん》やる気になったのか、かたちのよい鼻をうごめかせる。

「よし。ひと芝居うってやるか」

「よろしゅうお願い申し上げます」

みちと玖左衛門は急ぎ乗物を仕立てて、ふたたび秋月黒田家へ乗りこむことになった。善は急げである。

「甲斐守さまにすぐにもお越しいただきたいと……。ご多忙の御体ゆえ、今を逃すとまたいつになるやもしれぬそうにて……」

「さ、さようなことは聞いておりませぬ」

「お声はともかく、それ以外はご壮健のご様子、なれば支障はなかろうと仰せで……」

「し、しかし、すぐのすぐでは殿のお仕度がととのいませぬ」

「私事の面談ゆえ、特別なお仕度は無用に、とも」

「なれど、ご挨拶となればそれなりの……あ、いや、手ぶらでは参れませぬ」

「お気になるようならあとでとどけさせればようござる。掃部頭さまはご事情もご承知の上で仰せゆえ。それとも、なんぞ、不都合がおありか」

「い、い、いえいえ、さようなことは……。ただちにお仕度をなさるよう、申し上げて参ります」

今や秋月黒田家の家臣たちの心配は、長韶が掃部頭の前でよけいな事を話してしまうのではないかという、その一事だけではなかった。こんなに早く呼びだされたのは、家老が暗殺されかけた一件が掃部頭の耳に入ったからではないか。それで早々に問いつめようとしているのではないか。だれもがそうおもっているのは、浮足立って右往左往している様子を見ればよくわかる。

掃部頭の機嫌をそこねては一大事、いつにない速さで仕度はととのった。長韶と家老の縫殿助、次席家老の伊藤は各々の乗物へ乗りこむ。とりわけ長韶の乗物については、なにか仕掛けがほどこされていないかと、秋月黒田家の面々が事前に念入りに調べたのはいうまでもない。

井伊家では、表御殿の小書院に対面の場が用意されていた。井伊家の用人に案内されて下座へつくまで、長韶の左右には縫殿助と伊藤がぴたりとはりつき、周囲を随行した家臣たちがとりかこんでいる。長韶が勝手な行動を起こさぬよう、目を光らせているのだ。

当の長韶は呆《ほう》けた様をしていた。口を利くなといいふくめられているのだろうが、端から造反する覇気などなさそうに見える。が、みちはそれが本家派に警戒させないための演技だと見ぬいていた。脈診をされたあのとき、御典医の手のひらに書かれていた文面を読んでいる以上、これからなにが起こるか了解しているはずだ。

掃部頭が上座へついたときも、対座した長韶の斜めうしろには家老と次席家老が当然のごとくひかえていた。みちと玖左衛門は……といえば、さらにうしろの敷居際に畏まって、これからはじまるはずの——ここまできたらあとはもう掃部頭にまかせる他はない——展開を、固唾《かたず》を呑んで見守っている。

秋月黒田家の一行はそろって両手をついた。縫殿助が、甲斐守の声が出ないので自分が代わって返答する非礼を詫びた上で、将軍家の御典医を遣わすという破格の温情への礼を滔々と述べようとする。

掃部頭が片手をあげて制した。

「さようなことより、内々に話しておくことがある」

そらきた、とばかり、家老以下、秋月黒田家の家臣たちは身をちぢめる。

掃部頭はおもむろにふところから書状をとりだした。

「話とは、貴家の継嗣のことだ。土佐山内家のご当主・土佐守どのの弟君であられる山内勘解由どのを、甲斐守どのの養嗣子として迎え、ゆくゆくは娘御を娶せて家督を継がせてはどうか。これは上さまの御意にもあらせられる。どうじゃ」

まさに青天の霹靂、凍りついている一同を後目《しりめ》に、長韶が高らかに声をはりあげた。

「承知、つかまつりましてございますッ」

「おう。お声が出るのか。うむ。重畳。さすればすぐにも継嗣の儀、願い出るがよかろう。皆の者も、異議はあるまいの」

掃部頭は鋭い眼で縫殿助と伊藤を見た。二人はすくみあがる。将軍の御意といわれては、申し立てなどできようはずがない。

二人が茫然自失の体《てい》でうなずくのを見て、掃部頭は表情をやわらげた。

「ひとつ、忠告しておくが、最前、貴殿らの屋敷で自ら命を絶った女は、某ご老中ともかかわりのある野心家が上方から放った刺客、との噂もある。さような者が屋敷内へ入りこんでおるということは、すでに目をつけられていると見たほうがよい。家中での揉め事はお家おとりつぶしの好餌《こうじ》、黒田ご本家にも禍《わざわい》が及ぶやもしれぬぞ。そこのところをよくよく話し合《お》うて、家中の皆々が心をひとつにすることが肝要である」

縫殿助は目をしばたたいている。伊藤の額には脂汗がにじんでいた。

「なにがあったか余は知らぬが、内輪揉めをしておる場合ではなかろう。したがって一切を水に流し、家老は藩主を守《も》り立て、藩主は家老をなおいっそうひきたてる。ということで一件落着、どうじゃ、甲斐守どの？」

「仰せのとおりにございます。吉田、伊藤、両人にも、他の者たちにも、これまでどおり余を、そして娘夫婦を、支えてもらう所存にございます」

「よう申した。で、そのほうらは……」

ははあ、と、家老以下、全員が平伏して畳へ額をすりつける。

掃部頭は、手柄を立てて褒めてもらおうとする子供のように小鼻をふくらませ、得意げにみちを見た。みちは微笑む。安堵したとたん胸が熱くなった。

ここまで長い旅をしてきた。命懸けの旅だった。小なりといえども大名家の継嗣問題に何者でもない女が独りで立ちむかうなど、前代未聞の暴挙にちがいない。

いや、独りで成し遂げたわけではなかった。慈明院、正室の兼子、たそ、知世、京で力を貸してくれた眉寿姫、商家の娘のお咲《さき》も……そしてもちろん女たちを支えてくれた国家老の一派、玖左衛門、勝馬、遠江守に掃部頭……。

兄さま、父さま、お二人の悲願がとうとう叶いました――。

感涙をこらえきれず、みちは男のようにこぶしを目頭にあてる。

秋月黒田家の一行は平伏したままだ。

「上さまの御典医はさすがに名医じゃの。甲斐守どのが声を失《うしの》うたは、下にもおかぬ扱いをうけたせいだそうな。過ぎたるは及ばざるがごとし。ほれ、さようにぴたりとくっついておっては、また病がぶり返すぞ」

掃部頭は鬼の首でもとったようにカラカラと大笑した。

十三

遠江守は、本多家上屋敷の表の御座の間で、駒を手に将棋盤を見つめていた。むろん駒の進め方を熟考しているのだが、その手が止まるたびに眉間《みけん》にしわが刻まれるのは、ともすれば将棋以外の思案に心がうばわれてしまうからでもあった。

井伊掃部頭は、果たして秋月黒田家の内紛を鎮め、継嗣問題に決着をつけることができるのか。さらにもうひとつ、水野越前守の手の者とおもわれる忍びにつれ去られたという御女中の行方は……。

渡辺勝馬の話では、自分の一筆が功を奏して掃部頭との面会が叶い、掃部頭の賛同を得て御典医――ようもまあ御典医などおもいついたものだ――を秋月黒田家へ送りこむところまでは順調だったという。が、そのあと蒼《あお》い顔で飛んできた勝馬によれば、秋月黒田家の家老が偽の御女中に殺されかけ、この御女中が自ら毒を呑んで事切れ、本物の御女中は消え失《う》せてしまったとやら……。このあたりになると混沌《こんとん》として、頭脳明晰《めいせき》な遠江守でさえなにがどうなっているのか、把握しかねていた。ともあれ勝馬を御目付の桜井のもとへ走らせ、行方知れずの御女中を探索するよう命じた。あれから半日近く経つものの、まだ捜し当てたとの知らせはない。

「蝸牛《かぎゅう》、角上の争いではないが……」

右の角に国がある蛮《ばん》氏と左の角に国をもつ触《しょく》氏の争いのように、「とるに足らぬ」と笑い飛ばしたいところだが……。将棋盤をながめていると苦笑がもれてきた。海のむこうには数多の国があると聞く。それなのに、井伊だ水野だ、本家だ分家だ、世継ぎはあっちかこっちかといがみあっていることが馬鹿馬鹿しくもおもえてくる。

「いっそ久留米有馬家のご当主のように、傾奇者の殿さまと呼ばれておるほうが罪はないやもしれぬ。いやいや、領民には傍迷惑《はためいわく》か……」

ひとりごちたときだ。敷居の向こうで近習の若侍の声がした。

「殿。久留米有馬さまのお屋敷より使者が参っております」

「有馬……ふむ、名を聞いたか」

「石上玖左衛門さまにございます」

「なんだ、それを早ういえッ。当家の家臣ではないか」

「はあ、なれど、だれかにたずねられたら有馬家のご家臣だと申せ、と」

「おぬしというやつは……ま、いいから早うとおせッ」

玖左衛門が自らやってきたということは、良きにつけ悪しきにつけ決着がついたということだろう。となれば将棋どころではない。遠江守は将棋盤を背後へ押しやった。深呼吸をして忙しく両手をすり合わせる。

「石上玖左衛門にございます」

「おうッ。おう、入れ」

「失礼つかまつります」

「近《ちこ》う寄れ」

玖左衛門は進み出て平伏した。

「首尾はどうじゃ。決着はついたか」

「は。掃部頭さまのひと声にて、見事、落着と相なりましてございます」

玖左衛門の顔は明るい。

「おう、本家とつるんでおった連中は出鼻をくじかれたか」

「ぐうの音も出ぬありさまにて……」

「そいつは痛快。詳しゅう話せ」

「少々長《なご》うなりまするが、よろしゅうございましょうか」

「よいとも。時間はたっぷりある」

遠江守は玖左衛門に、久留米有馬家の家臣となってからの出来事を語らせた。屋敷内の水天宮で起こった社人の変死、御鷹場で一触即発となりかけた騒ぎ、公卿の行列に見せかけて井伊家の上屋敷へ赴き、御典医を伴って秋月黒田家へ乗りこむまでの経緯……勝馬から断片的に聞いていたことが一連の出来事としてかたちとなってくる。さらにそのあとのことは、遠江守の目を何度となくみはらせた。

「掃部頭さまが、上さまのご意向、と仰せられたのか」

「はあ。出まかせにございましょうが……」

「出まかせだと？　さような畏《おそ》れ多きことをよもや、あの掃部頭さまが……」

「早速にも上さまのお耳にお入れするおつもりにございましょう」

「だとしても……。しかしあの偏屈な……あ、いや、掃部頭ともあろうお方が……ようもまあ、お力をお貸しくださったものよのう。いったいなんというてくどいたのじゃ」

玖左衛門はそこでひと膝下がり、両手をついた。

「それがしは少々手をお貸ししたのみにて。掃部頭さまに談判し、御典医や、脈診の際のからくり、最後の決着のつけ方まで入れ知恵をいたしましたのは原古処さまの……」

玖左衛門がここで言葉につまったのは、御子息というべきか娘御というべきか、とっさに判断ができなかったからだろう。

遠江守は眸を躍らせた。

「ふむ。原瑾次郎、または原みち……白圭の弟瑾次郎と有馬家の家臣の養女みち、双方の手形を持参し、尼御前にも眉寿姫さまのご名代にも秋月黒田家の御女中にも井伊家の郎党にもなりすまし……となれば『於染久松色読販《おそめひさまつうきなのよみうり》』のお染《そめ》の七役にも負けぬ変幻自在ぶりだの。ますます会うてみとうなったわ」

藩主の口から歌舞伎の演目が飛びだしたことに意表を衝かれたのか、玖左衛門は目を泳がせたものの――。

「実はそのことも。原瑛太郎どのの妹御……ええと、今はまだ男装にございますが、みちどのが、ぜひとも殿にご挨拶と御礼を申し上げたいとお目どおりを願《ねご》うております。控えの間にて待つようにと……」

「おう、さようか。さればここへ」

遠江守ははずんだ声で近習の若侍を呼びつけた。

「原みちどのをおつれせよ。控えの間におる女子だ」

「控えの間におられるのは、お若いお侍さまでございます」

「いいから、その若侍をつれてこいッ」

遠江守が息を呑むのを見て、みちは頰を赤らめた。

男装のままなので平伏する際に「原瑾次郎」と名乗ったが、噓をついているようで――いや、男装をしていること自体が気恥ずかしくて――いたたまれなくなったのである。遠江守の前に出るならきちんと女装束に着替えてきたかった。とはいえ、玖左衛門に一刻も早いほうがよいといわれ、井伊家からまっすぐ駆けつけた。どのみち月代が伸びきらなければ島田髷も結えない。

「面を上げよ」

風貌《ふうぼう》どおりの理知的な声に命じられて、みちは顔を上げた。

「そのほうが白圭どのの妹、古処どのの娘御か」

遠江守は感極まったようにみちをながめまわしている。

「はい。故あって弟の名、瑾次郎を名乗っておりましたが、亡父にもろうた名は『みち』にございます」

「ふむ。みちどのが見目うるわしき女子であることはようわかった」

遠江守はおかしそうにみちと玖左衛門を見比べる。

「話は聞いた。女だてらに孤軍奮闘、よう事を成し遂げた。たいしたものじゃ」

「孤軍ではございませぬ。石上さま、渡辺勝馬さま、皆さまのお力添えがあったればこそ秋月黒田家は救われました。援軍をお送りくださった遠江守さまにも、心より御礼申し上げます」

「それにしても、古処どのは、たのもしき娘御をもったものよのう」

遠江守の眸がふっと陰ったように見えた。

「白圭どのが生きておられたら、どれほど歓喜されたか……」

「ほがらかなること鳥の籠《かご》より出《い》ずるがごとし　はるかに剋復《こくふく》の美をよろこぶ」

「さよう。心をひとしうして朝恩をいただき　微軀《びく》のすてらるるを惜しまず……御身は潰《つい》えたが悲願は叶《かの》うた。白圭どのも、大いに満足しておられよう」

当意即妙に李白の詩で応酬し合う二人に驚いたのか、玖左衛門は目をみはっている。

「さてと、これよりいかがするつもりじゃ」

「その前にお教えくださいませ。たそさまの行方は……」

「たそ？　おう、あの御女中か。行方はまだ知れぬが、心利きたる目付が指揮を執り、市中をしらみつぶしに捜しておる。しばし待て。して、そのほうは……」

秋月黒田家の内紛はしずまった。土佐山内家から養嗣子を迎える件は、すんなりと許可が下りるはずだ。将軍家の内意とあれば黒田本家も異議は唱えられないし、となれば老中の水野出羽守も横槍は入れられない。一件落着。

お家の大事を救った功労者はみちである。が、故藩士の妹が密命を帯びて成し遂げたことだから、もとより手柄として讃《たた》えられるはずもない。役目を終えた今は、亡兄への供養のためにも秋月へ帰還すべきだろう。おそらく遠江守もそうおもっている。

みちは異なる道を考えていた。

「江戸へのこり、学問に励む所存にございます」

遠江守は首をかしげる。

「秋月には母者と病身の弟がいると聞いたが……」

「はい。なれど、わたくしが江戸へ出て学問で身を立てることは、亡父の遺言でした。母からも文が参りまして、この機を逃さず存分に励むようにと……」

みちは久留米有馬家の藩士の養女になっていた。江戸で暮らすことになんら支障はない。これからは追っ手や忍びにつきまとわれずに学問に専心できるとおもえば、晴れ晴れとした心もちである。

「住まいはあるのか」

「五経先生のご紹介にて浅草の寺に……」

「おう、石経山房の松崎慊堂か。なれば安心。うむ、石上もおるしの。なんぞ困ったことが出来《しゅったい》したときは、遠慮なく相談に参るがよい」

「お心づかい、傷み入りまする」

女独りでどこまでできるかはわからない。が、だからこそ試してみたいとみちはおもっていた。女ゆえに学問をする機会を与えられず、どれだけの女たちが悔しいおもいをしているか。それをおもえば自分は身に余る果報者である。なんとしても踏んばって、背中を押してくれた亡父や亡兄、母の恩に報いなければならない。

「さすが古処どのの娘御、白圭どのの妹御じゃ。余はお二人と吟遊をしたことがあってのう……」

遠江守が古処と白圭の思い出話をはじめようとしたときだった。近習の若侍が敷居際までやってきて膝をついた。肩で荒い息をしている。

「なにごとじゃ」

「増上寺の内、神明宮の裏林に死体がふたつ……」

みちはおもわず「あッ」と声をもらした。胸苦しさを覚えて鳩尾を押さえたのは、ふたつの死体がたそと侍女ではないかとおもったからだ。

若侍の次なる言葉にひとまず息をつく。

「秋月黒田家の郎党ではないかと……」

なぜわかったかといえば、たその行方を捜していた者たちが死体を見つけたとき、勝馬もそばにいた。勝馬は死体の顔を見て、即座に素性をいい当てたという。なぜなら勝馬はその二人と、久留米有馬家の御鷹場で話していたからだ。

「では、あのときの……」

「さきほどお話しした狼藉者《ろうぜきもの》どもにございましょう」

絶句しているみちにかわって玖左衛門が膝を進めた。勝馬に有馬家から追いだされた二人は、奥御殿の御門で、みちが送られてくるのを待っていたにちがいない。ところが中からたそが出てきた。で、後をつけた。となれば二人を殺めたのは……。

「米助ッ」

みちと玖左衛門は同時に声を発した。

あの二人は腕に覚えがあるようだった。並みの使い手では勝ち目はない。米助は——そう、忍びだ。

若侍が聞いてきたところによると、二人のうちの片方は手裏剣が眉間に突き刺さっていて、もう片方は満身創痍《そうい》、激闘の末の討死であったらしい。

「広大な寺です。人のいないところへ誘いこんだのやもしれませぬ」

「米助のことだ、つけられていると気づいたのだろう」

みちと玖左衛門はかわるがわる米助の素性を話した。

「越前守の忍びが、秋月黒田家の御女中を危難から救ったわけか」

「そうなります。でも、米助がたそどののために闘ったのはなぜか、そこまではわかりかねます」

女たちを放って逃げることもできたはずだ。人に知らせて騒ぎを大きくすれば、秋月黒田家の内紛が明るみに出る。越前守にとってはおもう壺にちがいない。

「いずれにしろ、まだ遠くへは行っていないはず。わたくしも捜します」

たそが危うい目にあっているときに、じっとしてはいられない。

「いや、探索はわれらにまかせておけ。足手まといになるだけだ」いったところで、遠江守は労わりのまなざしになった。「江戸におるつもりなら、しばらく当家に滞在して長旅の疲れを癒してはどうじゃ」

遠江守の気遣いに感謝しながらも、みちは辞退した。

「わたくしには為すべきことがございます。一日も早う勉学に励みたく……そのためには寺の庵《いおり》のほうが心身もひきしまるかと……」

「ふむ。その心意気、わが家臣どもにも聞かせたいものよ」

遠江守は若侍を一瞥してから、みちへ視線をもどした。

「御女中の安否がわかったら、真っ先に知らせよう」

遠江守は、次に玖左衛門へ目をむけた。

「おぬしも大義であった。有馬家には事情を話してある。もどってこい。もどって、わが側近として仕えよ」

玖左衛門は目をしばたたく。

「大坂へ、帰らずともよろしいのでしょうか」

「おぬしを蔵屋敷で埋もれさせるは惜しゅうなった。江戸勤番にしてやる」

玖左衛門は喜色をうかべた。役目を全うし、おもった以上の成果をあげたのはたしかだが、一件落着となれば大坂へ帰されてしまうかもしれない。内心、不安にかられていたのだろう。

「もったいなきお言葉、心してつとめさせていただきまする」

玖左衛門の安堵した顔を見て、遠江守は頬をゆるめた。

「まずは石上玖左衛門、みちどのを浅草まで送ってやるがよい」

十四

「それだけはやめたほうがいい。いや、断じてならぬ」

浅草の称念寺へむかう道で、玖左衛門は声を荒らげた。みちが、水野越前守の江戸屋敷へたそを捜しにゆくといいだしたからだ。

「虫が飛んで火に入るようなものだぞ。捜し当てたとしても、無事には帰れぬ」

「だとしても、皆で捜しても見つからないということは、それしか考えられません。継嗣争いは落着したのですから堂々と訪ねて……」

「馬鹿を申すな。そう簡単にゆくものか」

「さようでしょうか。わたくしが身代わりになればたそさまは……」

玖左衛門の眼裏《まなうら》には、このとき、ひとつの面影がうかんでいた。悲惨としかいいようのない状況の中で、凛《りん》として、しかもたおやかに微笑んでいた女性――。

「みちどのが囚われの身になったら、お母上はどうなる？　どんなおもいでみちどのを送りだしたか、一度でも考えたことがあるか。古処さまにつづいて瑛太郎どのを看取《みと》り、弟御の看病に日々明け暮れ、お心細いおもいをされながらもなお、みちどのに『帰らずともよい、勉学に励め』と仰せくださるお母上のお胸の内はいかばかりか……」

いつもならこんなふうに熱弁をふるうことはなかったろう。みちがけげんな顔で見返してくるので、玖左衛門は苦笑した。

「おれは、みちどののお母上に会うて感銘をうけた。古処と白圭という稀代《きだい》の才人を生みだし、今またみちどのという才女を世に送りだそうとしている。人が己の才を十全に発揮できるのは、それを理解し、見守ってくれる者があってこそ。自分独りで為せるとおもうのはまちがいだぞ」

玖左衛門は道のかなたを見つめている。

「つまり、おれがいいたいのは……命を粗末にするな、ということだ」

もちろん、ある意味で、それは言い訳かもしれない。なぜなら玖左衛門がみちの母ゆきの面影に重ね合わせているのはやはりみち、その人に他ならないからだ。みちと離れたくない。一緒にいたい。自分にとってみちがどれほど大切な人か、今はわかっていた。だからこそ、なにかあってはと焦燥にかられるのだ。

玖左衛門のおもいが伝わったのか、みちは素直にうなずいた。

「すみません。独りではなにもできない、そのことを忘れていました」

みちが前のめりになるのは、たそをおもうたびに瑛太郎の面影がうかんでくるからだろう。亡き瑛太郎のためにもたそを守らなければ、と必死になっている。

「たそどののことなら、おれにまかせよ。必ずつれもどしてやる」

浅草へつづく道はいつのまにか秋の景色に変わっていた。この旅のはじめ、玖左衛門が大坂から秋月へむけて出立したのは四月朔日《ついたち》、そろそろ初夏になろうという季節だった。ちょうどひと夏、秋月黒田家の継嗣問題にどっぷりつかっていたことになる。

今ふりかえれば白圭、すなわち亡き瑛太郎が自分を招いたとしかおもえない。大坂の蔵屋敷で単調な役目にうんざりしていた日々、そこへ舞いこんだ遠江守からの下命は玖左衛門をふるい立たせた。当初こそ引き立ててもらう好機、と目をぎらつかせたものだが、病身の瑛太郎やその母に会ってからは、この一家の力になれるなら出世などどうでもよいとさえおもうようになっていた。さらにみちと出会ってからは、自分のことなど忘れ、ただみちを助けたい——その一心で数々の危難を乗り越えた。それにしてもふしぎなめぐり合わせである。偶然とはおもえない。

ものおもいにふけっていたからか、みちが不安そうに見つめていることに、玖左衛門は気づかなかった。

「怒っておられるのですか。さっきのことで機嫌をそこねてしまわれたのですね」

遠慮がちに問いかける表情がいじらしい。袴姿だろうが銀杏髷だろうが、玖左衛門の目に映るみちはもはや「愛《いと》しい女」以外のなにものでもなかった。

「怒ってなどおらぬ。機嫌をそこねてもおらぬ。考えていたのだ、おれはいつから瑾次おれにとってなにより大事なものになったのだろうかと……」

それが自然なだけでなく、その名が、郎ではなくみちどのと名を呼ぶようになったのか。それが自然なだけでなく、その名が、

称念寺は数多の寺が並ぶ浅草の稲荷町《いなりちょう》にある。久留米有馬家の敷地内に勧請された水天宮と大差ない小寺だから、離れの庵で寝起きしていても、日に一度や二度は住職や寺男と顔を合わせる。この日、みちが裏木戸をくぐるのを見て玄門《げんもん》和尚がすっ飛んできたのは、ここ数日留守にしていたことに気づいていて、いつ帰ってくるかと表を気にかけていたからだろう。

「おう、帰られたかッ」

それにしても、このあわてようは——。

「なにかあったのですか」

「あったもなにも……怪我人がはこびこまれてのう……それも、どこぞ由緒あるお屋敷の御女中とか……」

聞くやいなや、みちは駆けだしていた。玖左衛門もあとへつづく。ではたそは、ここにいたのか、自分が仮寓している庵に……。

たそは床に横臥《おうが》していた。枕辺には侍女がいる。

「たそさまッ。たそさま、みちです。霞窓尼です。お怪我をなさったとうかがいました。ご容態は……」

たそは目を開けた。一瞬当惑顔で身をすくませたのは、みちが尼姿でも侍女の姿でもなく、男装をしていたせいだろう。みちだとわかるや、その目に生気がよみがえった。

「ああ、お待ちしておりました」

身を起こそうとしたたそに、侍女が手をそえる。動くとどこか痛むのか、たそは顔をしかめた。

「お休みになっていらしてください」

「いえ、たいした怪我ではありませぬ。それより、うれしいこと。なんぞあったのではないかと心配で……ご無事でようございました」

たそは庭先にたたずんでいる玖左衛門に目をやった。こちらへ招くよう侍女に命じる。みちは玖左衛門をたそにひきあわせた。が、若年寄・本多遠江守の家臣だと教えると、たそはまたもや警戒して身をこわばらせる。

「ご心配にはおよびません。遠江守さまがお力をお貸しくださったからこそ、わたくしどもは勝利をおさめることができたのです」

「勝利？　では、嗣子は……」

「土佐山内家の勘解由さまに。まだ正式な許可が下りたわけではありませんが、井伊掃部頭さまが公方さまのご意向だと断言してくださったのです。もう決まったも同然」

たその顔が一瞬にして明るくなった。

「まあ、まことですか。なれば殿さまも……」

「ご無事にございます。これからは元のように、ご当主として君臨されましょう。ご家老さま以下、江戸の家臣たちもよけいな口出しはできません」

「まるで、化かされておるようじゃ」

みちはこれまでの経緯をかいつまんで話した。じっくり順を追って話したいところだが、それは後まわし。どうしても聞いておかなければならないことがある。

「増上寺の境内で、ご家老さまのご家来に襲われたとか」

「二人は、そうです。といっても家来ではのうて、ご家老の縁者だと名乗って出入りしていた者。今一人は知りませぬ」

「汚れ仕事をさせるために雇うたのでしょう。その二人がたそさまを襲うたので米助が……松平さまの家来だと偽って迎えにきた男がうけて立ち、やっつけてしまったのですね」

たそはうなずく。

「なぜ、増上寺にいらしたのですか」

「屋敷を出てまもなく、つけられていることに気づいたのです。それで追い払うにはどうしたらよいかと……」

「そんなことだろうとおもいました。米助ならそうするだろうと……」

広大な増上寺の、人がめったに足を踏み入れない一角へ入りこみ、いかにもそこでだれかと待ち合わせをしているように見せる。あたりを見てくるといって米助がその場を離れるふりをしたところで案の定、刺客がたそを襲おうとした。米助は木の上から手裏剣で仕留めたが、相手方はこれも想定していたものとみえ、身をひそめていた今一人がその隙にたそに斬りかかった。

「肩口から斬り下ろされましたが、幸い深手ではないようです」

米助はこの男と闘った。怪我を負いはしたものの討ち果たしたという。

「米助も怪我をしたのですか」

「あちらは長刀、こちらは小刀、いえ、鉾《ほこ》の先のような尖《とが》ったものがあるだけでしたから、どうしても後手にまわってしまいます」

「たそさまも闘われたのですよ」

侍女が言葉をはさんだ。たそも懐剣をもっている。手負いのたそと米助は刺客の片割れと壮絶な闘いをくりひろげたものの、最後には勝利をおさめた。血止めをして、人目につかぬよう侍女の着物をかぶせ、苦心しながらもなんとかいちばん近い御門を出て、そこからは駕籠《かご》をたのんで浅草までやってきたという。

「ここでみちどのを待つようにと……」

米助の怪我は軽かったので、様子を探りに出かけていった。帰ってきたときは人が変わったように憔悴《しょうすい》した顔だった。

「米助は今、どこにいるのですか」

「わかりませぬ。すぐにまた出て行ってしまいました。今度は旅ごしらえをして」

「旅ごしらえッ」

「はい」と、侍女が答える。「訊かれたら、古巣へ帰ったと伝えてくれ、と」

「古巣へ、帰った……」

「狼藉者と闘ってくださったのは、わたくしどものためではない、みちどののためだったそうですよ。苦楽を共にしてきた仲間を悲しませるわけにはいかないから、と」

みちと玖左衛門は顔を見合わせた。

米助はおひょうの自裁を知り、さらに長留と本家派の和解を知って、勝負ありと悟ったのだろう。だから江戸を出ることにした。今ごろは京へ、もしくは浜松へ、街道を急いでいるにちがいない。

水野越前守の忍びだとわかってもなお、米助は得体の知れぬ男だった。剽軽《ひょうきん》で憎みきれない。敵とも味方ともいいきれない曖昧《あいまい》なところがあった。だまされ翻弄《ほんろう》されて腹が立ったことも多々あったが、それとおなじくらい助けられもした。現にこうしてたそが生きているのも、米助の奮闘のおかげである。

「そもそも、たそさまは、どうして松平さまのお屋敷へ行こうとされたのですか。米助になんといって誘われたのですか」

「秋月から至急の知らせがとどいたといわれました。わたくし宛の文が……」

みちははっと息を呑んだ。米助は、そういえばたそが出て来ると考えたのだろう。おびきだすための出まかせだったのではないか。けれどそれは、奇《く》しくも——。

「白圭の……兄からの文だとおもわれたのですね」

「いいえ。瑛太郎さまからの御文はいつも松平さまの下屋敷の御用人宛です。それをわたくしの侍女が……。どのみち『白圭』と『誰《た》そ』と互いに小さく記すだけで、わたくしの名はありませぬ。ですからもしや……」

そういわれれば、そのとおりである。李白の詩におもいを託して送り合うほどに、二人は慎重だったのだから。

たそは、瑛太郎ではなく母からではないかとおもった。それこそ虫の知らせだろう。

「瑛太郎さまは……ご他界されたのですね」

たその視線を、みちはまともにうけとめられなかった。目を伏せ、呼吸をととのえ、鳩尾に手を当てて、それからおもむろに顔を上げる。

「六月五日だそうです。わたくしがたそさまとお会いできたかどうか母は知りません。ですから、わたくしにどうして知らせたらよいかとおもいあぐねたのでしょう、遠江守さまの京屋敷へ、これなる石上玖左衛門さま宛に知らせて参ったそうにございます」

「さようでしたか……」

たそは一瞬、なにかいいたそうにみちの眸を見つめた。それから、あふれるおもいを抑えきれぬとでもいうように袖口を目に当てた。しばらくそのまま嗚咽を押し殺している。

やがて、コンと小さく咳払いをして、静かに両手をついた。

「兄上さまご逝去の御事、つつしんでお悔やみ申し上げます」

終　章　〈二年後〉

雨蕭々兮四簷鳴
燈耿々兮夢不成
身在天涯別知己
千廻百転難為情
袖辺香残人更遠
不知何処聴斯声

雨は蕭々《しょうしょう》として　四簷《しえん》鳴く
燈《ひ》は耿々《こうこう》として　夢成らず
身は天涯にありて　知己と別る
千廻百転《せんかいひゃくてん》　情と為《な》しがたし
袖辺《しゅうへん》香残り　人は更に遠く
知らず何処《いずこ》にこの声を聴かん

さらさらと書き下して、みちは筆をおいた。

何度となく考えあぐねた末にはじめの一句を認《したた》め、次の句を書いてはなおし、三句目までようやくかたちがととのった、とおもったら、そのあとは泉が湧き出るかのごとく言葉があふれてきた。

愛《いと》しい人は何処でこの雨の音を聴いているのか。天涯孤独の身に雨音はもの寂しくしみいり、未練はいつまでたっても消えそうにない……。

「別後聴雨」と題をそえる。

あたりは暗くなっていた。襖障子《ふすましょうじ》を開けたとしても初秋の庭は夕闇に沈んで、留守にしていたあいだに数を増した萩の紅紫の花群れも、だれが植えたか昨年はなかった桔梗《ききょう》のやさしげな花顔も、もう見えはしないだろう。だったら目を閉じて、雨音を聴きながら花を想っていたほうがいい。咲き誇る花のように、束の間の華やぎに身をゆだねていた日々をたどりつつ……。

みちは昨日、房州《ぼうしゅう》を巡る旅から帰ってきた。そもそもは風流を解する白浜《しらはま》村の大名主・行方兵右衛門《なめかたへいえもん》の招きに応じたものだが、まずは上総《かずさ》の知人のもとへおもむき、房総《ぼうそう》半島の東海岸を南下して勝浦《かつうら》近辺で年を越し、岬をぐるりとまわりこんで西海岸へ出て、北上して江戸へ帰るという遊歴の旅である。

かつては父と二人、足繁く旅に出たものだった。学問に身を投じ、己の名を世に知らしめるためには、諸国を旅して見聞を広め、人脈を築かなければならない。秋月黒田《あきづきくろだ》家の継嗣問題が決着をみたあと、みちは羽沢《はねざわ》村の石経山房《せっけいさんぼう》へ通い、五経《ごきょう》先生こと松崎慊堂《まつざきこうどう》に教えを請うた。おもえば江戸《えど》へ来て最初に米助《よねすけ》がつれていってくれたところが石経山房である。五経先生のもとへ通っているあいだに、外記《げき》こと儒者の羽倉簡堂《はぐらかんどう》とも昵懇《じっこん》になった。羽倉から大いにその才を買われたみちはめきめきと頭角をあらわし、一年も励むうちには四方にその名を知られるようになっていた。

けれど、一年余りがすぎた昨年の晩秋、遊歴の旅をおもいたったのは、高名を聞いて招聘《しょうへい》を申し出る者が続出したせいばかりではない。見知らぬ地を経巡り、新たな自分を見つけたいとおもったからだ。そうでもしなければ疲弊してしまいそうだった。

ふりかえれば、文政《ぶんせい》十一年の初夏、みちは密命をうけて京で内大臣の書状を入手、東《とう》海道《かいどう》を下って江戸へ到着した。その後、兄の死という悲しみに見舞われはしたものの、秋月黒田家における本家派の佞臣《ねいしん》たちの横暴に歯止めをかけるという大役を見事、果たした。このときはすでに夏も終わろうとしていた。

秋月黒田家では、同年十二月十一日、正式に許可が下りて、土佐山内《とさやまうち》家の勘解由《かげゆ》を養嗣子として迎えた。勘解由は黒田長元《ながもと》となり、この五月——騒動から二年後の文政十三年——にはめでたく長韶《ながつぐ》の娘の慶子《けいこ》と華燭《かしょく》の典を挙げている。噂では、年内に長韶は隠居、長元が十代藩主として家督を相続するそうで、目下準備が進められているらしい。

あの、おひょうに襲われて怪我をした筆頭家老の吉田斎之助《よしださいのすけ》は、老齢のため——ということになっている——昨年死去したが、息子の縫殿助《ぬいのすけ》は何食わぬ顔で家老をつづけていた。とはいえ、本家派の勢力は目に見えて衰えているそうで、若き長元が藩主の座につけば、秋月黒田家独自の体制が徐々にかたちづくられてゆくにちがいない。

というわけで、秋月黒田家はこの二年余、平穏だった。

ついでにいえば、策謀家の水野越前守《みずのえちぜんのかみ》は、あのあとすぐ京都所司代から西の丸老中に昇進した。今度は西の丸の住人である将軍の世子・家慶《いえよし》の機嫌をとることに心血をそそいでいるらしい。ありがたいことに黒田家への関心は薄れたようである。では米助は今、どこでなにをしているのか。また江戸へ舞いもどっているかもしれない。

みちは旅を終えて、江戸へ帰ってきた。

五経先生に心酔している玄門《げんもん》和尚が快く留守をあずかってくれていたので、庵《いおり》は以前と同様、簡素ながらも清々《すがすが》しい住み心地を保っている。が、それは反面、否《いや》が応でも、みちを忘れようとしていた昔日へひきもどす縁《よすが》ともなった。

雨の匂い、茅葺《かやぶき》か漆喰《しっくい》か梁《はり》の古木か……鄙《ひな》びた庵からにじみ出る混然とした匂い、墨の匂い、紙の匂い、そして、そこここからそこはかとなく立ち昇ってくる男と女の甘やかな匂い……。

ここで、この庵で、みちと玖左衛門《きゅうざえもん》は身も心も灼《や》きつくすような日々をすごした。一時も離れがたく……といっても本多《ほんだ》家の家臣である玖左衛門には役目があり、入りびたるわけにはいかない。それでも寸暇を惜しんで、二人は逢瀬《おうせ》を重ねた。

噂が広まるのはあっという間だった。妻子ある藩士をたぶらかしている、と白い目で見る者もいて、みちは五経先生から諫《いさ》められた。玖左衛門のほうも、勝馬《かつま》はもとより遠《とお》江守《うみのかみ》に釘《くぎ》を刺されたようである。

だが、二人は聞き流した。こっそり逢《あ》いつづけ、恋に溺《おぼ》れた。

別れは突然やってきた。

文政十二年の仲夏――みちが江戸へ来て一年余が経った五月二十七日――本多遠江守が急死した。四十六歳という働き盛りだった。

これを機に、玖左衛門へ帰国の沙汰《さた》が下った。玖左衛門の衝撃は大きく、苦悶《くもん》のさまは見るも無残だった。が、どうすることができようか。

「みちどの。すまぬ……」

国許《くにもと》には妻子がいた。ついて来いとはいえない。いや、たとえ妻子がいなくても、はるばる江戸へやってきて学問で身を立てようとしている女から積年の志をうばうことは、みちという女をわかりすぎるほどわかっている玖左衛門にはできなかったにちがいない。

「勉学に打ちこめと、亡父や亡兄に叱咤《しった》されたような気がします」

泣くだけ泣き、涙が涸《か》れると、みちはもう逡巡《しゅんじゅん》しなかった。

兄瑛太郎《えいたろう》とたそも、きっと今の自分たちとおなじように、無情な別れに泣いたのだろう。そうおもえば、李白《りはく》の詩を詠じ合って別れの言葉とするしかないではないか。

「夜泣きて寒灯は暁月《きょうげつ》に連なる」

「行行《こうこう》と涙は尽く楚関《そかん》の西に」

みちの恋は、一年にも満たずに終わった。

悔やんではいない。共に成し遂げた大事をおもえば、むしろ誇らしい。

とはいえ——。

雨の音が聞こえていた。母の膝《ひざ》で聴いた子守唄《こもりうた》のようにひそやかな音だ。

「たそさま。ここにたそさまがいてくださったら、似たような苦しみを抱えた女二人、なぐさめあい励ましあって心愉《たの》しゅうすごせましたのに……」

たそは、昨春、彼岸へ旅立った。傷はすっかり癒《い》え、以前と変わらぬ暮らしをつづけているようだったが、それは見せかけだったのか。瑛太郎に先立たれた後は食が細り、声をたてて笑うこともめったになくなっていたそうで、ある朝、消え入るように事切れていたと聞く。

明日、雨が止んだら、たその墓参に行き、たそと、今はたそと彼岸で再会しているはずの兄に帰還を知らせようとみちはおもった。それから母に文を認める。そうして翌日からはまた、石経山房へ通って勉学に励むのだ。

わたくしには、為すべきことがある――。

一昨年《おととし》四月十四日の夜、旅の宿で、髪結いに月代《さかやき》を剃《そ》り落としてもらったあのときの、身のひきしまるような感覚がにわかによみがえる。

長い髪をきりきりとひきあげ、男のようにきゅっと結んで、みちは、心静かに墨を磨りはじめた。

【主な参考文献】

『女性漢詩人 原采蘋 詩と生涯――孝と自我の狭間で』小谷喜久江著 笠間書院
「遊歴の漢詩人原采蘋の生涯と詩―孝と自我の狭間で―」小谷喜久江著（論文）
『甘木市史 上巻』甘木市史編さん委員会
『秋月史考』田代政栄編 秋月郷土館
『物語秋月史 下巻』三浦末雄 秋月郷土館

あとがき

本書の主人公、原采蘋《はらさいひん》(本名みち)の存在を教えて下さったのは、京都府京丹後《きょうたんご》市峰《みね》山《やま》町にある相光寺のご住職の西田承元さまでした。拙著『奸婦にあらず』に登場する京都金閣寺にかつていらしたというご縁で知己を得たのですが、「面白い女流漢詩人がいる」と采蘋をご紹介下さり、小谷喜久江《こたにきくえ》先生の原采蘋について記された論文を送って下さったのが、私と采蘋との出会いでした。

采蘋は、筑前《ちくぜん》国秋月黒田《あきづきくろだ》家の儒学者・原古処《こしょ》の娘で、父と遊歴の旅を重ねて、父亡き後は単身、江戸へ赴いて勉学に励み、女ながら広く世に知られる漢詩人となった、江戸後期の数少ない女傑の一人です。というと、堅物で面白味のない女のように思われそうですが、とんでもない。大柄の美人で性格は豪放磊落《らいらく》、男に伍《ご》して大酒を呑《の》み、剣もつかう。ときには男装で闊歩《かっぽ》するような、爽快《そうかい》な女性だったそうです。

采蘋の女だてらに立小便

そんな川柳が残っているくらいですから、豪快そのものだったのでしょう。男にも女にも好かれたようで、「女の中の真豪傑」「班女《はんじょ》と蔡姫《さいき》とを兼ね合わせたような女」という賛辞も捧げられています。

采蘋は父を看取った文政十年（一八二七）、秋月から江戸へ遊歴の旅に出立します。その旅程は『東遊日記』に漢詩と共に綴られていますが、翌年の四月十四日、兵庫宿を最後にぱたりと記録が途絶え、さらにその翌年、江戸浅草の称念寺の庵に仮寓しているところまでの足取りは皆目つかめません。なぜ彼女は、兵庫から京、さらに江戸までの道中を日記に記さなかったのか。他のどこであっても巡歴中に精力的に漢詩を認《したた》めているのに、一作も詠まなかったのはどうしてでしょう。

折しもこのころ、秋月黒田家では忌々しい出来事が起こっていました。十六年前の文化八年に「織部《おりべ》崩れ」と世に称される政変で家老二人が改易になって以来、秋月黒田家は本家の福岡黒田家に頭を抑えられていました。家中の不満も高まっていたようです。原家はこの「織部崩れ」に連座して没落、采蘋の兄弟は共に不治の病を患い、不幸のどん底にありました。

そんな最中、彼女は江戸へ向かったのです。しかも、秋月黒田家からは許可が得られず、久留米藩士の養女になってまで、愛しい母や病の兄弟を残して「女だてら」に単身、江戸を目指しました。ところが改革派の期待を担う嫡子が、正に采蘋が遊歴中の文政十年、江戸で急死してしまったのです。この事実が私に、本書をミステリーとして描こうと思わせた背景です。

もうひとつ、つけ加えておきますと、本書に登場する田中《たなか》藩士の石上玖左衛門《いしがみきゅうざえもん》も実在の人物です。采蘋の恋人として浮き名を流しています。

江戸時代、女が独りで旅をすることはもちろん、漢詩人として身を立てるのは並大抵のことではありませんでした。でも采蘋は、強い志でそれを成し遂げました。学問に邁《まい》進《しん》しながらも磊落に笑い、大酒を呑み、その一方では恋に悩む……生き生きとした等身大の女性の姿を思い描いていただければ、そして本書を読んで下さる皆さまも、彼女と共にスリリングな旅をしていただければと願っています。

最後に、才気あふれる魅力的な女性をご紹介下さった西田承元さま、そして史料集めにお力を貸して下さった福岡県立図書館の森佳江《もりよしえ》さま、京都市歴史資料館の宇野日出生《うのひでお》さまに、この場を借りて心より御礼を申し上げます。

令和二年初夏

著　者

解説

大矢《おおや》 博子《ひろこ》（書評家）

すでに著者あとがきを読まれた方はご承知のことと思うが、解説から目を通している人のためにあらためて記しておく。

本書の主人公・原《はら》みちは、江戸時代後期に活躍した実在の女性漢詩人である。号を原采蘋《さいひん》という。筑前国秋月《ちくぜんのくにあきづき》藩の儒学者・原古処《こしょ》の娘で、菅茶山《かんさざん》や頼山陽《らいさんよう》とも交流があり、六十一歳で萩《はぎ》で客死するまで漢詩を作りながら旅をする生活を生涯続けた。旅の防犯上からか、それともただその方が動きやすかったからか、みちは男装で旅をしたことが知られている。二十二歳で父とともに日田《ひた》（現大分県）を訪れたときの彼女の様子を、地元の漢詩人・廣瀬淡窓《ひろせたんそう》は「その様は磊磊落落《らいらいらくらく》、男子に異ならず、又能く豪飲す」と記しているほどで、男装はみちの見た目にもキャラクターにも合っていたようだ。

漂泊の男装詩人――といえばそれだけでさまざまなドラマが生まれそうだし、〝男装の麗人〟川島芳子《かわしまよしこ》のごとく映画や宝塚の演目になっていてもおかしくないほどだが、彼女を描いた小説は意外なほど少ない。秋月藩のお家騒動を描いた葉室麟『秋月記』（角川文庫）に脇役として登場するくらいである。『東遊漫草』『采蘋詩集』といった詩集は残っているし、地元福岡で伝記が編まれたりしてはいるものの、史料が少なく研究が進まなかったのも全国的には名前が知られていない一因だろう。二〇一四年に日本大学大学院・小谷喜久江《こたにきくえ》氏が発表した論文とその後の著書（参考文献参照）でようやく全体像が整理されてきた感がある。

そこに目をつけたのが諸田玲子《もろたれいこ》だ。

ところが、一読して驚いた。原采蘋が主人公というから、漢詩は男の教養とされた江戸時代に才覚と努力で名を成した女性の闘いの記録のようなものを想像していたのだ。あるいは漢詩人としての業績を描くのかも、とも思った。しかし本書で展開されるのは密書を巡る時代ミステリではないか！　しかもアクションあり、謀略あり、ロマンスありの、完全にして抜群に面白いエンターテインメントなのである。

なるほど、こう来たか――と膝を打った。

歴史小説とはある面において推理小説に似ている。史実として確定しているものや史料として残されているものを手がかりとして繋ぎ合わせ、その隙間を想像・推理し、矛盾のないように埋めてひとつの物語を組み上げる。アクロバティックな創作が史実と辻褄が合う形できれいにハマったときのサプライズと快感は、まさに手がかりを集めて意外な真相を導き出すミステリの醍醐味に通じるものだ。

では諸田玲子は、この原采蘋のどこに謎を見出したのか。秋月から江戸を目指した采蘋の旅日記が途中で途絶え、翌年に江戸で存在が確認されるまでの彼女の足跡が不明なことだ。おりしもこの時期、秋月藩では後継を巡るお家騒動が起きている。

男装の放浪詩人・お家騒動・日記の空白。

まるで三題噺のような「史実」を、諸田玲子が見事に繋げて鮮やかなフィクションに練り上げたのが本書なのである。

文政十一年三月、若年寄・本多遠江守正意《ほんだとおとうみのかみまさおき》のもとに辻斬りと思しき他殺体が発見されたという報告が入る場面で物語は幕を開ける。その他殺体は漢詩の一節と「白圭」と書かれた紙を隠し持っていた。白圭《はくけい》というのが原古処の嫡男・瑛太郎《えいたろう》の号であることを思い出した遠江守は秋月藩で何か変事が起きているのではと、瑛太郎と面識のある御蔵番の石上玖左衛門《いしがみきゅうざえもん》に探索を命じた。

一方、その少し前。福岡藩の支藩である秋月藩で嫡子が急死した。養子を巡り、本藩寄りの家臣と現藩主が対立。江戸で藩主が家臣たちに軟禁されるという事態になる。その対抗策として国許では、縁のある公卿を介して幕府の権力者に繋ぎをとろうとした。だが藩士が動けば妨害される。そこで旅の経験が豊富なみちが密書を託された。公卿への奏上や関所の詮議は男の方が都合がいいので、みちは兵庫で男装し、そこからは弟の名を名乗って旅を続けた……というのが諸田玲子のアイディアだ。

思わず唸った。「男装の放浪詩人・お家騒動・日記の空白」という三つの「史実」がこれほど見事に、かつアクロバティックに、ひとつの筋にまとまるとは！　男装の詩人という史実を「密書を運ぶための隠れ蓑」とし、この時期だけ日記が存在しないという史実に「秘密のミッションだったから」という解釈をつける。その密書やミッションはお家騒動という史実からの発想だ。もちろん創作である。創作ではあるが、しかし、まったく史実と矛盾しない。史実と矛盾しないということは、「そうだったかもしれない」ということでもある。

これこそ歴史小説の面白さだ。歴史小説がもたらす昂奮だ。

さらに本書を魅力的なものにしているのは、そのサスペンスである。京から江戸まで東海道を使って旅をするのだが、同行者ですら敵か味方かわからない。味方だと信じることができても、自分が女であることは明かせない。みちに惚れた女性から迫られたり、男性の連れとひとつの部屋で泊まることになったりと、ばれそうになるスリルもたっぷり。普通なら女性が男性のふりを通すこと自体が無理筋なのだが、原みちという女性は体格も良く性格も豪傑、「その様は磊磊落落、男子に異ならず」なのだから史実が説得力を与えてくれるのだ。

もちろん密書運びにはさらなるスリルが用意されている。すんでのところで追手を躱《かわ》したり、騙されたと思ったら助けられたり、絶体絶命のピンチを思いがけない策略で切り抜けたりと、まさに巻を措く能わずのエンターテインメントなのである。

ロードノベル的面白さも見逃せない。七里の渡しを船で渡り、大井川《おおいがわ》を馬と人足の手を借りて渡り、箱根《はこね》の関所を通る。宿場町の様子、宿の描写、峠越え。この旅の章だけでも一編の映画になりそうなほど、情景が目に浮かび、一緒に旅をしている気持ちになる。

幾つものピンチをどう切り抜けるか、江戸についてからもさまざまな妨害が待ち受け、事態は一筋縄ではいかない。そしてここでもまた——詳細をここに書くのはやめておくが、みちが男装しているということが、とても大きな意味を持つ展開が終盤に待っているのだ。いやあ、上手いなあ。

だがエキサイティングなだけではない。男にも女にもなれる、というのが本書でのみちの大きな武器なのだが、それは同時に、恋には障害となる。また、使命を託されたからには、たとえ兄が危篤に陥ろうが帰ることはできない。父である原古処が「不許無名入故城」(無名にして故城に入るを許さず=目的を果たすまで帰ってくるな)という遺言をみちに与えたという史実にダブルミーニングが付与され、ここで効いてくる。

手に汗握るサスペンスの隙間にふと、女としての、娘としての、妹としての、みちの哀しみが滲《にじ》む。けれどそれらを意志の力で蹴散らし、みちは前に進むのだ。それが物語を何倍も奥行きのあるものにしているのである。

原采蘋という魅力的な人物を、男社会で闘う女性でもなく漢詩の業績でもなく、お家騒動の中で使命を託されたミステリの主人公として描いた諸田玲子。その選択は変化球のように見えて、実は、ともすれば史実以上に明確にみちの置かれた状況を紡ぎ出していると言える。男装しなければ旅ひとつできない、身分の高い人に会うこともできない、そんな中を才覚と度胸で泳ぎ抜き、見事ミッションを果たしたみちの姿は、そのまま、没落した家にあって勉学を怠らず、当時珍しかった女性漢詩人として活躍するに至ったみちの生き方に重なるのである。

江戸時代に、こんな女性がいたのだ。それを知るだけでも、なんだか励まされるではないか。事実の驚きと創作の力の両方を存分に堪能できる一冊である。

なお、本書が気に入られたら、ぜひ諸田玲子の代表作である『奸婦《かんぷ》にあらず』（角川文庫）や赤穂事件を女性を主人公に描いた『四十八人目の忠臣』（集英社文庫）、織田信長の正室・濃姫が主人公の『帰蝶《きちょう》』（ＰＨＰ文芸文庫）にも手を伸ばしていただきたい。歴史を女性の目を通して描く諸田の作品群は、きっと新たな発見を与えてくれるはずだ。

本書は、二〇二〇年七月に小社より刊行された
単行本を加筆修正のうえ、文庫化したものです。

女《おんな》だてら

諸田玲子《もろたれいこ》

令和５年 ２月25日　初版発行

発行者●山下直久

発行●株式会社KADOKAWA
〒102-8177　東京都千代田区富士見2-13-3
電話　0570-002-301（ナビダイヤル）

角川文庫 23556

印刷所●株式会社暁印刷
製本所●本間製本株式会社

表紙画●和田三造

ISBN 978-4-04-112335-5　C0193

◇◇◇

角川文庫発刊に際して

角　川　源　義

第二次世界大戦の敗北は、軍事力の敗北であった以上に、私たちの若い文化力の敗退であった。私たちの文化が戦争に対して如何に無力であり、単なるあだ花に過ぎなかったかを、私たちは身を以て体験し痛感した。西洋近代文化の摂取にとって、明治以後八十年の歳月は決して短かすぎたとは言えない。にもかかわらず、近代文化の伝統を確立し、自由な批判と柔軟な良識に富む文化層として自らを形成することに私たちは失敗して来た。そしてこれは、各層への文化の普及滲透を任務とする出版人の責任でもあった。

一九四五年以来、私たちは再び振出しに戻り、第一歩から踏み出すことを余儀なくされた。これは大きな不幸ではあるが、反面、これまでの混沌・未熟・歪曲の中にあった我が国の文化に秩序と確たる基礎を齎らすためには絶好の機会でもある。角川書店は、このような祖国の文化的危機にあたり、微力をも顧みず再建の礎石たるべき抱負と決意とをもって出発したが、ここに創立以来の念願を果すべく角川文庫を発刊する。これまで刊行されたあらゆる全集叢書文庫類の長所と短所とを検討し、古今東西の不朽の典籍を、良心的編集のもとに、廉価に、そして書架にふさわしい美本として、多くのひとびとに提供しようとする。しかし私たちは徒らに百科全書的な知識のジレッタントを作ることを目的とせず、あくまで祖国の文化に秩序と再建への道を示し、この文庫を角川書店の栄ある事業として、今後永久に継続発展せしめ、学芸と教養との殿堂として大成せんことを期したい。多くの読書子の愛情ある忠言と支持とによって、この希望と抱負とを完遂せしめられんことを願う。

一九四九年五月三日

角川文庫ベストセラー

奸婦《かんぷ》にあらず　諸田玲子

その美貌と才能を武器に、忍びとして活躍する村山たかは、ある日、内情を探るために近づいた井伊直弼と思わぬ恋に落ちる。だが2人は、否応なく激動の時代に呑み込まれていく……第26回新田次郎文学賞受賞作！

悪玉伝　朝井まかて

大坂商人の吉兵衛は、風雅を愛する伊達男。兄の死により、将軍・吉宗をも動かす相続争いに巻き込まれてしまう。吉兵衛は大坂商人の意地にかけ、江戸を相手の大勝負に挑む。第22回司馬遼太郎賞受賞の歴史長編。

雷桜　宇江佐真理

乳飲み子の頃に何者かにさらわれた庄屋の愛娘・遊(ゆう)。15年の時を経て、遊は、狼女となって帰還した。そして身分違いの恋に落ちるが——。数奇な運命を辿った女性の凛とした生涯を描く、長編時代ロマン。

三日月が円くなるまで　小十郎始末記　宇江佐真理

仙石藩と、隣接する島北藩は、かねてより不仲だった。島北藩江戸屋敷に潜り込み、顔を潰された藩主の汚名を雪ごうとする仙石藩士。小十郎はその助太刀を命じられる。青年武士の江戸の青春を描く時代小説。

通りゃんせ　宇江佐真理

25歳のサラリーマン・大森連は小仏峠の滝で気を失い、天明6年の武蔵国青畑村にタイムスリップ。驚きつつも懸命に生き抜こうとする連と村人たちを飢饉が襲い……時代を超えた感動の歴史長編！

角川文庫ベストセラー

約束の街⑤
いつか海に消え行く
北方謙三

妻を事故でなくし、南の島へ流れてきた弁護士。人の命を葬る仕事から身を退いた薔薇栽培師。それぞれの過去。そして守るべきもの。友と呼ぶには、二人の出会いはあまりにもはやすぎたのか。

約束の街⑥
されど君は微笑む
北方謙三

N市から男が流れてきた。川中良一。人が死ぬのを見過ぎた眼を持っていると思った。彼の笑顔はいつも哀しそうだとも思った。また「約束の街」に揉め事がおこる。

約束の街⑦
ただ風が冷たい日
北方謙三

高岸という若造がこの街に流れてきた。高岸の標的は弁護士・宇野。どうやら、ホテルの買収を巡るいざこざが発端らしい。だが事件の火種は、『ブラディ・ドール』オーナー川中良一までを巻きこむことに。

約束の街⑧
されど時は過ぎ行く
北方謙三

酒場〝ブラディ・ドール〟オーナーの川中と街の実力者・久納義正。いくつもの死を見過ぎてきた男と男。戦友のため、かけがえのない絆のため、そして全てを終わらせるために、哀切を極めた二人がぶつかる。

軌跡
今野敏

目黒の商店街付近で起きた難解な殺人事件に、大島刑事と湯島刑事、そして心理調査官の島崎が挑む。(「老婆心」より) 警察小説からアクション小説まで、文庫未収録作を厳選したオリジナル短編集。